目次

ローグ＆プロローグ

男は逃げていた。耳障りなサイレンが鳴り響き、薄暗い廊下は非常事態を知らせる赤色灯《せきしょくとう》が明滅していた。迷路のように入り組んだ建物の中を、息を切らし駆け抜けていく。床には等間隔で、小さな「Q」の字が刻印されている。一つ、二つ……五つ目を右へ。男はこの建物の構造を熟知しているのだ。

――あっちに逃げたぞ！

すぐ近くで怒気を含んだ声が響いて、男は急いでそばにあった扉に飛び込んだ。警備員たちの立てるけたたましい足音が、扉の向こうで過ぎて行った。

しゅう、と空気の出る音がして、男の腰についたセンサー妨害装置から、化学物質の匂いが立ち込めた。

「……これまでか」

男は壁にもたれかかって座り込んだ。老いた自分の体力を考えて、さすがに諦めなければいけないことを悟った。もう走るのも限界だ。建物の外まで逃げきることは難しい。装置の効果もあとわずかで切れる。そうなれば、居場所はすぐにバレるだろう。

「せめてこれだけは……どこかに」

アルヒの
シンギュラリティ

河邉 徹　Toru Kawabe

白衣の下に隠した、丸い膨らみに手を当てた。好奇心の果てにあったものの意味を、これまで何度も考えてきた。この街も、この生活も、すべては人間の終わりなき願いの果てにあったものではなかったのか。たとえ違法と呼ばれても……もしものときのためにこれは必要だ。

ふと気配を感じて、男は顔を上げた。部屋はしんと静まり返っていて、誰もいない。倉庫のように棚が並んでおり、その上にはいくつものケースが陳列されている。壁沿いに設置された透明なガラスケースの中には、ネジのような細かい部品や、丸い大きなパーツなど、何かを製造するための金属が並べられている。淀んだ空気の中で、微《かす》かに錆の匂いがした。

「この部屋は……そうか」

男は立ち上がって、部屋の奥へと歩き出した。

棚の向こうは広い空間だった。「CX-C4」と書かれたベルトコンベアがあり、人間が入れそうもない狭い通路へ続いている。別の作業場へとつながっているのだ。

男は懐からそっと丸い塊を取り出し、近くにあるガラスケースの中の、それに似た形の部品と交換した。

「これで……ひとまず大丈夫だ」

腰のあたりから電子音が響く。センサー妨害装置の効果が切れたのだ。

——こっちだ！　もう逃げられないぞ！　ホープ！

扉の開く音がして、金属的な足音が部屋に響き渡った。

前編

その街には、人間とロボットが暮らしている

目の前で、熱帯魚が三匹泳いでいる。それぞれ真っ赤な側線《そくせん》が体に描かれていて、金色の尾ひれが風を受けた旗のようにひらめいている。空中をしばらく自由に泳いだ後、まるで空気に溶けていくように、消えた。この街では珍しくない、ホログラムだ。

アルヒはホログラムが好きだった。それに加え、魚というものが珍しくて目が離せなかった。こんな風に水中を泳ぐ生き物が、ずっと昔はいたらしい。その観賞用のホログラムのそばでは、案内係のロボットたちが、慇懃《いんぎん》な佇まいで垂直に起立している。

「何そんなところでぼーっとしてるのよ?」

声と同時に、不意に左手が握られた。

その手は温かかった。そして同時に、驚きや照れ、喜びを感じながらアルヒはそう思った。

「ほら、あの塔の上からなら、ヘブンが見えるかもしれないわ」

熱帯魚を見ていたアルヒを窓辺に引っ張ってきて、サシャはずっと遠くにそびえる、芥子色《からしいろ》の細長い建物を指差した。

この街で最も見晴らしのいい場所を、二人は探していたのだ。その一つ目の結論が、二人が今いる、街の南側のセントポリオ地区にある、セントケットビルという商業施設だった。地上四十階の

太っちょのロケットのような形をしたビルは、その見た目のユニークさから、この地区のランドマークとなっている。中には数えきれないほどのショッピングストアが入っていて、すべての店を見て回るには何日もかかるだろう。

二人がいる最上階のフロアは、景色の良さを売りにしたレストランが立ち並んでいる。女性が歌う、どこかで聞いたことのあるポップソングが流れていた。

——もしこの世界がすべて嘘だとしたら……

そんな歌詞が、心地良いリズムに乗せて歌い上げられている。

「ここより見晴らしのいい場所と言えば、もうあそこしかないわ」

サシャに手を引かれ、透明なガラスを覗き込んだアルヒは、遠くの塔よりも、足元いっぱいに広がったサンクラウドの街に目を引かれた。

「……綺麗な街だ」

アルヒは小さく呟いた。少年は、こんな風に自分の街を見下ろすのは初めてだった。

この街は綺麗だ。そして、街と呼ぶには広大過ぎる。

見下ろした景色の中には、所狭しと流線型のビルディングが並んでいた。その隙間を縫うように、筒状の形をした「チューブ」と呼ばれる高速道路が、縦横無尽《じゅうおうむじん》に連なっている。チューブの中は「フュリー」という、完全に自動化された電気自動車が走っているのが見える。

白い柱のような細長い装置が等間隔で立っているのも、この街の景色の特徴だ。建物の五階ほどの高さのあるその柱には、それぞれ番号が振られていて、それがその地域の住所を示す役割を担っている。それに加え、あの白い柱自体がこの街の科学の結晶でもあった。

そんな人工物ばかりのこの街が、それでも一目で美しいと思えるのには、その自然の豊かさが理由だった。建物や道路の合間には、必ず豊かな緑が生い茂っており、街の端の方には透き通った湖も見える。

過去の人間が幾度も想像し、そして諦めた、一つの未来の形。

ここで暮らす人々の心は満たされている。

アルヒは、この街の外に砂漠が広がっているという事実を、少し疑ってみたくもなるのだった。

「綺麗ね。それには私も同意よ。だけど、今はあの塔の話をしているの。あそこに侵入しよう」

わかってる？　と言うようにサシャはアルヒの顔を覗き込んだ。少女の瞳は朝露《あさつゆ》に反射した太陽の光のような、優しい輝きを内包していた。彼女は滑らかな糸で織られたワンピースを纏《まと》い、腰のあたりに淡茶色のベルトを巻いている。さっきまで羽織っていた薄紅のマントは、今は動きやすいように、首に装着したリングの中に収納されていた。丁寧に三つ編みにされた黒い二つの髪の束が、頭から元気に飛び出している。

アルヒは顔を赤くして慌てて目をそらし、ガラスの向こうに目をやった。景色は素晴らしく綺麗だが、ここからでもヘブンは見えない。

サシャが指差した北の方角には、クオリー地区と呼ばれる、大人たちが働きに行く中心街がある。その中でも一際飛び抜けて高いあの芥子色の塔は、このサンクラウドの街で最も高い建物として有名である。この街のどこからでも見えるようにと、あんなに高く造られたらしい。

「……『知の塔』は無理だって。すぐに監視ロボに見つかって終わりだよ」

アルヒは気だるそうな、少し演技がかった仕草で、窓に背を向けてもたれかかった。

少年はいつも澄ました顔をしている。本人にそのつもりがなくともそんな風に見えるのは、おそらくその目が理由だろう。彼の丸い瞳には、いつもどこか遠くを見ているような奥行きがあった。その左目の下には、小さなほくろが斜めに二つ並んでいる。短く切られた黒い髪の毛が、目の上で右側に流れていた。

アルヒが気にしている監視ロボは、街の中でもパトロールしている姿を見かけることがある。彼らは治安を守るために、人間の代わりに働いているのだ。

この街はどんなことでもロボットが助けてくれる。買い物も仕事も、学校の勉強もだ。

そんなすべてのロボットを作っているのは、この街のインフラを担っているクオリー社だ。サンクラウドで一番大きく、権威のある会社である。知の塔と呼ばれるあの塔は、そんなクオリー社の工場の敷地内にそびえ立っている。だから、子どもの僕らが考えるよりもずっとセキュリティーは厳重だろう、とアルヒは思う。監視ロボなんて数えきれないほどいるはずだ。

「無理無理って、アルヒはいっつもそう。あの暴力ジョーンズと言い訳ボウに馬鹿にされて悔しくないの？」

名前を聞くだけで、ため息をつきそうになる。特にジョーンズは、クラスのいじめっ子としてみんなから恐れられている。気に入らないことがあれば、すぐに腕力で解決しようとするのだ。それに彼の父はこの街の偉い人物なので、先生すら何も言えないのである。

「悔しいけど……。わかった。一旦《いったん》落ち着こう。……何か方法を考えるよ」

サシャは一度言い出したら簡単に引き下がらないことを、アルヒは知っている。今することは、彼女を説得するよりも、その方法を考えることなのだ。

「方法は、いつまでに思いつくのよ？」

「一ヶ月くらい……」

「遅い！　約束に間に合わないわ。早く考えて！」

サシャの声はよく通る。ショッピングに来ていた二足歩行型のロボットが、大きな買い物袋を手にさげながら、何事かと振り向いてこちらを見ている。

どんなに賢い大人でも、たとえロボットでもあの工場に侵入するのは難しいだろう。そんなこと、いくら九歳の二人でもわかっている。しかし、そう言わなきゃいけないほどにサシャは腹を立てていた。

そして同時に、その怒りをアルヒにぶつけることは、サシャの彼に対する信頼の表れでもあった。

どんな無理難題をふっかけても、きっとその明晰な頭脳で解決してくれると。

アルヒは目の下のほくろのあたりを手で撫でてから、考えるように手を組んだ。そしてもう一度振り返り、真剣な眼差しで、遠くにそびえ立つ塔を見つめた。

まだ九歳。大人たちから見ると、自分たちは何もできない子どもに過ぎないかもしれない。しかしサシャは、アルヒがたまに見せるそうした表情に、他の子どもにはない不思議な魅力を感じていた。彼女自身、うまく言葉には言い表せないが、おそらくそれは父親譲りのものなのだと思っている。

「……全く、ロボットを大切にしないなんて、信じられないわ」

そう言って、サシャはもうここには用はないと言わんばかりに、大股でエレベーターに向かって行った。ここにのぼってくるときにも乗った、太っちょのロケットの外側に取り付けられたエレベーターは、床と壁がガラス張りになっている。落ちてしまいそうなスリルがあって、子どもだけではなく、大人にも人気なのだ。

「待ってよ。フュリーに乗って帰るよね？」

「いい。ちょっと歩きたいの」

曲がったことが大嫌い。嘘が大嫌い。好きな言葉は、正義。学年が変わるごとに、すぐに委員長に立候補する。サシャはそんな女の子だった。

「ロビンに連絡しておかないと……」

アルヒは左腕に巻かれた、薄い腕時計型の装置を操作した。

「早く。行くよ」

サシャは立ち止まらずに歩き続ける。

案内係のロボットの一体が、サシャの姿を見て、エレベーターのスイッチを押した。

アルヒは、いつもこのおてんば娘に振り回されてばかりだった。

――数時間前

ロボットたちは力持ちで頭が良くて、思いやりがある。人間と同じように体があり、頭があり、手足もある。それが最初に発明された日、当時の人たちは一体どんな気持ちだったのだろうとアルヒは思う。それがうまく想像できないのは、もうロボットの存在が当たり前になってしまったからだ。彼らのいない生活など考えられない。そして、この街で当たり前になっているものは、今やロボットだけではない。

アルヒとサシャが通う学校のあるパブリック地区は、サンクラウドの中央に位置している。住宅地区となっている東側のレジナス地区から少し距離があるが、これだけ広く造られた街の中で誰も不自由なく暮らせているのは、フュリーと呼ばれる電気自動車のおかげだった。自動で走る車の運転席には、どれも人工知能を持ったロボットが乗っている。完璧に舗装された道路の上を電気で走る車は、乗客が不快になることがないように、速度や振動が調整されている。どんな場所へも、快適にフレキシブルに移動できる。学校の先生も生徒も、ほとんどの人がフュリーに乗って学校へやってくるのだ。

その日学校では、半年に一度のロボ工学のテストが行われていた。今後の進路にも関わる、大切なテストである。生徒のそれぞれの席の前には、角度を変えられる薄い机があり、その表面が画面になっている。テストのときは、その画面に表示されている設問の下に、直接専用のペンで解答を記入していく。最後に提出と書かれたところにタッチすれば、そのまま解答は提出される。昔は紙を利用してテストを受けていた時代があったらしいが、アルヒたちにとって、それは歴史の中の世界のことだ。

いつものようにアルヒは、誰よりも早くすべての解答を終わらせた。提出ボタンを押す前に、うんっと背伸びをして、一息ついて教室を見渡した。

教室には、クラスメイトたちが画面の上にペンを走らせる、コツコツという音だけが響いている。前方の白いスクリーンには、時計と終了時間が映し出されていた。残り時間はあと十分あるようだった。

アルヒは右隣の席に座っているサシャに目をやった。サシャはアルヒの幼馴染だ。彼女の家は、自然の素材だけを使って作られたアクセサリーを売る店をしている。家が近いので、昔からよく一緒に遊んでいた。

　手を止めて画面に釘付けになっている彼女の顔は、唇を尖らせて、眉が中央に寄ってハの字になっている。真剣に考えているときの、彼女の癖だ。二つの結ばれた三つ編みが、心なしかくたびれて見えた。テストに苦戦しているのだろう。

　カタカタ、と前から規則的な音が聞こえてきた。左側の三つ前の席に、後ろ姿でも他の生徒より一回り大きいことがわかるクラスメイトがいる。ジョーンズだ。太い足で貧乏揺すりをしているのだが、机も一緒に揺れて、床と擦れて耳障りな音を立てている。

　少しすると、教卓の横で椅子に座っている先生もその音に気づいたようだった。クラスの担任の先生である、口ひげの生えたコール先生だ。先生は一度顔をしかめてジョーンズの方を見たが、何も注意せず、素知らぬ顔をした。

　アルヒはもう時間が迫っていることに気がつき、提出ボタンを押した。採点はその場で人工知能によってなされ、画面に点数が表示される。

「100／100」

　満点の数字の上に花丸が表示され、アルヒは小さく胸の前で拳を握りしめた。

　いくつもある教科の中でも、もっとも重要とされる科目が、このロボ工学である。ロボットへの深い理解のある者ほど、このサンクラウドの街では尊敬される。アルヒにとって幸運なことに、ロボ工学は自分の興味が最も刺激され、同時に最も得意な教科だった。

座っていたコール先生が、立ち上がってアルヒの画面を覗きにやって来た。

「……血は争えんね。さすがスタン氏の息子だ」

コール先生はアルヒの頭に手を置き、くしゃくしゃと撫でながら、満面の笑みを浮かべた。

「……ありがとうございます」

まだテスト中なので、アルヒは小声で応えた。褒められたことを嬉しく思ったが、父の名前を出されたことに、ささやかな不満を覚えざるを得なかった。

少し前までは、自分の名前と父の名前を並べられるだけで嬉しかった。この街で父の名前を知らない者はいないだろう。

アルヒの父スタンは、現代のロボ工学の第一人者と言える学者だった。いくつもの素晴らしい論文を書き、発明し、人工知能を持つロボットたちの権利の確立に精励《せいれい》した人である。現在のチューブを発明し、フュリーを街中に整備することに貢献したのも、若い頃の父だった。そんな尊敬する父と自分が並べて褒められることは、アルヒにとって喜ばしいことのはずだった。

幼い頃から、その父の息子であるというだけで、周りが自分に一目置くことを知っていた。天才の息子だと陰で噂されることは、何をするにおいてもプレッシャーで、授業参観のときも、クラスメイトの親たちから注がれる視線の鋭さに、アルヒは気づいていた。

そんな環境で育ったアルヒだったが、学年が一つ上がるごとに、自分は簡単に理解できる公式が、周りの友達にとって難問であるということを、子どもながらに理解するようになった。特にロボ工学の学力に関して、どうやら自分は周りより一つも二つも飛び抜けているらしい。

いつかきっと、自分も父のような立派な研究者になるのだろう。そんな自分の才への自覚故、最近ではこうも思っていた。

（お父さんの子どもだからじゃなくて、もっと、僕のことを認めてくれたっていいのに。僕には僕にしかない、才能があるはずなんだ）

スクリーンの時計が終了時間を示し、教室にアラームが鳴り響く。

隣でサシャはため息をついてうなだれている。

前の席のジョーンズは、機嫌が悪そうに机を叩いた。今回はみんなにとって、かなり難しいテストだったのかもしれない。


テストが終わり、アルヒは螺旋状《らせんじょう》のエスカレーターを降りていた。エレメンタリースクールは二つの建物に分かれていて、五歳から七歳の校舎と、八歳から十歳の校舎がある。アルヒは九歳だが、もうすぐ誕生日を迎え十歳になるので、一番上の学年だ。来年からは隣のマスターズスクールに通うことになる。そこでは自分の得意なことを、より集中して勉強できるようになるのだ。アルヒはもちろん、ロボ工学の勉強にもっと時間を割きたいと思っていた。あの父の息子だと知られなくても、周りに認められるくらい賢くなってやる。そしてそれから、父本人にも……。

授業が終わって一番に教室を出てきたアルヒだったが、それは今日のテストの結果を早く父に伝えたいという、逸《はや》る気持ちが理由だった。この結果を見れば、きっと少しくらい、お父さんも僕のことを——。

考え事をしているアルヒの肩を、後ろからサシャが叩いた。彼女の息は少し弾んでいた。走ってアルヒのことを追いかけてきたようだった。

「ねぇ、あんたまた満点とったの？」

アルヒを見下ろす円《つぶ》らな黒い瞳が、なぜか批難の色を帯びている。

「うん、そうだよ」

「さすがスタン様の息子ね。あー、将来が楽しみねー」

サシャは少し投げやりに言った。

「サシャは何点だったの？」

「私は六十五点よ。平均は三十点なんだから、これでも上出来な方なんだからね」

螺旋のエスカレーターに運ばれ、二人はピロティになっている一階に着いた。他の学年の生徒と、何人かのロボットの事務員が、門のあたりを往来している。

サシャが急に足を止めた。

「待って、何か音がするわ」

アルヒも耳をすませる。カキン、と微かな金属音がどこからか聞こえた。

「……確かに。何の音だろう」

もう一度、その音がした。何かが叩きつけられている音のようにも聞こえる。

「行ってみましょう」

「えっ、ちょっと」

サシャが走り出したので、アルヒはその背中を追いかける以外に選択肢はなかった。

二人は隣にある、下の学年の校舎の裏側に向かった。そこには生徒の植物の研究用に、様々な草花が植えられている。アルヒも何年か前、ここでクラスのプチトマトを育てて、みんなで食べたことがあった。

校舎の角の向こう側から、またさっきの金属音が聞こえた。音がさっきよりも大きい。すぐ近くだ。

二人がおそるおそる角の向こうを覗くと、小さな体のお掃除ロボットが、ジョーンズに突き飛ばされているところだった。その後ろで、クラスメイトのボウがあたふたしている。

「一体何をしてるの?」

サシャは目の前で行われている暴力行為に眉をひそめて言った。

「わ、サシャ……とアルヒじゃないか。そっちこそ、こんなところで何してるんだよ」

ジョーンズは、掴んでいた錆びたお掃除ロボの腕を慌てて放した。地面に倒れ込んだロボットは、丸い頭に四角い胴体、そこから細い手足が伸びた、よく見かける型のロボットだ。

「音がしたから見に来たのよ。あなた、ロボットに乱暴をしていたのね」

「乱暴なんかじゃない……教育してるんだよ。このオンボロが、ロボットのくせに偉そうなことを言うから、こらしめてるんだ」

ジョーンズは少し顔を赤らめながら、言い訳がましく言った。サシャにまずいところを見られたと思っているらしい。無理もない、サシャはクラスでは性別を問わず人気の女の子だ。身につけているものもおしゃれで、座っているだけで人が集まってくる。幼馴染ながら思うが、教室にいるサシャには、彼女特有の可憐《かれん》な雰囲気がある。一方で、何かを決めなきゃいけないときになると、周りを引っ張っていく強気な面も持ち合わせている。さすがのジョーンズでも、彼女に対して強くは出られないのだ。

片やサシャはと言うと、そんなジョーンズの気持ちも知らずに、怒りにわなわなと震えていた。

「そんな理由で暴力が許されると思うわけ？　ロボットに対して不満があるなら、ちゃんとロボット相談所に申請しなさい！」

彼女は強い剣幕で詰め寄った。

「だって……ロボットは別に、痛みとか感じないからいいんだよ。な？」

「訂正をお願いしまス。痛みは感じまス」

お掃除ロボットが、その場にそぐわないかん高い声で答えた。

「うるさい！」

ジョーンズはお掃除ロボの丸い頭をゲンコツで叩く。カーンという金属の音が響いた。

「ひどい」

サシャは顔をしかめた。

「こ……このロボが悪いんだよ。……先にジョーンズのことをバカにしたんだ。パパは優秀なのに、君は大したことないんですねって」

後ろで見ているだけだったボウが口を開く。ボウはジョーンズの子分のような存在だ。いつも金魚のふんのようにジョーンズの後ろについて、彼の言うことに賛成する係を務めている。

「そうなんだぞ。だから、ロボットごときがつけあがって人間に偉そうな口を利いちゃダメってことを、教えてやらないと。何と言ってもロボットは、人間のために生まれてきたんだからな。科学者たちが、人間の暮らしを便利にするために発明したんだ」

ジョーンズはお掃除ロボの頭に、そっと手を置いた。意地悪な言い方をしているが、彼は彼ですぐに、自分のしていることの正しさを信じているようだった。

「そんな考え方……その子の言う通りじゃないの！　どうせ今日のテストで平均点もとれなくて、八つ当たりしてるだけなんでしょう」

「なんだと！」

ジョーンズは図星を突かれたようで、顔を赤くして声を荒げた。

「あなたのお父さんは、この街でもロボットの権利を守るために努力している立派な人じゃない。なのに、あなたのロボットに対する態度はおかしいわ」

「何も知らないくせに偉そうにしやがって。お……女だからって容赦《ようしゃ》はしないぞ」

いくら相手がサシャでも、そこまで言われて黙っていたら、アルヒやボウの前で示しがつかないと思ったのだろう。ジョーンズはお掃除ロボから手を離し、袖をまくりながらサシャに向かって足を踏み出した。

さすがにまずいことになってきた。そう思ったアルヒは、ジョーンズの前に無言で立ちふさがった。

「なんだぁ？　正義の味方気取りでカッコつけるなよアルヒ。また前みたいに怪我させてやろうか。お前のお父さんもすごいかもしれないが、俺のお父さんは大臣なんだ。手加減はしないぞ」

アルヒは、これまでも彼に何度か突き飛ばされたりしてきた。何年か前に同じクラスになったときには、頭にちょっとしたコブができるくらいのこともあった。体格が全然違うのだ。ジョーンズは学校でも一番体が大きい男だ。エアード・フットボールで鍛えられ、誰にもケンカで負けたことがない。スポーツのセンスは、年上のマスターズスクールにも知られているらしい。

一方でアルヒは、どちらかというとクラスでも小柄な方である。

「君に敵うとは思わないけど、僕もサシャの意見に賛成だから」

痛い目にあわされるのは怖かった。それでもアルヒもまた、幼い頃から一緒にいるサシャに影響されてか、目の前で行われている悪いことは見過ごせなかった。

するとそのとき、お掃除ロボットが場違いな声をあげた。

「早くヘブンに行きたイ！　ヘブンに行ったら、人間なんかと暮らさなくてすむのニ！」

過激な内容とは裏腹に、高い幼さを含んだ声だった。全員が彼の方に視線をやった。

「……そうだな。だけどヘブンなんて、実際どんなところかわからないぞ。人間は誰も行ったことがないからな」

ジョーンズは鼻を膨らませて言った。

「どうしてあなたはそんなことを言うの？　ヘブンは素晴らしいところよ。ロボットがロボットだけで暮らせる、幸せな街よ」

「ふーん、どうだろうな。人間は誰も入ったことがないんだ。俺のお父さんでさえだ」

「いーえ、素晴らしいところよ」

サシャは自分の倍以上もの体重があるであろうジョーンズに対して、距離を詰めながら、折れることなく意見を言い続ける。ジョーンズは近くに迫られ、最終的に少し照れたように目をそらした。

「う……そんなに言うなら……じゃあな、ヘブンの写真を撮って来たら、この馬鹿なロボットのことは許してやるよ」

「……ヘブンに人間は入れないのよ？」

「でも素敵な場所なんだろ？　それなら簡単だ。ボウもそう思うよな？」

「え……うん、そう思う。ヘブンの写真、撮れると思う。撮れないって言うなら、ヘブンなんてないってことだ」

「何を言ってるのよ！」

サシャは突然降って湧いたこの不公平な取引に、言葉にできないほど腹を立てていた。それを横で見ていたアルヒは、彼女が目の前の憎たらしい同級生に掴みかかるのではないかと、一瞬ハラハラした。しかし、そんなパンパンになった風船のように張り詰めた空気に針を刺したのは、意外にも座り込んだままのお掃除ロボだった。

「私だって一目見てみたイ！　ああ、ヘブン！　広大なるプレーンズ！　ああヘブン」

まるで何かの歌のように彼は言った。間抜けな空気があたりに漂う。アルヒは少しだけ笑いそうになって、俯《うつむ》いて顔を隠した。

「ほら、こいつだって言ってるぞ。ヘブンを見せてあげないと」

ジョーンズは皮肉っぽい笑みを口に浮かべている。

「……もう、わかったわ。ヘブンが写った写真を撮ってくる。そしたらこの子に暴力を振るうのをやめる。いいわね？」

「おう、できるもんならな。もしできなかったら、どうする？」

「もしできなかったら……」

「もしできなかったら、俺の言うことを何でも一つ聞くことな」

サシャは沈黙した。

「どうした？　自信がないのか？」

「……やってやるわよ！　その代わり、ヘブンの写真が撮れたら、金輪際《こんりんざい》ロボットに暴力を振るわないことね！」

ジョーンズは、まるで新しいおもちゃを買ってもらえることが決まったかのように、ニヤリと頬をあげて拳《こぶし》を握った。

「約束だ。期限は、次に月が満ちる日まで。満月の約束だ。いいな？」

それは、およそ一ヶ月後ということだった。アルヒが十歳になる誕生日は、その一週間前である。

アルヒはこの約束を、どうせなら九歳の間に果たしてしまいたいと、心の中で思った。

「……わかったわ」

「それじゃあな。写真、楽しみにしてるぞ」

肩をいからせながら、ジョーンズは歩いていく。その後ろを、ボウがちょこちょことついて行った。


その場には、二人とお掃除ロボットが残された。

サシャの指先は微かに震えていた。ジョーンズにあんな約束を迫られ、本当は怖かったのかもしれない。アルヒはサシャに声をかけようとした。

「だいじょ……」

「……大丈夫？」

アルヒが言うより早く、サシャは傷つけられたお掃除ロボットに近づいて、手を差し伸べた。

「ああ、ワタシのためにすみません。こんなワタシみたいなロボットは、生きている価値もないんです。こんなロボットは、きっとヘブンに行ったって同じなんダ」

小柄なお掃除ロボは、アルヒと同じくらいの身長だ。その小さな身体を震わせ、俯いたまま泣き出しそうな声を出した。

「そんなことないわよ。もしあなたが望むなら、きっとヘブンでは幸せな生活が待っているわ」

「いいえ、さっきのビッグボーイが言っていたように、本当にヘブンはそんな場所じゃないのかもしれなイ」

「あんなやつの言うことは信じないで」

「ああ、一目でいいから見てみたイ。広大なるプレーンズ。ああヘブン」

さっきと同じフレーズをロボットは繰り返した。

「心配しないで。ちゃんとあなたにも見せてあげるから」

サシャはロボットに優しい。昔からそうだった。廃棄物処理場に捨てられたロボットや、重労働で傷《いた》んでしまったロボットの映像を授業で見たときに、涙を流していた。去年、学校の行事でフラワーヒルに出かけたときも、そこで働いている作業ロボットの環境を心配していた。

「こんなに優しくしてもらったのは初めてでス……」

「優しくなんてないわ。あなたは悪くないんだもの。それなら、闘わなきゃ」

サシャはそう言って笑った。何にも負けない、何にも汚すことができないような強さがその笑顔にあった。

「サシャ、彼を連れてヘブンの写真を撮りに行くの？」

「うん」

「ヘブンは人間の入れない場所だから……バレないようにしないといけないね。彼と一緒だと見つかりやすくなっちゃうよ？」

「ほら、こうすればいいのよ」

サシャはロボットの頭を引っぱった。

「え、何するの？」

「わあ、痛いイ」

スポッ、と小気味のいい音がして、彼の胴体と頭が切り離された。

「ほら、これで持ち運べるわ」

サシャはどこか自慢気にロボットの頭を掲げた。

「これでも見えてるのよね？」

「み……見えてまス」

彼は戸惑いながらも律儀に答えた。視点が違う場所にあるからだろう、胴体は方向感覚を失ってジタバタしている。確かに、ロボットは型によっては体と頭を切り離しても、問題なく機能する。

これはちょっと乱暴な気もするが……。

「こうやってリュックに入れて、ヘブンの見える場所に連れて行ってあげたらいいのよ。あなた名前は何ていうの？」

「クーでス」

「じゃあクー、どこへ行けばヘブンの写真が撮れるのか、一緒に考えましょう」

そう言ってサシャはクーを頭上に掲《かか》げた。

クーはサシャの手の中で、切り離された自分の胴体を見ながら、パチパチと何度も瞬《まばた》きをしていた。

その街には、太陽と雲がある

サンクラウドは、街のほとんどの機能が人工知能を持ったロボットの力で成り立っている。

昔は人間がしていた仕事を、今はロボットが担ってくれているのだ。事務仕事も、車の運転も、店の店員もそうだ。

家庭でも、ほとんどの家にはお手伝いロボットがいて、人間の代わりに家事をしてくれる。ロボットたちは力仕事や、何かを計算することが人間よりも得意だった。

人間はロボットに仕事を奪われるのではなく、代わりにしてもらうのだ。ロボットの労働で街の経済は回り、人々の暮らしはベーシックインカムにより、最低限の生活が保障されている。誰もが暮らしの心配をせず、自分の好きなことに時間を使うことができた。音楽を作ったり、絵を描いたりして暮らす人も多い。

その昔、人工知能ができる前、人々はいつか賢くなったロボットが人間を征服してしまうのではないかと想像した。意志を持つロボットたちが、人間を支配する世界。

そんな恐れを抱いた人間は、最悪のシナリオを避けるために、ロボット法という法律を作った。

その法律に記された三つの規定は、今もこの世界における最も重要なルールとなっている。

まず、一つ目の規定により、すべてのロボットの人工知能には、人間を傷つけることができないプログラムがなされている。

二つ目の規定により、人工知能を持つロボットの製造は、クオリー社のクオリー工場以外では禁じられている。

三つ目の規定では、一つ目の規定による、感情を持つロボットたちへの行動の制限の代わりに、ロボットたちに自由になる権利を与えている。ヘブンの存在のことだ。

サンクラウドと大きな壁で隔てられた先には、ロボットだけが入れる、プレーンズという街がある。その街では、ロボットは人間のために働く必要がない。ロボットはロボットだけで、自分の暮らしを大切にして生きていくことができる。まるでロボットにとって天国のような場所……知らずのうちに、そこはヘブンという愛称で呼ばれるようになった。

クオリー工場で作られたロボットは、生まれてから十年、サンクラウドの街で人間とともに生活する義務がある。その後ヘブンに行くのかサンクラウドにとどまるのかを、自分の意思で選び、十年目の最初の一週間で申請しなければならない。人とともに暮らし続けるか、ロボットたちだけで暮らすのかを選択するのだ。

ロボットたちはそれぞれ違った性格を持っている。穏やかな者もいれば、気性の荒い者もいる。人間と一緒に生きていきたいと願うロボットだけでなく、人間のために働くことが嫌で、早くヘブンに行くことを切望する者もいるのだ。

クーは後者で、人間のことが嫌いなようだ。だからジョーンズを怒らせるようなことを言って、今日のような事件につながった。


アルヒはサシャとヘブンの見える場所を探し、セントケットビルで知の塔を眺めた後、結局一緒にフュリーに乗って、それぞれの家に帰った。

サンクラウドの東側にあるレジナス地区はいわゆる住宅地区で、いくつものマンションが密集している。その中でも一際高いマンションの最上階が、アルヒの家だった。アルヒは父と、お手伝いロボのロビンと三人で暮らしている。

「ただいまー」

「坊っちゃん、お帰りなさい」

アルヒが帰ると、玄関でロビンが迎えてくれた。

ロビンは正面から見ると、台形の体の上に楕円の顔を貼り付けたようなフォルムをしている。体からは二本の手が伸びていて、その手にはちゃんと指もある。足の役割を担っているのは、台形の体の下に二つ付いた、小さなキャタピラである。歩くときには特徴的な音が鳴る。

CX-A2というこの少し旧型のロボットは、この高級感のあるマンションの中では、型の古いロボットに見えるかもしれない。それでも街に出ると、彼と同じ型のロボットはまだたくさん歩いている。

ロビンは十数年前、アルヒの父スタンと母メアリが結婚した年にこの家にやって来た。幼い頃に母を亡くしたアルヒにとって、生まれたときから一緒に暮らしているロビンは、ロボットと言えど、もはや大切な家族の一員だ。

「今日のテストはどうでしたか?」

リビングに入って、旧型のロボット独特の直線的な動きで移動しながら、ロビンは言った。

「満点だったよ」

「素晴らしい! さすが坊っちゃん、お父様に似て優秀です」

ロビンの口調は人間の年寄りみたいだと、アルヒはいつも思う。

リビングのテレビの画面には、アルヒが幼い頃に撮られた家族写真が映し出されていた。きっとロビンが設定したのだろう。写真はセントケットビルの前で、父と母とロビン、そして母の腕に抱かれた、小さなアルヒが写っている。写真は少しすると、今度は街の端にある湖の写真に切り替わった。

「……お父さん、今日ほんとに帰って来るよね？」

「はい。夜に帰って来る予定になっていますよ」

「……わかった」

父のスタンは、ほとんど家に帰って来ることがなかった。ロビンがいるので家のことは困らないが、アルヒがもっと幼い頃は、父がいないことに寂しさを感じていた。

アルヒは、父が自分には興味がないのだと思っている。表面的には優しく接してくれることもあるけれど、あと一歩、心に踏み込んだ話をしたことがなかった。自分の将来の夢を訊かれたことも、父の過去の話を聞いたことも、一度もないのだ。

素晴らしい父を持って羨ましいと周りに言われる一方で、実際は息子である自分は、父のことをあまり知らない。

天才少年だと周りからもてはやされても、アルヒは唯一の人間の家族である父に、もっと自分のことを認めてもらいたかった。最初にロボ工学の勉強に興味を持ったきっかけも、父の研究分野であるそれに少しでも詳しくなることで、褒めてもらえるのではないかと思ったからだった。

父とはずっとそんな関係であるはずなのに、なぜかアルヒの曖昧な記憶の中では、優しい笑顔を自分に向ける彼の面影がちらつく。自分の頭を撫でる、父の微笑み。果たしてその映像がもう、現実だったのか夢の産物なのかもわからない。

「坊ちゃん、何か飲み物でも入れましょうか？　今夜は新鮮なフラワーヒルの野菜を煮込んだお料理ですよ。今日はお買い物にも行ってきましたから」

ロビンが嬉しそうに言った。そう言えば家に帰ったときから、美味しそうな匂いがしているなと思っていたのだった。

この街の食べ物は、多くがフラワーヒルと呼ばれる西側の地区で作られている。広大な土地で徹底管理のもと作られた農産物と畜産物が、他の地区の小売店に届けられる仕組みだ。

フラワーヒルで働いているのはほとんどがロボットであるが、そうした仕事に興味のある人間も、ロボットと一緒に労働することができる。人間にとってやりがいを持つことは、生きるうえにおいて大切なことだ。フラワーヒルの農園では、たくさんの人間がロボットと同じように労働し、コミュニケーションを取って暮らしている。

「うーん。でも、とりあえず今はいらないや。部屋で勉強してくる」

少し残念そうにしているロビンを残し、アルヒはリビングから階段をのぼって、自分の部屋に向かった。部屋に入ると、すぐにベッドの横にカバンを置いた。

アルヒの部屋には大きめのベッドや勉強机、薄型のテレビやソファなどが十分な余裕を持って配置されていた。壁際の棚には、過去から最新までの様々な型のロボットの模型が整頓《せいとん》されて並べられている。その横には、アルヒが去年の自由研究で作った、実際に飛ばすことのできる、プロペラのついた手のひらサイズの人形があった。ロビンと同じデザインで作られたその人形は、自分で障害物を避けて飛ぶことができる優れもので、学校でも賞をもらったのだ。

部屋の大きな窓からベランダに出れば、住宅街を見渡せる。アルヒはそこで街の景色を眺めるのが好きだった。街は太陽の光を浴びて、何度も色を変えるのだ。この時間は右手側に雲の合間から日が沈んでいくのが見える。オレンジの光が大小様々な形のマンションを、同じカラートーンに染め上げていた。

アルヒは窓際の勉強机に座って、その上に手のひらを置いた。木目のパターンを映し出していた画面が一瞬だけブラックアウトし、いくつかのアイコンが浮かび上がる。学校にあるものと同じように、角度を変えることのできるテーブル型のコンピューターである。特にアルヒの部屋にあるコンピューターは、家庭用としては抜群に性能がいいのだ。

「さてと」

約束どおり、一ヶ月以内に工場に侵入する方法を考えなくてはいけない。

「クオリー工場の地図を出して」

画面上の一つのアイコンに触れてから、アルヒが机に向かって声をかけると、画面に工場周辺の簡易な地図が映し出された。この街のことは、クオリー社の人工知能が管理しているデータベースにつなげば、誰でも最新の情報を得ることができる。どこかに新しいレストランができたことや、今の時期の旬の食べ物だってそうだ。

「立体で見せて」

そう言うと、画面から工場が飛び出すようにアルヒの目の前に現れた。目的の塔が一つだけ突出《とっしゅつ》している。アルヒはその立体を手のひらで触り、回転させる。

「どこから入れるかな……」

アルヒは腕を組んで思考を巡らせる。何か方法はないだろうか。絶対にバレずに、侵入して、帰って来る方法。外観からだけでは、センサーの位置や監視ロボットの位置まではわからない。

下の玄関から音がして、考えにふけっていたアルヒは我に返った。予定よりも早く父が帰って来たのかもしれない。アルヒは急いで階段を降りて行った。

アルヒが壁の向こうを覗き込むと、父はリビングでロビンと何かを話しているようだった。研究者らしい、薄く汚れた白衣を羽織っていて、長身のそのシルエットによく似合っている。豊かに黒い口ひげと髪は、今日も綺麗に整っていた。どんなに忙しくても、父の身だしなみが崩れているのをアルヒは見たことがなかった。それでも顔に、疲れによる陰りが微かに見えるのは、今日も長い時間仕事をしていたからだろう。

「……お父さん、おかえり」

アルヒはおそるおそる声をかけた。

「アルヒか」

スタンはこちらを見もせずに、ゆっくりと低い声で言った。

「……今日ロボ工学のテストで満点とったよ。クラスで僕だけだった。平均は三十点のテストだったんだよ」

父はしばらく黙っていた。何か考え事をしているようだった。

「そうか……偉いな」

「あと、今日は新鮮なフラワーヒルの野菜の煮込みがあるって……ロビンが……」

スタンはアルヒの声が聞こえなかったかのように、話の途中で自分の部屋へと入っていった。ロビンは困ったような顔をしている。

それが、父との二ヶ月ぶりの会話だった。


次の日、アルヒが朝起きてリビングに降りてくると、すでに父は仕事に出かけていたようだった。

「坊っちゃんおはようございます」

「おはよう。……お父さんは？」

アルヒはテーブルの前の椅子に座った。

「急用ができたようで、早朝に出られました。ブラー大臣と、クオリー工場で面会の予定ができたようです。今、坊ちゃんの朝食を出しますね」

ブラー大臣……、とアルヒは呟いた。ブラー大臣はジョーンズの父である。この街の政治の中心人物で、聡明だと評判の人だ。息子はあんな風に傲慢《ごうまん》に育ってしまっているが、彼自身はロボットの権利を大切にし、街の人々にも人気がある。メディアに出るときの彼はいつもダブルのスーツを着ていて、ちょっと肥えているのか、服の上からでも丸いお腹が出ているのがわかる。笑顔で手を振る、そんな何かのキャラクターのようなところも、彼の人気の秘密だろう。

しかしアルヒは、息子のジョーンズに嫌な思いをしているせいか、その父であるブラー大臣のことを好きになれずにいた。テレビで見ていても、笑顔の裏に何かを隠しているような気がして、本当に思っていることを話しているのかな、と思うことがある。アルヒはテレビで彼が映るたびに、苦手だなと感じていた。

クオリー社はロボットを含むこの街のインフラを担っているので、政治とも大きな関わりがある。アルヒは自分の父の交友関係や、今している仕事や研究について何も知らなかったが、有名な研究者である父が、ブラー大臣と会うのは不思議なことではないと思った。

父は忙しいのだ。息子のことなど、気にする暇もないほどに。

「あちち。どうぞ、焼きたてですよ」

ロビンはトレーにのせた朝食をキッチンから運んで来てくれた。今日はチェリーパイを焼いてくれたらしい。アルヒが幼い頃に、ロビンの作るチェリーパイが好きだと言ってから、彼は毎週一度はこれを朝食に出してくれる。柔らかい生地の上に甘いチェリーがのっていて、焼きたてのアツアツは絶品なのだ。

「今日のニュースを、今出しますね」

ロビンが言うと、風景の写真が映っていた目の前の画面に、文字のニュースが映し出された。父は動画のニュースよりも文字のニュースを好んだ。多くの情報を素早く得ようと思うと、聞くよりも読むほうが早いらしい。その習慣が、アルヒにも受け継がれている。

ニュースの一面は『ホープ博士、約十年の刑期が終わり出所。違法のコアは見つからず』という記事だった。

「ん、これは誰?」

アルヒはチェリーパイを頬張りながらロビンに尋ねた。

「坊ちゃんが生まれる前の事件でしたから、知らないのも当然ですね。彼は違法のコアの研究をして逮捕されたんです。でも実際にコアは見つからなかったようですね。完成には至らなかったのかもしれません」

「違法のコアってどんなの?」

「わかりません。ですがきっと強力なパワーを秘めているのでしょうね。頭の回転がいいのか、エネルギー効率がいいのか……。人間を傷つけてしまうようなものかもしれません」

ロボットの中に入っている人工知能のことを、コアプログラムと呼ぶ。もちろん、ロビンの体にもそれが入っている。

ずっと昔、人間と人工知能が円滑にコミュニケーションを取るためには、人間と同じ感情をプログラミングすることが有効だと気づいた科学者がいた。さらに、ロボットの姿を人に似せることで、人は愛着を持ち、それがより互いの成長を生むと考えた。

コアが発明され、それを搭載《とうさい》したロボットは、それまでの時代のロボットをすべて過去のものにした。ロボットたちは人間に似た体を自由に操り、人間と同じように振る舞うことができるようになった。

コアこそがロボットの知能の源であり、パワーの源だ。人間で言う脳でもあり、心臓でもある。

コアは定められたロボット法に従って作られているが、違法のコアは、その法律から逸脱《いつだつ》したものなのだろう。

「十年前……。お父さんはこの事件のこと知ってたのかな?」

「もちろんです。ホープ博士の悪い研究が発覚した当時、お父様も強く批難していました。しかしホープ博士は、お父様の先生と言えるほどに優秀な方でしたから……」

「え? お父さんはこの博士のことを知っているの?」

「はい、クオリー社で、一緒に研究していた時期もあります」

アルヒはニュースの写真の中で、白髪で聡《さと》さの感じられない表情をしているこの博士が、父の先生だとは信じ難かった。

「……僕はお父さんのこと、何も知らないんだ」

「あまり家で、自分の話などされないようになってしまいましたね」

「昔は違ったの？」

記憶の中にぼんやりと存在する、優しい笑顔を投げかける父の映像。あれはやはり、夢ではないのだろうか。

「お母様がご存命だった頃は、もっと明るい方でした。研究にも熱心で、サンクラウドをより人間とロボットが暮らしやすい場所にしようと、労を惜しまず働いていました。……しかし、お母様が事故で亡くなられてからは、まるで別人のようになってしまいました。あれだけ大切にしていた奥様を亡くしたのですから、無理もないことだと思いますが……」

「……お母さん」

アルヒはかじりかけのチェリーパイを置いた。アルヒには母であるメアリの記憶がほとんどなかったのだ。幼い頃に事故で亡くなったということは知っている。写真で見ていたせいだろうか。その腕に抱《いだ》かれたぬくもりの感覚だけが、何となく体に残っている気がする。

アルヒが空中で画面をスクロールするように手を動かすと、新たに様々なニュースや広告が飛び込んで来た。ロボット劇場のこけら落とし公演、ホログラム水族館のイベントの開催、ロボットのボディクリーニングの割引、有名シェフによる人間用レストランのオープン、などなどだ。

「人間用のレストラン？　初めて聞いた」

アルヒが気になって呟くと、ロビンも画面に視線を送る。

「ロボットが入れないレストランですね。昔は普通にあったんですけど、差別的だということで最近は数が減りました。『No Robots』と入り口に書かれているんですよ。新たにオープンとは珍しいですね」

アルヒが広告を眺めながら、チェリーパイの最後の一かけらを口に放り込む。そこで、画面の上部に新たなニュースが追加された。たった今更新されたニュースらしい。アルヒは画面を一番上まで戻した。

『セントポリオ地区で、大臣に魔の手』と書かれた記事だった。

昨日の夜、ブラー大臣が何者かに襲われたらしい。大臣は軽傷だが、犯人は走り去ったらしく、正体は不明ということだった。ロボットの可能性もある、という奇妙な記事だった。

「ねぇロビン、お父さんの急用って、今来たこのニュースと関係あるかな？」

ロビンはアルヒが食べ終わった皿を手に持ってから、画面に目をやった。

「そうかもしれません。物騒ですね……。坊ちゃんも外出時は気をつけないと」

「でもこのニュース変じゃない？」

「変ですねぇ。こんな幸せな街に、何の不満があるんでしょうか。それに、あの大臣を襲うなんて」

ロビンは皿を持って、キッチンの奥へ歩いて行った。

「……違うよ。だって、ロボットは人間を傷つけられないはずなのに」

アルヒは学校に行く準備をしてから、家の下の道路に並んでいるフュリーに乗り込んだ。シートのそばに付いているセンサーに、左手の腕時計を近づける。ピッ、という音がして、センサーが緑色に光る。

「学校までお願いします」

「カシコマリマシタ」

運転するロボットが、ハキハキと返事をして、車は滑らかに走り出した。

街に住んでいる人は、みんな何かしらの形で電子IDを持っている。多くの人が、ウォッチと呼ばれる腕時計型の装置を腕に巻いている。その電子IDで、身分を証明したり、買い物をしたり、フュリーに乗ったりすることができる。形のあるお金があった頃、人はそれを盗むために、人を脅したり襲ったりしていたらしい。この街ではそうした犯罪は起こり得ない。

フュリーは大きな道に出て、速度を上げた。窓の外では等間隔にフュリーが並んで走っている。ロボット同士が連係をとっているので、渋滞が起こることもない。チューブに入ればさらにスピードは上がるが、体感ではあまりそれを感じない。

学校に着くと、アルヒは螺旋のエスカレーターをのぼって、教室へと向かった。今日の授業は、サンクラウドの街の歴史を学ぶ授業だった。

コール先生はスクリーンに様々な映像を映しながら解説を始めた。何度も聞いたことのある話でも、映像を見ながら学ぶと、より歴史が身近に感じられる。

スクリーンには、太陽とその周りを回る惑星たちが映し出されていた。地球は数百年ほど前に、突然活動的になった太陽から発せられたフレアの影響で、その広い範囲が砂漠へと変わってしまった。多くの人が亡くなり、人類は滅亡の危機を迎えた。

砂漠が星を覆い尽くさんとしたときに、人々は科学技術を結集して、一つの街を造り始めた。その街では、砂漠になってしまった外部からの影響を可能な限り排除するために、頑丈な壁で街を囲い、街の上空に雨や風を退けるドーム型の見えない空気の層を作った。

教室のスクリーンに、今度は白い柱のような装置が映し出される。セントケットビルから見下ろしたとき、街中に等間隔で並んでいたあの装置だ。街の中にいくつも立っているこの高い柱は、ドーム型の空気の層を維持するための装置である。その機能により雨の降ることのないこの街は、いつしか「サンクラウド」と呼ばれるようになった。そして、この街の中だけで暮らしのすべてが完結するように、人々は必要なものをこの街に凝縮《ぎょうしゅく》した。

今も街の外には砂漠が広がっていて、人が住める環境ではない。

今度はスクリーンに、街の外に広がる荒涼《こうりょう》たる砂漠の映像が映し出されている。それを見ながらアルヒは、この前セントケットビルから見下ろした美しいサンクラウドの景色との差に、言葉にできない違和感を覚えていた。不自然なまでに、この街は何もかもが揃っている。この映像を見ると、こうしてサンクラウドで暮らせることが幸せなことだと、誰もが思うだろう。

「先生、違法のコアって何ですか？」

隣の席で集中して話を聞いていたサシャが、急に手を挙げて質問した。彼女も今日の朝、ニュースを見たのだろう。

「おお、ホープ博士のニュースを見たのかね。では残り時間は、改めて基本的なコアについてのおさらいでもしよう。街の歴史とも大きく関わることだからね」

コール先生は自分の口ひげを一撫でして、スクリーンに専用のペンで「ブルーコア」「レッドコア」と書いて、丸で囲んでから説明を始めた。

ここからは、アルヒも得意な分野だった。

人間が作り出したコアプログラムには、大きく分けて二種類ある。それは、人間のように感情を持つものと、持たざるものの二種類だ。

感情を持たない人工知能を「ブルーコア」と呼ぶ。フュリーを運転しているロボットなどがその代表である。会話もできて、的確な作業や素早い判断ができるが、喜びも悲しみも感じることはない。

一方で、感情を持つ人工知能を「レッドコア」と呼ぶ。そしてレッドコアを持つことができるのは、足に準じた機能を持つ、自分で移動が可能なロボットだけであると定められている。もちろんロビンやクーは、レッドコアを持っているロボットだ。

そうしたロボットに対する人間の考え方は、大きく分けて二つあって、今もそれが大人たちの間で議論になることがある。

一つは、どちらのコアを持っていても、ロボットは常に人間のために存在するべきだという立場だ。もう一つは、レッドコアを持つ感情のあるロボットだけは、ロボットでも人間と同等の権利を持つことができるという立場である。

この街の理念は後者であり、その象徴となっているのがヘブンの存在である。感情を持つ、人間と同じように振る舞うことのできるロボットは、もはや人間と同じ自由を与えられているという考え方だ。だからサシャは、レッドコアを持つロボットの扱いが不当な場合は腹を立てる。

ジョーンズはロボットを下に見ているから、どちらかと言えば前者に近い意見だろう。もしかすると、そう言葉にしないだけで、心の中ではジョーンズのように人間の方が偉いと思っている人もたくさんいるのだろうとアルヒは思う。ただその意見をこの街で大きな声で言うことは、差別的な響きを持って聞こえるということを、みんなもわかっている。

アルヒは先生の話を聞きながら、ぼんやりとクーのことを思い出していた。

人間だけでなく、ロボット側にも意見があるだろう。人間と一緒に暮らしたいロボットと、そうでないロボットがいる。

アルヒが出会ってきたロボットの中で、人間が嫌いなロボットはクーが初めてだった。

昨日、クーに手を差し伸べるサシャの姿を見てから、アルヒは人間とロボットの関係について、深く考えるようになっていた。ロボ工学で勉強するような、技術的な視点ではない角度から。

授業が終わって螺旋のエスカレーターを降りると、ピロティで掃除をしているクーが、アルヒに気づいて手を振っていた。

「クー、調子はどう？」

昨日、アルヒはロビンに使っている関節用のオイルを、随分傷んでいたクーの体にさしてあげたのだ。

「おかげさまでいい感じでス。前より、かなり楽に歩けまス」

「よかった」

アルヒはクーの満足そうな姿に安堵した。

「アルヒとサシャは優しいでス。こんな人間には出会ったことがありませン」

そう言ってくれたクーに、アルヒはさっきの授業中に考えていた疑問を訊いてみたくなった。

「ねぇ、クーみたいに、人間が嫌いなロボットはどのくらいいるの？」

「山ほどいますヨ。特に裏町の酒場なんかにハ」

「酒場……」

アルヒは、生まれて初めてその言葉を口にした気がした。言葉の意味は知っていたが、まだ自分の日常からは、ずっと遠い場所にある言葉だと思った。

「興味があるなら、連れて行ってあげますヨ」

「僕でも入れるの？」

「どうでしょうネ。そもそも人間を見かけたことはないですが、大丈夫じゃないですかねェ」

その街には、神様がいる

サンクラウドの南側には商業施設が集まっているセントポリオ地区がある。若者たちが集う街とも言われているが、細かく分けると地区の中でもそれぞれの場所でカラーがあり、集まる人の種類や年齢も違う。

その中には、裏町と呼ばれるロボットたちが多く集う地帯もある。ヘブンのように人間が入ることを禁止されているわけではないが、住民のほとんどがロボットであるということで知られている地域だ。

人が歩くと危ない、不良のロボットが集まる、などという真偽も定かではない噂を、アルヒも聞いたことがあった。夜の遅い時間までたくさんのロボットがたむろしていて、子どもが近づくのは危険らしい。

　細い路地の裏通りにアルヒが足を踏み入れると、昔の時代の言葉で書かれた看板が並んでいる。この街の人間には、もう読むことができない言葉だ。通りの壁はススで汚れたようにくすんでいる。クリーンな景観のイメージのあるサンクラウドには、いささかそぐわない街並みだった。それでもアルヒは、この雑多な雰囲気にどこかノスタルジックな気持ちが芽生えていた。以前にどこかで、こうした街並みの写真や映像を見たことがあるからかもしれない。

　そこに一軒、変わった見た目の店があった。まるで木造でできた建物のように、外観に木目が描かれている。

　異国。この街でしか暮らしたことのないアルヒにとっても、そんな言葉が頭に浮かぶような店だった。入り口の上には「Oil」と書かれた銀の板が掲げられている。

　前を歩いていたクーは、迷わずその店の扉を開ける。自動ではなく、引き戸になっている珍しい扉だった。

「あぁ、クーかい。早いね。調子はどう？」

　カウンターの向こうにいる女性が、クーの姿を認めて言った。

「今日も一人かい？」

「それが、実は今日は一人じゃないんでス」

「ここにいるよ」

アルヒはカウンターの下で、精一杯手を挙げた。背が低くて、向こうからは見えなかったのだ。

「なんだ、人間の子どもじゃないか。チビすけ、ここは子どもの来るところじゃないよ。そもそもロボットしか客にしてないんだ」

冷蔵庫に向き直って、めんどくさそうに女性は言った。

この女性、エマのことはクーから話を聞いていた。彼女はまだ二十歳という若さで、一人でこのロボット専用の酒場を営んでいるらしい。でも実際に会ってみると、女性一人でロボットたち相手に店をやってきた経験からか、面差しには若さよりも、引き締まった精悍《せいかん》さがあった。黒のタンクトップから伸びた腕には、竜のタトゥーが施され、その瞳がこちらに睨みをきかせている。

「ただの子どもじゃないんでス。スタン氏の息子なんでス」

そう聞いて、冷蔵庫から瓶を取り出そうとしたエマの手が止まった。

「……スタンの？　ああ、あの馬鹿でかいマンションに住んでるって噂だろ」

そんなことまで噂になっているなんて、有名になるっていいことだけじゃない、とアルヒは思った。

「そうか。クー、あんた今学校の清掃員してるのかい。凄いのと友達になったんだね。有名人の息子のチビすけ、何しに来たんだい？」

エマはこちらを見下ろしながら、ぞんざいな言い方をした。

「僕の周りには、あまり人間が嫌いなロボットがいなかったんだ。だけどクーが、ここにはいっぱいいるって」

アルヒがそう言う間に、クーが店の一番奥のカウンター席に座ったので、アルヒもそれに続いた。壁に貼られてあるメニューには、様々な種類の飲み物が記されているが、どれもロボット用の飲料のようである。なるほど、確かに人間の来る場所ではない。

「お坊っちゃまの周りにはいいロボットしかいなかったのかい？　でも、社会勉強ならよそでしてくれないか？　クー、あんたもこんなチビ連れて来るんじゃないよ。ホントにどうしようもないバカだね」

「そう言うお姉さんも人間じゃないの？」

アルヒの率直な疑問だった。

「私は特別だよ。ちなみにお姉さんじゃなくてエマって名前があるんだ」

「エマ、僕にもアルヒって名前がある」

「チビすけに名前はいらないよ」

エマがそう言ったとき、扉が開いて、新たに一人のロボットが入ってきた。マントを羽織っていて、そのシルエットは隠されている。ほとんどのロボットの型を把握しているアルヒだったが、彼の型は判別できなかった。かなり古いロボットのようで、角ばった顔に、不器用そうな二本指の手がついている。腕と顔しか見えないが、しばらく洗っていないようで汚れが目立っていた。

「いらっしゃい」

「いつもの頼む」

しゃがれた声を出して、そのロボットは入り口に近い席に座った。首がゆらりと動いて、アルヒと目があう。

「なんだぁ、人間の子どもがこんな場所で何をしてる！」

乱暴な口調で言った彼は、相当面食らったようで、頭の後ろから白い煙を勢いよく噴き出した。

「ダン、聞いて驚くよ。その子は、あのスタンの息子だよ」

「何？　スタンだと？　いや、誰が相手でも関係ねぇ。俺の仲間はガラクタ街《がい》にいるんだぞ。俺が呼び出せば、人間なんて一瞬でミンチにしてやる」

「はいはい。わかったから。とりあえず落ち着きな」

エマは子どものわがままを聞くように受け流した。複数の「Oil」と書かれたラベルの貼られた瓶を、奥の棚から取り出している。

「ガラクタ街って？」

アルヒは小声でエマに尋ねた。

「子どもは知らなくていいんだよ」

「街の外のことさ」

ダンは聞こえていたようで、アルヒの問いに答えた。エマは小さく舌打ちをして、アルヒに向かって言う。

「そうだよ。街の外には、こわーいロボットがたくさんいるんだ。チビすけみたいな子どもにも容赦がないようなやつさ」

まるで子どもを怖がらせるような、おどけた口調だった。

「でも、ロボットは人間を傷つけることができないんじゃないの？」

アルヒの言葉に、ダンがすぐに反応した。

「レッドコアのロボットはそうさ。だが外の世界のロボットは、そんな法律に縛られちゃいねぇ。体の中にあるコアは、ノーカラーさ」

コアのことは、この前学校でも聞いたことだし、みんな知っている。だけど、ノーカラーという言葉は聞いたことがなかった。アルヒはふと、ホープ博士の記事を思い出した。彼が作ったと疑われた違法のコアは、ノーカラーと呼ばれるコアだったのかもしれない。

「チビすけ、そこのバカの話を真に受けちゃダメだよ。そいつは劣化し過ぎて頭がおかしくなっちまったのさ。全部妄想。街の外には何もいやしないよ」

呆れたような口調で、複数の瓶から少しずつ、液体を銀のカップに入れてエマは言った。

「ほらよ」

エマがカウンターに出したコップには、透明な液体がなみなみと注がれていた。ダンはそれを器用に二本の指でつまんで、口に運んでいく。

「ブハァ。うまい」

彼はそれを、本当にうまそうに飲むのだった。

「僕にも何かちょうだい」

酒場で飲み物を飲むなんて大人だとアルヒは思った。それに、ちょうど喉が喝いたところだった。

「人間用の飲み物なんて置いてないよ。オレンジジュースでも飲んどきな」

置いてないと言いながら、エマはアルヒにジュースを注いで渡してくれた。アルヒは喜んでそれを受け取る。

「おい、チビ。こんなところに何しに来たんだよ」

ダンはやはりアルヒのことが気になるようだった。

「僕はどうして人間を嫌うロボットがいるのか、知りたくて来たんだ」

「どうしてだって？　チビ、どうして人間と同じ見た目のロボットがいないか知ってるか？　今の技術なら作れるはずだろう。人工皮膚でも貼り付けてな」

しゃがれた声で流暢《りゅうちょう》に言葉を紡いでいく。考えたこともないことだったが、アルヒは想像してみた。人間と見た目は寸分違わぬようなロボットを作る……。課題はあるが、できないことではないだろう。

「どうしてだろう……？」

「昔々な、人間は作ったんだ。人間と同じようなロボットをな。出来上がったロボットはどうしたと思う？」

アルヒは沈黙した。想像もつかなかった。

「体を掻きむしって、皮膚を剥がしたんだとさ。全身から人工血液が出て真っ赤っかだ。違和感があったんだとさ。どんなに似せて作っても、俺たちロボットと人間は違う。それほどに溝があるもんだ」

一呼吸置いて、ダンは続けた。

「最近も、人間は人間だけしか入れない店を作り出したりな。何だかんだで、人間様の社会なんだよ。エマ、もう一杯同じの」

「はいよ」

エマはコップを受け取って、また液体をなみなみと注いでから、ダンに渡した。

「そんなに人間が嫌いなのに、どうしてダンはエマのことは好きなの？」

「好きじゃねぇ。だがエマは特別さ。こんな女はなかなかいねぇ。俺たちのことを理解している」

「どうだか」

エマは火をつけたタバコをくゆらしながら、クールな表情でくすんだ木目の天井を見つめている。

「ねぇ、さっきガラクタ街って言ったけど、外の世界はただの砂漠が広がっているだけだよ。今日学校で、その映像をみんなで見たんだ」

「……」

エマはアルヒの言葉に無言だった。

「……ただの砂漠なんて嘘っぱちだ。バカな人間がバカな人間のために作った嘘さ」

ダンは少し酔っ払っているように言った。

「しかし……うまいんだよな。オイルの話じゃねぇ、人間だよ。おい昔な、世界にはテーマパークというものがあった。知っているか？」

「ううん、知らない」

「そこでは、セントケットビルのエレベーターみたいな乗り物や、ロボット劇場みたいなものがたくさんあった。この街はその中に似ているのさ」

「……どんなところが？」

「壁を感じないのさ。この街に端があることを、頭ではわかっていてもそれを感じさせない。作ったやつは頭がいい。街の端には林があったり、湖があったり、使われていないビルやマンションがあって、その向こうに行こうとは思わせない。巧妙だろ」

アルヒは暮らしてきたこの街のことを、そんな風に考えたことが一度もなかった。

「空を飛ぶ乗り物だって、お前は知らないだろ？」

「……知らない」

「これだけ技術が発達しているのに、何も空を飛ばないなんて変じゃないか？　空を飛ぶ何かを見たこともねぇ。そんな発想さえ、持たせないように街が工夫されてるのさ。なぜだかわかるか？」

アルヒは大きく首を横に振った。

「外にはな、見られてはいけないものがあるんだ。ここは戦争のあとにできた街なのさ。人間とロボットは、昔戦争したんだ」

「戦争？」

「ダン、もうやめな。あんまり言うと、ロキ様の天罰が下るよ」

エマが言うと、ダンは何かを怖れるように一度下を向いて、それからもう何も言わなくなった。しばらくして顔を上げると、くっと残りのコップに入った液体を飲み干した。

「今日はもう行く。美味しかった。またゆっくり来るよ。おいチビ、初めて会ったが、お前のことはなぜだか嫌いじゃねぇ気がする」

そう言い残し、ダンは空になったコップをカウンターに置いて出て行った。残されたコップを、エマがカウンター越しに手を伸ばして回収した。

「あんなこと言うなんて珍しいね。ダンはこの街でも特別人間嫌いのロボットなのに。……どうだいチビすけ、何か勉強になったかい？」

「うん……ダンの言い分はわかったよ。人間とロボットは違う。……でも、お互いなくてはならない存在のはずなのに」

「なくてはならない存在だから、憎むことだってあるだろう？　まぁいい、自分の意見をはっきり言うところは私も気に入ったよチビすけ。ただ覚えておきな。永遠に続くように見える幸せも、いつかは終わる。喜びばかりを集めた地上の地下には、必ず悲しみの廃棄物が埋められているものさ」

エマはもう一度タバコに口をつけ、それを入念に灰皿に押し付けながら、煙を吐いた。

アルヒはただ、その煙が空気にとけていくのを見ていた。

*

スタンは白衣を身にまとい、クオリー工場内の小さな部屋の中にいた。

昨日の会話が、アルヒと二ヶ月ぶりの会話であったことなど、スタンは知りもしなかった。家族のことなど、気にする暇がないほどに、とにかく研究が忙しいのだった。

昨日も久しぶりに家に帰り、家でしかできない研究にゆっくりと取り掛かろうと思っていた。しかし、急な予定変更があり、今日もこうして朝からクオリー工場に来なければならなかった。断るわけにはいかない用事だ。その人とはもう長い間、お互いに切り離すことのできない関係になっているのだから。そしてこれも、この街の未来のためなのだ。

扉の開く音がして、スタンは立ち上がった。

現れた人影は、ダブルのスーツを着て小綺麗な格好をしているが、でっぷりとしたお腹は隠せていない。

「まずは……ご無事でしたか？」

ブラーの血色の良い顔を見ながらも、スタンは建前上、そう尋ねた。

「スタンくん。急に時間を作ってもらって悪かったな。怪我はこの通りなんでもない。だが、気がかりなことがあってな……。それでこうして君に会いに来たわけだ」

「犯人の正体のことでしょうか？」

「そうだな」

大臣が何者かに襲われたという話を、スタンは研究所の部下から聞いた。そのあと本人から連絡が入り、こうして二人は会っている。

いつものように二人はテーブルを挟んで座った。クオリー工場内にある一室。一部の人しか入ることができない、密会に適した部屋だった。

「不思議な報道のされ方でしたね」

「そうだ。まぁ、ほとんどの人は気がつかないだろう。この街は、満たされているからな。いや、君のおかげだよ」

ブラーはどっしりと椅子に座って、目つきの悪い顔でスタンを見た。メディアの前で見せる笑顔とは対照的だった。

「だが、早急に解決する必要がありそうだ。こんなことを相談できるのは、君しかいないと思ってな」

「……そうですね。確実に……ロボットだったんですよね？」

「そうだ。そのレストランには、人工知能に反応するセンサーがあった。警報とともに入ってきた犯人は、私に向かって電子銃を発砲し、去っていった。護衛のロボットが身を艇《てい》して守ってくれたから無事だったものの……。そして、私はこの通り腕に小さな傷を負った」

「ロボットが人を傷つけた、ということですね」

スーツの袖を捲り、腕についた小さな傷を見せながら大臣は頷いた。

「人を傷つけることができるロボットが存在するなんて、ありえないことです。その目的もわかりません」

「そうなんだ。私もまだ半信半疑なんだが、また現れないとも限らん」

大臣は椅子に深く座って、体を背もたれに預けた。スタンは少し考えを巡らせた。

「そうですね……。私にアイデアがあります。少々荒っぽい方法かもしれませんが……」

この部屋には自分たち以外誰もいない。話を聞かれる心配はない。それでも、スタンは自然と少しずつ声のトーンを落としながら会話を始めた。

スタンは話しながらも、ずっと昔のことを思い出していた。そのときもこの部屋で、大臣とこんな風に話をしていた。いや、そのときはまだ大臣ではなかったか。

「……そうか。何かを解決するには、リスクも必要だということだな。その通りだと思う。この件は、専門家である君に任せることにしよう」

ブラー大臣は不安そうな顔をしながらも、重そうに体を持ち上げ、扉へと向かった。スタンも立ち上がる。

「それともう一つ……うちの息子は学校の成績が今一つ良くないようだが……君のところの子どもは、優秀に育っているみたいだな」

思い出したように、大臣は言った。

「それがどうかしましたか？」

「心配しているんだよ。優秀過ぎてな。まるで君のように」

急に息子の話をされて、スタンは調子が狂うようだった。だが大臣が何を心配しているのかもわかっていた。

「……大丈夫ですよ。何かありましたら、私がうまくやります」

大臣は、作ったような笑みを浮かべた。

「よろしく頼む、な」

大臣は扉を開き、一言そう言ってから去って行った。

スタンは部屋に一人残され、もう一度椅子に座ってから、深いため息をついた。

すべてはこの街のためだ。そう、この街の。

スタンはテーブルに肘をついて、手のひらで顔を覆った。もう、決心をしなければいけないのだ。

スタンは子どもの頃から、このサンクラウドの不自然さを見抜いていた。そして大人になって、この街のために尽力することが、さらにこの街を不自然にするのを助長するのだということもわかった。

そして不自然になればなるほど、誰もがこの街の暮らしに満足し、その不自然さの正体に気がつかない。それは、この世界の過去のことや……外の世界のことだ。

それでいい。ずっとそう思いながらスタンは研究に励んできた。

だが妻が亡くなったときに、彼はすべてを悟った。もうこれ以上、このお遊びに付き合う必要はないのだと。

ロボットは、いつまでも人間と足並みを揃えていてはくれない。もし誰かがこの街の不自然さに気がついて、その解明を試みるなら、いずれ過去の出来事の繰り返しが起きてしまうだろう。人の好奇心は、尽きることがないのだから。

いや、それに気づくのが人間だったならまだいいのかもしれない。もしも先に、ロボットが気づいてしまったらどうなるだろうか。それは終わりの始まりである。ロボットのためを思うのなら、もうすでに人間など必要ないのだ。

そしてその終わりの始まりが、刻一刻と近づいて来ていることをスタンは感じていた。裏町の噂などはバカにできないものだ。ただの噂が、噂で済まないこともある。

そして、アルヒのこと……。

天才と言われる男も、子どものことになると、判断が鈍るのだった。

アルヒは妻の大切な忘れ形見だ。素直で、頭のいい子ども。

どう接すればいいのか、未だにわからない。

*

裏町を出て、アルヒが家に着く頃には、もう夜も更けて随分遅い時間になっていた。

「ただいまー」

家に帰ると、ロビンが心配そうに玄関まで駆けつけた。

「坊っちゃん、遅くなるときは連絡してくださいと言ったでしょう。ウォッチはつけていますよね？」

「ごめん、連絡するの忘れてた」

「どちらに行かれていたんですか？」

アルヒはさすがに、正直に裏町の酒場に行っていたなんて言えるはずもなかった。

「セ……セントケットビルの方で遊んでたんだ」

「そうでしたか」

疑う様子もなく、ロビンは安心して力を抜いた。

「ロビンは今日何してたの？」

アルヒは話をそらすように言った。

「私は家の用事が済んだあとは、ロキ様に会いに教会に行ってました。歩いて行きましたが、お天気が良くて気持ち良かったですよ」

サンクラウドにはそれぞれの地区に教会が建てられている。ロボットたちに信仰《しんこう》されている、ロキ様という神様がいるのだ。

科学技術によって作られたロボットが、科学とは対照的な位置にいるはずの神を信仰するのは、おかしなことかもしれない。バカにして笑う人は、今でも実際にいる。しかし人間がそれを必要とするように、感情を持つロボットも、支えとなるものを必要としている。

ロキ様は、ロボットが人間に仕えることで人間を幸せにし、またそれがロボットにも幸福をもたらすという教えを持っている。そして、その通りに暮らせないロボットにも、ヘブンに行くという許しを与えてくれる慈悲《じひ》深い神様だ。

「お腹空きましたよね？　もう遅いですが、これから準備しますよ。少し待っててくださいね」

「ありがとう」

アルヒはご飯を待っている間、部屋に戻って作業に取り掛かった。クオリー工場の侵入ルートを探さなければならない。

アルヒはコンピューターの前に座って、慣れた手つきで画面を操作する。クオリー工場内の端末にハッキングを試みた。機密情報である、工場内のセキュリティー情報が載った地図が必要だった。

アルヒは頭をフル回転させ、絡まった紐を解いていくように、セキュリティーを突破していく。

アルヒは見つけた一つのデータを、机の上に立体的な工場として映し出した。目の前の工場に手で触れ、回転させ、扉の向こう側をズームし、中の地形を把握《はあく》していく。アルヒは集中力を高めて、思考を巡らせる。遠くを見つめるような目をしながら、左目の下の二つのほくろを撫でた。

データによると、工場には目視で侵入者を確認する移動式の監視ロボの他にも、厄介なセンサーがそこら中に張り巡らされている。センサーには人体を感知するものと、人工知能を感知するものの二種類があるようだ。

今回一緒に侵入するクーの頭には、当然人工知能が付いているので、両方のセンサーを騙《だま》す必要がある。そのセンサーを騙すには、一時的にそれを無効にできる装置を作らなければいけない。それも、センサーを壊すようなことをしては、異常事態が起こっているとバレてしまうので、そうではない方法を見つけなければならない。さらに、工場内のどこにどちらのセンサーが付いているのかという、さらなる情報もいるのだ。

そのために必要なことは……。

「あれ？　動かない」

映し出されていた工場が、触っても動かなくなってしまった。コンピューターに触れると熱を持っていて、何の反応もしてくれない。行っている作業が、大きく負荷のかかる作業ばかりなのだ。これがいくら性能のいいコンピューターであるとはいえ、さらに細かい情報を得るためには、もっと良い性能のものが必要である。

もっと良いコンピューター……。アルヒは父の顔を思い浮かべた。あの父のことだ、きっと部屋の中にはすごいコンピューターがあるのだろう。頼んで、少しだけ使わせてもらえないだろうか。いや……断られてしまうに決まっているだろう。それどころか、アルヒはこれまで一度も父の部屋に入らせてもらったことがなかった。

その日、ロビンが用意してくれた料理は、フラワーヒルから取り寄せた野菜とスパイスで、時間をかけて煮込んだカレーだった。

「今日の夕刊を表示しておきますね」

ロビンがいつものように画面にニュースを表示させた。

「ねぇロビン、どうしてロビンはヘブンに行くことを選ばなかったの?」

「……突然どうしたのですか?」

ロビンはアルヒの言葉に、怪訝《けげん》そうに首を傾げた。

「いや、ふと思って……。学校で仲良くなったクーっていうお掃除ロボットが、早くヘブンに行きたいって言ってたんだ。十年まであと三年もあるって嘆いてた」

「ロボットもそれぞれですからね。そのために、ロキ様は私たちにヘブンを与えてくださいました。

十年のときを人間と過ごしたあとは、私たちは自分の意思で暮らす場所を決めればいいのです」

「ロビンは人間と一緒でいいの？」

アルヒはカレーをスプーンで口に運びながら言った。辛味が遅れて口に広がってくる。

「私は、人間と一緒に暮らせることが嬉しいんです。特に坊っちゃんやお父様や、今は亡きメアリ様に、こんなオンボロを大切に使ってもらえて、心から嬉しく思っています。それに……」

少しだけ言葉を切って、ロビンはアルヒをじっと見つめた。

「私は、坊っちゃんが立派になっていく姿を見ていたいです」

その言葉には、確かなぬくもりが含まれていた。アルヒもそれをわかっている。それでも、早く大人になりたい今のアルヒは、どこか自分がまだ未熟だと言われているような気持ちになっていた。

僕は、今も十分立派なはずなのに。

もしあの工場に侵入し、クーにヘブンを見せてあげるという約束を達成できたなら、きっとロビンも自分のことを認めてくれるのではないかとアルヒは思ったのだった。

そのためにも、父の部屋のことをロビンに訊いてみることにした。

「ねえロビン。お父さんの部屋に入ったことある？」

「お父様の部屋は、実は私も入ることを許可されていません」

意外な答えだった。

「一度も入ったことがないの？」

「いえ、昔はお掃除のときなどに入らせていただいていました。しかしメアリ様が亡くなられてしばらくした頃、もう何があっても部屋に入らないようにと厳命《げんめい》されました」

「そうなんだ……。じゃあお父さんの部屋にどんなコンピューターがあるかも知らないの？」

「私は知りません。ですがあのお父様のことですから、とても優秀なコンピューターを使っているかもしれないですね」

ロビンはアルヒのコップに水を足しながら言った。

父の部屋の扉にはいつも電子ロックがかけられているので、父にしか開けることはできない。しかし、開けようと思えば電子錠くらい、騙してロックを解除することはそう難しくないだろうとアルヒは企《たくら》んだ。逆に、それくらいできないで、クオリー工場に忍び込むことなんてできるはずがない。

「一回くらい、部屋の中を見てみたいな。ロビンも気にならない？」

「滅相《めっそう》もありません。坊ちゃん、何をするおつもりですか？　もし悪いことを考えているのなら、このロビンも承知しませんよ」

「へへ」

少し説教口調になったロビンの言葉を、アルヒは水を飲んで聞き流した。


アルヒはその夜、夢を見ていた。

夢の中で、見たこともない花畑の上を歩いていた。太陽の光が降り注ぎ、色とりどりの花が、アルヒのくるぶしほどの高さで一面に咲いている。ここはフラワーヒルだろうか。こんな場所があったなんて知らなかった。

アルヒがしばらく歩いて行くと、小高い丘の上に、何かが並んでいるのが見えた。アルヒが走って丘を登っていくと、そこには綺麗に整列したたくさんのロボットたちが、胸に手を当てて膝をついていた。祈りを捧げているのだ。ロボットは旧式のものから、最新のものまで、様々な種類の型がいた。その集団に交じって、同じように地面に膝をついているロビンを見つけた。

「ロビン?」

アルヒは声をかけたが、どうやら聞こえていないようだった。もっと大きな声で呼んでみようかと思ったが、厳粛《げんしゅく》な雰囲気にそれは憚《はばか》られた。

急にあたりに日陰が訪れた。遠くの空を見ると、街の端である壁の向こうから、知の塔のような高さのロボットが、太陽を背にしてこちらを見下ろしていた。

その巨大なロボットは、体を少しそらして勢いをつけたかと思うと、その大きな体で壁を突き破った。それから一歩一歩、大地を轟《とどろ》かせるような音を立てながら、こちらに迫ってくる。

みんな、危ない、逃げなきゃ。

そう思い走ろうとするが足が動かない。アルヒが自分の足元に目をやると、知らないうちに両足は粘着性のある沼にはまっていて、上にあげることすらできない。

みんな、あっちを見て。街が、サンクラウドが壊されてしまう。

ロボットたちはその脅威《きょうい》に気づいているはずなのに、何の行動も起こそうとはしなかった。ただひたすらに、祈り続けているばかりだ。まるでそうすることで、自分たちに迫っている危険から、身を守ることができると信じているようだった。

ロボットが祈って、何になる！　僕は足を沼に取られて動けないんだ。助けて。祈ることなんて、意味があるものか！

気がつけば、右隣にジョーンズがいた。

「だから言っただろう。ロボットを付け上がらせるからだ！」

彼は叫んだ。

そうだ。その通りだ。やっぱり人間とロボットは、価値観が違うんだ。いざというときに相容《あいい》れないんだ。

そして、左隣にはサシャが立っていた。

「いいえ、ロボットだって、もうほとんど人間と同じじゃない。何を怖がっているの？」

サシャがたしなめるように言った。

こんな状況で、サシャはまだそんなことを言ってる。逃げなきゃいけないのに。

巨大なロボットは、街を破壊し、一歩一歩ゆっくりと、確実にそこまで迫っている。

ズシン。大きな音を立てて踏み下ろしたその足の下には、たくさんの花が下敷きになっていた。

アルヒは祈りを捧げるロボットの集団に向き直った。

「ロビン、助けて！」

アルヒは叫んだ。

それでもロビンは、集団の中でこちらを見向きもせず、一心不乱に祈りを捧げていた。


はっ、として目が覚めたとき、アルヒは自分のベッドの中にいた。

夢だ。夢だった。

額《ひたい》には汗が流れていた。

自分は夢の中で、なんてことを思ってしまっていたんだ。

アルヒはベッドの上で汗をぬぐいながら、サシャのことを思い出していた。ジョーンズがクーを痛めつけていたあの日、自分はどこかでクーのことを、ただのロボットだと思ってはいなかっただろうか。強く叩かれたら「痛い」と言う、そうプログラムされているだけの存在だと思ってはいなかっただろうか。

誰よりもロボットに関する知識があるアルヒは、ロボットという存在は、本当はただの部品の組み合わせに過ぎないことを知っている。プログラムされて、まるで心を持っているかのように振る舞っているだけに過ぎない。好きや嫌いの問題ではなく、そうだと知っている。

ただ、そう思っても、そう言うことはできない。本当はクーが痛いと思っていることさえも、よくわからないのに。

どこまでも純粋に優しいサシャ。でも自分はそうはなれない。ロボットをただのロボットだと思っている自分は、優しくなりたいだけなのだ。

偉大な父の息子として、将来自分もなるであろう一人の研究者として、アルヒは正しく生きていきたいと思っていた。しかし、正しく生きるとは一体どういうことなのだろうか。自分はロボットのことをどう思っているのだろう。

……だめだ、まず、目の前の問題をなんとかしなくては。

アルヒはベッドの中で体を起こした。

問題を解決するには、父の部屋にきっとあるであろう、コンピューターをこっそり使わなくてはいけない。

部屋の大きな窓から見える空は、まだ明るくなる前だった。父は今日もクオリー工場の研究室にいるのだろう。

妙に目が冴《さ》えている。アルヒはベッドに手をついて立ち上がった。階段を降りて、静まり返ったリビングに立つ。短い廊下の先には、父の部屋の扉があった。

父がいつも、扉のそばの壁に手を当てて、生体認証のロックを解除しているのをアルヒは見ていた。電子ロックなんて、少し時間があれば、簡単に騙すことができるはずだ。

（ちょっと入って、使わせてもらうだけだ。バレなきゃ……怒られることもないよね）

アルヒは早速ロックを解除する作業に取り掛かった。

こうした家庭用の生体センサーの下には、大抵の場合、暗証番号でも解錠できるような仕組みが備えられている。しかし、今はその番号が何桁なのかさえわからない。八桁だとしても、その答えは一億通り以上ある。気をつけなければいけないのは、連続して間違えると、父に連絡がいく仕組みになっている可能性が高いことだ。

どんな種類のものであれ、装置の仕組みを考えている時間は、アルヒにとって至福のときだった。どうすればロボットが動くのか、どうすれば人形が空中に浮かぶのか。どうすれば鍵が開くのか。

まずこのセキュリティーの通信装置を騙すことができれば、自分のコンピューターを使って、暗証番号のすべてのパターンを入力して扉を開けることができるだろう。

アルヒは扉のセンサー部分のカバーを外し、その中を確認することにした。自分が理解できるものだろうか。挑戦する喜びのようなものを感じながら、アルヒは中を覗き込んだ。

するとそこにあったのは、意外にもアルヒが拍子抜けするほど簡単な仕組みだった。

（どうして、こんな単純な作りになっているんだ……？）

困惑しつつ、アルヒは中の仕組みをすぐに把握した。そして一つの線を抜き、一つのチップを抜き取る。

これで、通信機能は遮断《しゃだん》した。

次に部屋のコンピューターと電子錠をつなぎ、コンピューター上の仮想空間ですべてのパターンの暗証番号を、順に入力させていく。アルヒが扉のロックを解除するのには、五分とかからなかった。ピー、と少し長い音が鳴って、センサーが緑色に点滅する。

思ったより、簡単だった。どうしてこんなセキュリティーなんだろう。

そう思いながら、アルヒがロックを解除された扉に手をかけたときだった。

手と扉の間が光ったと思うと、アルヒの指先に、冷たい針に触れたような感覚が訪れた。

——電流。

そう思った瞬間に、アルヒの意識は深い闇に包まれていた。

目を覚ますと、自分の部屋のベッドで横になっていた。

「……気がつきましたか？」

ロビンがアルヒの顔を覗き込みながら、穏やかな声を出した。

「あれ……どうして？」

「どうしては、こちらのセリフです。どうしてこんなことをしたんですか？」

アルヒは自分がしていたことを思い出した。父の部屋のロックを外して、部屋に入ろうと試みたこと。そして……。

「……二重セキュリティー」

「そうです。お父様は用心深いお方です。まさか坊ちゃんがそれに引っかかることになるとは、思っていなかったでしょうが……」

もしかすると、セキュリティーの構造が簡単に見えたのは、侵入者を油断させるためだったのかもしれない。

「……お父さんは？」

「セキュリティーから連絡がいったようで、お父様から私に連絡がありました。坊ちゃんのいたずらだったと聞いて、胸をなでおろしたようです。扉が開かれてないことは知っていたようですが……」

そのロビンの話を聞いて、アルヒは心の中でショックを受けていた。

勝手に父の部屋に入ろうとしたことは悪いことだったかもしれない。だけど、自分が仕掛けたセキュリティーが原因で、息子が怪我をしたかもしれないのだ。それでも父は、息子を心配することもなく、家にも帰って来なかったという。

「どうしてこんなことをしたんですか？」

ロビンのその質問に対して、言いたいことはたくさんあった。それでもただ、アルヒの胸の中は虚《むな》しい思いでいっぱいだった。

「……ごめんなさい」

それ以外は何も言葉にならなかった。

ロビンもなかなか次の言葉を発しなかった。その様子がいつもと違って見えて、アルヒはロビンの抱いている感情が、心配というものだけではないように見えた。まるで、言えない何かを胸に抱いているみたいだった。

「あの……いえ」

何か、言いたいことがあるなら言って欲しい。

「……お父様の気を引きたかったのですか？」

ロビンはそれを誤魔化すように、別の言葉をアルヒに投げかけたようだった。

しかしその言葉は、ロビンが思う以上に、アルヒにとっては悔しいものだった。いかにも子どもっぽい理由である。だからアルヒは、それを否定するためにも正直に話そうと思ったのだった。

「実は……調べていることがあるんだ。工場のことなんだけど」

「工場の、何をです？」

「中の見取り図とか、詳しく知りたいと思って」

「……そんなことでしたら、このロビンめに訊いてくだされぱよかったのです。長い間あそこで働いていたのですから」

「……ええ？」

予想だにしない言葉に、アルヒは目を丸くした。

「私が工場で働いていた頃に、お父様が私を気に入って、それでお手伝いに選んでくださったのですから。工場の知っていることなら、何でも話しますよ」

「そっか……。だからロビンは、昔お父さんとホープ博士が一緒に働いていたことも知ってたんだ」

「その通りです」

アルヒは初めて、家族の一員であるロビンがこの家にやって来た経緯を知ったのだった。

「ですが、どうしてクオリー工場の見取り図なんかに興味が？」

「実は……」

アルヒは学校であったことを説明した。クーを助けるためにヘブンの写真がいること。そしてそのために、知の塔にのぼりたいこと。

「まずいですよ。そんなの、いくら坊ちゃんの頼みでも、私は協力することはできません」

「工場の内部と、セキュリティーのことを少しだけ教えてもらえたら、それでいいんだ。あとはなんとかするから」

アルヒは手を合わせてお願いした。

「どうせ、知ったところで諦めるしかないですよ。中は監視ロボットが歩いていますし、換気ダクトや下水道は手薄とはいえ、センサーがたくさんありますからね」

うんうんと頷くアルヒのその目は、すでに爛々《らんらん》と輝いていた。

その街には、天国がある

新しく買ってもらった服があると、それだけで気持ちが晴れ晴れとする。

サシャは木の実のビーズがあしらわれたリボンを髪にあてて、姿見《すがたみ》の中を覗き込んだ。

よし、と頷いて少し鏡から離れると、首のリングの小さなスイッチに手を当てた。しゅっ、と音を立てて、リングから膝の下までマントが広がった。

リングマントは、多くの若者に選ばれているファッションの一つだった。どんな季節でも、マントの中は快適な温度に調節してくれる。見た目も様々な模様や色があり、個性を出すこともできる。

「サシャー。ちょっと降りて来てー。少しだけ店番してくれないかしら?」

「はーい。今行きまーす」

下からお母さんに呼ばれて、サシャは返事をした。お母さんは買い物が好きだ。そんなのロボットに任せればいいのに、とお母さんの友達は言うらしいけれど、自分の欲しいものを自分で選ぶのは楽しいことだと、サシャも知っていた。だから買い物に行く夕方の時間に、少しだけ店番を頼まれても、サシャはそれを嫌がったりしない。

サシャの家は、大地に落ちた葉っぱや木を加工して、アクセサリーにして売る店を営んでいた。加工の技術やデザインに定評があり、常連のお客さんも多い。お父さんもお母さんも手先が器用で、みんなが見過ごしてしまうようなものを、すぐに可愛くデザインしてしまう。何と言っても、二人とも見た目がおしゃれなのだ。お父さんはその日のファッションに合わせて店のアクセサリーを上手に身につけるし、お母さんも外出するときは、必ず自分でデザインしたセンスのいいスカーフを巻いている。

私もお母さんみたいになりたいと、サシャはいつも思っていた。

下の階に降りると、お母さんはもう家を出て行くところだった。

「何かあったらジュジュに助けてもらいなさいね」

「うん、わかった」

ジュジュはサシャの家のお手伝いロボットだ。明るい性格で、サシャが学校で辛いことがあったときも元気づけてくれたりする。ロボットの型はＣＸ-Ｃ２と呼ばれていて、エンジ色のボディに二本足でまるで人間のように歩く。ちゃんとお洋服を着せたら、後ろから見れば本当に人間だと間違えるかもしれない。彼女は嫌がるだろうけれど。

「ねぇジュジュ、このリングマントの柄、とっても素敵だと思わない？」

サシャはくるりと回転し、体に纏ったマントをひるがえしながら言った。

「あら、綺麗な色使いね。サシャにすごく似合っていると思うわ」

ジュジュはマントの裾《すそ》を掴みながら言った。彼女はお手伝いロボットでありながら、サシャにとってお姉ちゃんのような存在だった。サシャの両親も、そうした態度で家族に接してくれるジュジュのことを気に入っていた。

店は一階にあって、二階が三人とジュジュの家になっていた。外から見ると円柱の形をしている、特徴的な見た目の家だ。一階には大きな窓があって、晴れの日は自然の光が燦々《さんさん》と差し込んできて、店内は明るくなる。

木目のテーブルの上には、手作りのアクセサリーが並べられている。最近のサシャのお気に入りは、木のかけらに丁寧に紙やすりをあて、穴をあけて絹の紐を通した首飾りだった。手触りが良くて、なんだかお日様の匂いがする気がする。材料のほとんどは、フラワーヒルからお父さんが仕入れているのだ。裏の庭には、たくさんの材料がケースに入って積まれている。

今では考えられないけれど、昔の人は数えきれないほどの木々を切り倒していたらしい。そうして街を造ったり、その木で家を建てたり、紙を作ったりしていたと、歴史の授業で習った。今では木造の建物なんて、限られた目的以外で建ててはいけない決まりだし、紙なんて普段の生活で触れることもない。学校の教科書も資料も、すべて画面の中にしかないのだ。

サシャは歴史に興味があった。今は映像やホログラムでしか見ることのできない生き物たちが、昔はもっとたくさんいたらしい。もう今は触れることのできない種類の草花が、過去の世界にはたくさんあったのだと聞くと、サシャは自分がその時代に生まれてこなかったことを心から惜しくなった。

それでも、その時代にはロボットたちがいなかったことを思うと、サシャはすぐに考えを改める。

ロボットたちがいないなんて、一体どんな暮らしだったのだろう。どこへ行くにも便利なフュリーも、家を建てたり畑を耕したりするロボットもいなかったのだ。

そして何より、家族同然に大切なジュジュ。いつもどんなときも、色んなことを教えてくれる彼女のような存在もいないのだ。

「サシャ、来月からエアードのシーズンが始まるわよ。観に行かない？」

「あ、もうそんな時期なのね。観に行きたいわ」

サンクラウドではエアード・フットボールというスポーツが大人気だ。空中ブーツを履いて、選手は五十センチから一メートルの高さで宙に浮かび、その高さを自在に調節しながらボールを相手のゴールへと叩き込む。特殊なボールも、その間の高さを不規則に浮かび続けるので、普通のフットボール以上に立体的な駆け引きが必要になってくる。

サシャも学校の授業で何度かやったことがあるが、空中ブーツの高さ調節は難しい。それでも空中でボールをうまくドリブルできると、とても達成感がある。

そう、そんな楽しいスポーツさえ、過去の世界にはなかったのだ。過去に生まれてきたかったなんて、無いものねだりなのだ。今あるものを大事にしなくてはいけない。

サシャは、ロボットを大切にしない人がいることを許せなかった。ロボットたちはこんなにも優しくて、頼り甲斐《がい》がある。いつも彼らがそばにいてくれることは当たり前ではない。感謝を持って暮らさないなんて、間違っている。

「あれ、でもジュジュ、最近できた恋人と行かなくてもいいの？」

「ああ、彼はエアードには興味がないみたい。人間同士がぶつかっているところを見ても楽しくないって」

「そうなんだぁ。絶対行ったら熱狂するのに」

ジュジュは少し前に恋人ができたとサシャに報告してくれた。前の彼とは結構すぐに別れてしまったことを知っている。この街ではロボットでも、気が合うものは恋人同士になったり、一緒に暮らしたりすることができるのだ。

「サシャだって、恋人はまだ早いけど、好きな人くらいはいるでしょう。デートに誘ったりしないの？」

「……いないよ。好きな人なんて」

学校にかっこいい男の子なんていない。みんな、子どもっぽいのだ。

でも、かっこいいとは思わないけど……ちょっと素敵だな、と思う男の子なら、いる。前髪を横に流して、いつも澄ました顔をしているあいつだ。

彼は頭が良くて、面倒見がいい。昔から私がしたいことに、文句を言いながらも結局付き合ってくれる。今回のこともそうだ。あれから少し時間が経ったが、彼は目的を達するために、色々考えてくれているらしい。学校を休んだ日もあった。

だけど彼は、どこか自分と違う世界に生きているような気がする。うまく説明できないけれど、他の人とは違う、不思議な空気を纏っているのだ。

「あら、またそんなこと言って。ほんとはどうなの？」

いないよ、とサシャが照れながら言ったところで、お客さんがやって来て、二人の話は中断された。サシャは、少しだけホッとした気持ちになった。


数日後の放課後、サシャはアルヒとクーと一緒に、作戦会議をする約束をしていた。アルヒがクオリー工場へ侵入する方法を考えてきてくれたらしい。

クーの仕事が終わってから、学校の近くの公園で待ち合わせして、作戦会議が行われた。サシャはクーとベンチに座り、アルヒがその前の地面に座って三角形を作る。アルヒは目の前の地面をキャンバスにして、作戦の説明を始めた。快晴の空の下、光が反射して地面やあたりの木々までキラキラ輝いて見える。

「まず、塔の中に入るには、塔までたどり着かなきゃいけない」

アルヒが大きな長方形を書いて、その内側の上の方に点を一つ打つ。工場の敷地と、塔の位置だ。

「うん。それから？」

サシャはアルヒの説明を聞くのをワクワクしていた。アルヒが何かいい方法を思いついたとき、そしてそれを説明するとき、その目の奥には小さな灯りが灯っているように見える。サシャはそれが好きだった。

「で、塔にはエレベーターがあって、そこ自体にセキュリティーはないみたい。なぜなら、その塔自体はロボットを製造する過程に関わってるものじゃなくて、ただのシンボルだから。だから、とりあえずそこまでたどり着けたらほとんど作戦は成功だ」

サシャはクーと並んでベンチに座ったまま、一緒のタイミングで頷く。

「セキュリティーは監視ロボ以外に、張り巡らされたセンサーがある。基本的に二種類のセンサーがあって、それを騙すことができたら、侵入できそうなんだ」

「二種類って、何？」

「一つ目が、人間に反応するセンサー。もう一つは、人工知能に反応するセンサー。今回はクーの頭を一緒に連れて行くから、その両方のセンサーを妨害する必要がある」

「センサーを妨害するなんて、そんなことができるんですカ？」

「そう、それで早速、そのための装置を作ったんだ。センサーシールドだよ」

アルヒはリュックから二つの小ぶりなパイナップルのような装置を取り出した。一つは青色、もう一つは赤色をしていた。

「青い方が人間用で、赤い方が人工知能用。だけど、長い時間使えるものじゃないから、センサーのあるところを通るときだけオンにして通ろうと思う」

「そんなものが作れるんですねェ」

「当たり前よ。この人が誰の息子だと思ってるのよ」

自分のことじゃないのに、サシャはなぜか誇らしかった。

「どんな経路で侵入する予定ですカ？」

クーの質問に、アルヒは頷いて説明を続けた。

「クオリー工場の周りは、ぐるっと三メートルくらいの塀で囲まれてるんだ。ロープを引っ掛けて登れるけれど、塀の上には人間に反応して警報が鳴るセンサーが仕掛けられている。それが一つ目の関門」

さらにアルヒは、長方形の中の点を二重線の四角で囲ってみせた。

「塔は四角形の建物の、中庭のようになっているところに立っている。そしてその四角形の建物は、普通はIDがないと入れないけれど、ここに内部へつながる小さな換気ダクトがあるんだ。大人は入れないサイズだけど、子どもの体なら通れるくらいになってる。ここには人工知能センサーが付いているから、赤色のシールドをオンにして、くぐっていく。それが二つ目の関門」

「私はアルヒのリュックに入っているだけでいいんですネ」

アルヒはうん、と言って頷く。

「大人は入れなくても、小さいロボットが入り込む可能性を考えて、そんなところにセンサーを付けたのかしら？」

「そうだと思う。小柄なロボットもいるから」

「その換気ダクトの先には何があるの？」

アルヒは別の場所に新たな四角を書いて、「縦十メートル」と書き込む。

「その先は少し広い場所につながっていて、垂直に十メートルの壁がある。これが三つ目の関門。そこを乗り越えて降りた先も、さらに換気ダクトが続いてるけど、もう塔はすぐ目の前だ」

「そんな壁、どうやって乗り越えるの？　さすがに十メートルもロープで登れるかしら？」

「空中ブーツで乗り越えるんだ」

サシャにはアルヒが意識をして低い声を出しているようにも思えたが、まだ声変わりする前の彼の声は、少し威厳が足りない。

「無理よ、空中ブーツは一メートル以上は浮かべないのよ。それ以上飛べるなら、エアード・フットボールも成立しないわ」

「だから、改造して作ったんだ」

アルヒはリュックから、二足のブーツを取り出した。子どもが履くにはかなりゴツゴツした見た目になっている。

「嘘！　その空中ブーツなら十メートルも浮かべるの？」

「うん。だけど、すごく大きな音が立っちゃうんだ。換気ダクトの中なら、きっと誰にもバレずに済むと思うけど……部屋で試したときは、音に驚いてロビンがすぐに部屋に駆けつけてきた。言い訳するのが大変だったよ」

そんなにうるさいのかな、と思いながら、サシャは改造の結果重々しい見た目になった空中ブーツを手にとった。

「見た目はカッコ悪いわね」

「贅沢言わないでよ」

サシャの素直な感想を一蹴して、アルヒは話を続けた。

「あとは塔をのぼって、ヘブンの写真を撮って帰るだけ。帰りも同じ道で帰る」

「なんかいけそうな気がしてきましタ」

希望に満ちた声でクーが言った。でしょ、とアルヒは微笑む。

「一応、僕の人工知能センサーのシールドの効果がなくなったときのために、僕とサシャの二人とも二種類のシールドを持って行こう。もし僕が持っているものの効果がなくなったら、サシャにクーを渡す。それでいい?」

「わかったわ」

サシャの心は、俄《にわか》かに膨れ上がった冒険への好奇心でいっぱいになっていた。

「いつ行こう?」

「明日にしましょう。快晴だから、きっとヘブンが見渡せるわ」

「じゃあ私はこのあと教会に行って、成功をお祈りしてきまス」

教会という言葉に、サシャは反応した。

「ねぇせっかくだからみんなで一緒に行きましょうよ。ロキ様に、私たちの作戦の成功をお祈りするのよ」

「ロボットの神様だよ？　僕らも祈るの？」

アルヒは怪訝そうに言った。

「馬鹿ね。神様なんてみんな一緒よ。行くわよ」

サシャはアルヒの手を引いて歩き出す。

「あ、その前に一つだけ言っていいかしら？」

「何？」

「あんた、絶望的に絵が下手ね」

アルヒは地面の上の、四角形で描かれた簡易なクオリー工場に視線を落として、確かに、と納得した顔をした。アルヒのその表情がなぜだかおかしくて、サシャは思わず笑ってしまった。


近くの教会まで三人は歩いて行った。

サシャは、ロキ様が祀《まつ》られている教会に入るのは初めてだった。幼い頃から一緒にいるジュジュも、ここに連れて来てくれたことはなかった。アルヒの家のお手伝いロボットであるロビンも、アルヒを教会に連れて来てくれたことはなかったらしい。

外観は歴史の教科書に出てくる昔の教会と同じで、三角の屋根に、窓は色鮮やかなステンドグラスがはめられている。サンクラウドにあるロキ神を祀る教会は、すべて木造である。この街では、それ以外の建物で木が使われることはない。自然のものはとても貴重なので、人間が暮らすためにそれを使うのは良いことではないとされている。

自然が好きなサシャは、ずっと前から教会に入ってみたかったのだ。近くを歩くだけで、何となく木の香りがする気がして、安らかな気持ちになれる。大昔の人は、自然を自分たちのために利用し過ぎたから、バチが当たって世界が砂漠になってしまったのかもしれない。

中に入ると、身廊《しんろう》を挟んで木製の長椅子が列になって左右に並べられている。その一番奥に、ロキ様の像が立っていた。

神様は、人の姿をしていた。腰に布を一枚巻いただけで、どちらかと言えば痩身《そうしん》のその体は少し寒そうに見えて、サシャはリングマントをかけてあげたくなった。

歴史の中で、神様は色んな姿に形を変えてきた。人間が祈りを捧げる神様も、よく人の形をしていたはずだ。ロボットの神様がそうであっても、不思議なことではないのかもしれない。

教会の両端には、羽の生えた馬の像が並んでいる。ロキ様よりは少し小さめに作られたその像たちは、汚れという言葉さえも知らないほどに真っ白な体をしていた。

「あそこに並んでいる像たちは何？」

サシャは小声でクーに尋ねた。

「あれはペガサスでス。ロキ様は、ヘブンに行きたいと望んだロボットたちを、ペガサスに乗せてヘブンまで届けたと伝えられていまス」

そうなんだ、とアルヒが呟いた。

教会にはすでに椅子に座って、胸に手を当てているロボットたちがいた。

クーも同じように、手前の椅子に腰掛けて、胸に手を当てた。

サシャはアルヒと目を合わせた。教会での決まりや作法なんて、本で読んだくらいの知識しかないので勝手がわからなかったが、クーの真似をして胸に手を当てて、目を閉じた。

科学技術は人の暮らしを助けてきた。その科学技術の結晶でもあるロボットが、神に祈りを捧げている。ジョーンズなんかは笑うかもしれない。

だけど、サシャはこれがとても自然なことのように思っていた。救いは、どんなものにも与えられるべきだと思う。たとえロボットでもそれは同じだ。私は、ジュジュやクーが不自由なく、幸せに暮らしてほしい。

数分の間、サシャはただ胸に手を当てていた。目を開けて顔をあげると、アルヒと目があった。クーはそれからもしばらく、目を閉じて祈りを捧げていた。

三人の祈りが終わり、外に出ると、アルヒはすぐにクーに尋ねた。

「ねぇ、祈っているときは、何を考えていたの？」

クーはその質問にすぐに答えた。

「神様が、私たちロボットを守ってくださるように祈っていましタ」

サシャには、なぜかアルヒがその答えに少し不満そうに見えた。

＊

アルヒは次の日の朝、もう一度装置の点検をしていた。青と赤のセンサーシールドを合計四つ、不具合なく起動するか確かめる。他にも換気ダクトを開けるためのドライバーや小道具類。そして空中ブーツを、大きめのリュックに詰め込む。

レジナス地区のマンションからクオリー工場まで、フュリーに乗ると二十分ほどだ。アルヒはサシャと家の近くから同じフュリーに乗り、クオリー工場の付近までやって来た。二人が待ち合わせ場所に着くと、クーは先に来て待っていた。

クオリー工場のそばまで来ると、その敷地の広大さに驚かされる。あたりはぐるりと塀で囲まれていて、入り口は監視ロボットたちに守られている。入る資格を持つ者でないと、そこから入ることは許されない。

この街のすべてのロボットがここで作られているのだ。セキュリティーが厳重なのは当たり前である。

作戦が真っ昼間に決行されたのには理由があった。結局相手にするのはほとんどがセンサーなので、昼も夜も関係がないことと、昼じゃないとおそらくヘブンが綺麗に見えないからだった。

クーの体は近くの茂みに隠して、アルヒは予定通り工場の一つ目の関門である、センサーのある塀を乗り越える準備を始めた。

三メートルという高さは、九歳のアルヒとサシャにとって、数字の印象よりもずっと高く感じられた。

「それ、本当に効果あるんでしょうね……?」

シールドの効果を試すのは、センサーがある場所でしかできない。当然、ぶっつけ本番になるのは仕方のないことだった。

「理論上ね」

「最初の塀のところで引っかかったのなら、子どもが好奇心で登ってみました、でなんとか誤魔化せるかもしれないですネ」

クーがリュックの中から言った。

「あら、確かにそうね。それに私は、昨日家で〝水に両足をつけるおまじない〟をしてきたわ。願い事を叶えたいときは、必ずそうしてるの。だからきっと大丈夫よ」

「みんなネガティブになり過ぎなんだって。ちょっとは僕のことを信じてよ」

アルヒは二人の態度に呆れながら、二種類のセンサー妨害装置を腰に装着した。おまじないなんかより、この装置を信じてほしい。

「これも全部クーのためなんだからね！」

「そうでしたタ」

まったく、今もあのままジョーンズにいじめられてたかもしれないんだよ、とアルヒは言おうとしたが、そんなことを言うと正義感の強いサシャを怒らせてしまいそうなのでやめた。

「よし、じゃあ行くよ。サシャも青い方のスイッチを押して」

人間を感知するセンサーを妨害するための、青い装置のスイッチに触れる。しゅう、と空気の出る音がして、アルヒの周りに薄い空気の膜ができる。サシャも同じように青い装置を操作して、空気の膜を身に纏った。

フックのついたロープを塀に引っ掛け、アルヒは塀に足をかけながら登って行く。すぐに下からサシャが続いた。塀の上には棒状の装置が等間隔で立っていて、その間には目に見えないセンサーが張り巡らされている。警報が鳴らなければ、成功だ。

「早く行ってよ。ここしんどいんだから」

塀の上ギリギリで止まったアルヒを、下から急かす声がする。

「う……うん」

理論上大丈夫でも、アルヒは少しだけ不安だったのだ。

勇気を出して、ひょい、と塀の上によじ登った。

警報は……鳴らない。成功だ。

「鳴らなかった！」

「わかったから、引っ張って」

サシャは余裕のない態度でアルヒを急かす。ごめん、と言いながら、アルヒは上からサシャの手を引っ張った。

無事、最初の関門である塀を乗り越えた。アルヒはあたりを警戒しながらロープをリュックにしまい、塀にぶら下がってから飛び降りた。

「侵入成功ね！」

サシャも続いて飛び降りて言った。二人で、青い装置のスイッチを切る。

監視ロボットの気配はないようで、換気ダクトのある壁まで二人は足音を立てないように走った。アルヒは持ってきたドライバーなどの道具を取り出して、手際良く換気ダクトの蓋を開ける。こういう細かい作業は、機械をいじることで慣れているのだ。

中は、ちょうどリュックを背負ったアルヒがギリギリ入れるくらいの穴が続いている。

「先に行くよ。ここからまっすぐだ」

クーを持っているアルヒだけ、人工知能センサーを妨害するための、赤色の装置をオンにする。

薄い電子の膜がアルヒを包む。

「これで大丈夫なはず」

そのとき、建物の角から何かの足音が近づいて来た。姿は見えないが、きっと監視ロボットだ。

「誰か来た！　急がなきゃ」

小声でサシャが言って、二人は素早く換気ダクトに飛び込んだ。

細い通路を頭から前に進んでいく。左手のウォッチを操作すると、ライトがついてあたりが明るくなった。二人は前へ前へと、ハイハイの要領で進む。

「……狭いわね」

後ろからサシャの声が聞こえた。

「大丈夫。ついて来て」

二つ、九十度の角を曲がると、通路の先に光源が見えた。

「光が見える。もう少しだよ」

アルヒは光の方へと進んで行く。その先は図面の通りに、少し広い空間になっていた。

「ふぅ、やっと出られた」

アルヒは狭い通路を抜けた先で足をつけて、赤色の装置をオフにした。少し遅れてサシャも通路から出て来た。

「これで二つ目の関門突破ね」

「そうだね。そして……」

二人の目の前には、灰色の高い壁がそびえ立っていた。天井との間に、小さなスペースが空いているのが見える。

「三つ目の関門だ。ここからは空中ブーツに履き替えよう」

アルヒはリュックから空中ブーツを取り出した。

「ふウ。ここまで、順調ですネ」

クーがリュックを開けてもらえて、嬉しそうに言った。

「もうちょっと我慢しててね」

サシャがクーに微笑みかけた。

二人はゴツゴツしたブーツに履き替える。そしてくるぶしのところにあるスイッチに触れた。靴底についたプロペラが回転し、足と地面の間に隙間ができる。

「行くよ」

二メートルほど、二人が浮いたところで、空中ブーツは空気を切る激しい音を立てた。狭い空間にいることも相まって、耳を塞ぎたくなるほどの騒音だ。

「これ……えるよ!!!」

サシャが何かを叫んでいるが、聞こえない。

「な……て!!」

訊き返すアルヒの声も、風の音にかき消される。

「これ！　外に聞こえるよ!!」

サシャの声を何とか聞き取れたが、だからと言ってどうしようもない。これ以上コミュニケーションを取るのも大変だ。

「急ごう!!」

アルヒはできるだけ急いで高度を上げていく。ブーツに内蔵されたソフトウェアがうまくバランスをとりながら、二人を高く運んでいく。八メートル、九メートル……そして。

「乗り越えたよ！　あとは降りるだけ!!」

アルヒは大声をあげたが、サシャには声が届いていないようだった。彼女も口を動かしているので何かを言っているようだが、こちらには聞こえない。狭い空間に、割れんばかりの風の音が響いている。

あと三メートル、二メートル……。アルヒが地上につくと、ブーツは自動で止まった。少し遅れてサシャも地面に足をつける。静かになった世界に、キーンと耳鳴りだけが響いていた。

「……こんなに大きな音だとは思わなかったわ」

膝と手を地面につけ、サシャは息を切らしている。

「……ごめん」

さすがに換気ダクトの奥とはいえ、大きな音を鳴らし過ぎたかもしれない。二人は少しの間息を潜めた。

それからまた靴を履き替え、アルヒとサシャは狭い空気の通り道を這って進んだ。今度はすぐに、向こう側の光が見えた。

アルヒは換気ダクトの蓋の隙間を覗いて、人の気配がないことを確認してから、中から蓋に小さなシールのようなものを貼った。

「サシャ、今蓋を開けるから少し下がって」

サシャは無言で従った。

ピシッ、という音がして蓋に亀裂が入る。アルヒが手で触ると、蓋が割れて外れた。そこから二人は通路に出た。

「え、あんた何したのよ」

割れた蓋を見て、サシャは言った。

「中からは開けられないから……壊したんだよ。一点にだけ衝撃を与える、小さな爆弾みたいなもので」

「……あんた、将来はスパイになるの？」

「ならないよ。でも考えて作って来たんだ。あとはもう、人目につかないように塔に行くだけ」

アルヒは通路を歩き出す。

「道わかるの？」

サシャが後ろに続いた。

「うん、覚えた」

「相変わらず記憶力いいね」

もう中に入っているので、従業員や監視ロボに見られても部外者だとは思われないかもしれないが、子どもがいるのは不自然だ。見られないようにするに越したことはないだろう。

幸い通路は薄暗く、身を隠しながら歩くには好都合だった。床には等間隔で小さな「Q」という文字が刻印されている。

「この文字は何？」

「クオリー工場の『Q』だよ。もともとクオリアって言葉から付けられた名前なんだって。この前ロビンが言ってた。ほら、そこのドアを出たら、もう中庭のはず」

扉を開くと、外につながっていた。緑の芝生が光を浴びてキラキラしている。そしてその目の前には……。

「これが、知の塔ね」

この街で最も高い建造物は、まるで芥子色の棒が天から吊り下げられているようにそびえ立っていた。二人はその塔を、いや、空を見上げた。

「すごい。上が見えないくらいだ」

「この高さなら、ヘブンも絶対見えるね。ほらクー、もうちょっとだよ」

「楽しみでス」

塔の扉に鍵はかかっていなかった。アルヒが中にあるエレベーターのスイッチを押すと、ちゃんと開いた。しっかり機能しているようだ。

部外者が乗ることを想定していないエレベーターは、とても簡素な作りだった。セントケットビルのスリルあるエレベーターと比べると、その豪華さは天と地ほどの差がある。そして、その到達できる高さも、文字通り天と地ほどの差があるだろう。

扉が閉まると、エレベーターは動き出した。鼓膜が気圧の変化に反応する。長い時間エレベーターは上昇を続け、徐々にスピードを緩め始めた。

「そろそろかな」

「遂に……ね」

エレベーターが停止すると、扉はゆっくりと開いた。その瞬間、ひゅうと音を立てて、二人に強い風が吹き付けた。塔の最上階は、壁も床も石で作られた部屋になっていて、のぞき窓が左右二方向についている。その窓の間を、強い風が常に吹き抜けているようだ。

アルヒの手を、サシャが握った。サシャに手を引かれ、石の上を窓のそばまで駆けていく。アルヒとサシャは同時に顔を突き出して、外の景色を覗いた。

空があった。

目の前に空が広がっていた。

そして下を覗くと、サンクラウドの街がずっと遠くまで広がっている。

「見てアルヒ！　フュリーが走ってるのが見える！　木の実みたいに小さいわ！」

道の上を、フュリーが並んで走っているのが見えた。ずっと向こうには、太っちょのロケットのような形をしたセントケットビルが建っている。あんなに高い建物なのに、ここからではその屋上までもが見えるのだ。

「すごい景色だ……」

アルヒは風に目を細めながら言った。

傍《かたわ》らを見ると、サシャも曇りのない笑顔で景色を眺めていた。吹き付ける風に、二つの三つ編みが揺れている。

「私も見たいでス！」

声がして、二人はハッとした。あまりの景色に、二人ともリュックの中に入っているクーのことをすっかり忘れていたのだ。

「そうだ……今見せてあげるね」

サシャはアルヒのリュックを開いて、クーの頭を取り出した。

「風が強いから、落とさないようにね」

「うん、大丈夫」

サシャはクーの頭を大事そうに両手で抱え、窓の外へと手を伸ばした。

クーの目のレンズに、空の青が映し出された。

「……すごイ。へ……ヘブン、ヘブンはどれですカ！」

クーはもう我慢できない、と言うように大きな声を出した。

「ここからあのセントケットビルが見えるってことは……逆ね。こっちよ」

二人は逆の窓側へ走った。窓の外を見下ろすと、向こう側にサンクラウドの端である、高い壁が見えた。そしてその向こうに、同じように壁に囲まれた街が見える。

それは、確かに街だった。緑が豊かな街だった。

まるでフラワーヒルのように、街全体に緑があった。大きな建物もいくつか見える。あれがヘブンで暮らすロボットの家なのだろうか。

「見えるわ！　あれがヘブンよ」

サシャはクーを高く持ち上げる。今度はアルヒもそこに手を添えた。腕に、冷たくも心地良い風が当たる。

「間違いないね。……ヘブンだ。綺麗な街だね」

四つの手のひらに支えられながら、クーは何も言わなかった。しばらくの間、何の言葉も発しなかった。それでもアルヒとサシャは、クーを高く掲げたまま動かなかった。

アルヒは自分の人差し指に、小さく冷たい感触を感じた。

そしてそれは指を伝って、風に乗って空へと流れていった。

涙だった。

「……あれが……ヘブン。ロボットたちが幸せに暮らす場所……」

クーの目から、次々と涙がこぼれ落ちた。

「ヘブンダ！　やっぱりヘブンはあるんダ！　私はいつか、あそこで暮らすんダ！」

歓喜のあまり、声はまるで乱れていた。

「ヘブン！　広大なプレーンズ！」

アルヒも一緒になって叫んだ。目の前に広がる雄大な景色を前に、気持ちが昂《たか》ぶっていた。どんなことでもできそうな勇気が、体の底から湧いてくるようだった。

サシャもクーを抱えながら、少しだけ目を赤くしていた。


あまり長居をするわけにいかなかった。いつ見張りが来るかわからないのだ。

アルヒはひとときの幸福に包まれていたが、すぐに気を引き締め直した。ウォッチを操作し、そこに付いている小さなレンズの中に、ヘブンの景色を収めていく。それが済むと、二人はすぐに来た道を引き返し始めた。

地上に降りてから塔を振り返ると、アルヒは自分がさっきまであんなに高いところにいたことが信じられない気持ちになった。中庭を抜け、人が来る気配がないかを確かめながら慎重に通路を進む。薄暗い廊下を抜け、通って来た換気ダクトを再び戻っていく。

壁を乗り越えるときの空中ブーツの音は、相変わらず鼓膜がビリビリするほどの音を立てたが、来たときよりは早く壁を乗り越えることができた。

もう一度換気ダクトに入る前に、アルヒは腰につけた赤色の装置のスイッチを押した。アルヒの周りを電子の膜が一瞬包んだが、それはすぐに霧散してしまった。

「あ、センサーシールドが切れたみたいだ」

「じゃあ私がリュックを背負うわ。かして」

サシャは、アルヒからクーの入ったリュックを受け取り、背中に背負った。クーが小さな声で、すみません、と言った。

「えーっと、この赤の方をオンにすればいいのね」

サシャがスイッチを押すと、彼女の周りに薄い電子の膜ができる。

「うん、それで大丈夫。行こうか」

アルヒが先を行き、サシャが後ろに続いた。

ここからはしばらく暗闇が続く。アルヒはウォッチのライトをもう一度オンにして、ゆっくりと進んで行く。

あの塔自体はロボットの製造に関わっているわけではないとはいえ、あそこに侵入できた人なんて過去にいたのだろうか、とアルヒは思った。

天才だと言われる父の力を借りたわけではない。ロビンには助けてもらったけれど……でも、こうして侵入できたのは、僕の発明の力だ。そう思うと、アルヒは今日成し遂げたことを誰かに自慢したい気持ちになっていた。知の塔にのぼったなんて、聞いた人の反応を想像すれば、自然と頬が緩む。もちろん、誰にも話せるわけがないのだけれど。

二つ目の角を曲がり、あとは直線だけだ。行く先に、外の光が見える。

――ビー！　ビー！

そう思った矢先、突然あたりに鋭い警報音が鳴り響いた。

アルヒはとっさに後ろを振り向いた。急にウォッチの光を当てられ、サシャが眩しそうに顔を背ける。

「何これ、何の音？」

今二人がいるのは二つ目の関門である、人工知能センサーがある場所だ。まさか、サシャに渡したシールドに不具合があったのだろうか？　……これはまずいかもしれない。

「……急ごう！」

アルヒは叫んだ。急ぐと言っても、この狭いスペースでできることは限られている。必死で前に進み、開いたままの換気ダクトから外へ飛び出した。

もうすぐそこに、外に出られる塀が見えている。

とにかく、塀まで行って、登ることができれば……。

「動くな！」

響いた鋭利な声に、アルヒとサシャは思わず立ち止まった。振り向くと、電子銃を構えた警備員が立っていた。

ガチャガチャと、金属的な足音があたりから近づいてくる。監視ロボットと警備員に、二人はもう囲まれていた。


警察署は街の中央のパブリック地区にある。二人はクオリー工場からそこまで、警察用のフュリーで届けられた。

ウォッチのIDから、すぐに二人の身元は照会された。

担当した警察官は、アルヒがスタンの息子であることを知って驚いたようだった。

「どうしてあんなところに忍び込んだんだい？」

警察官は、子どもである自分たちを怖がらせないように話してくれていることが、アルヒにはわかった。アルヒは目的を話すべきかどうか迷っていたが、隣にいるサシャは、すぐに話すことを選んだようだった。何よりも、サシャはこんな場所に連れてこられて、とても怖かったんだと思う。

「知の塔からのっ……景色を見たかったからですっ……」

サシャは泣きながら言った。しゃっくりが出て、うまく話せないようだった。

「どうしてだい？」

「綺麗な景色だと思ったからです……」

今度はアルヒが答えた。

「君たちはね、もし大人なら本当に重い罪に問われるようなことをしたんだよ」

警察官は諭すように言った。

「もう二度とっ……こんなことしません……。心からっ……後悔してますっ……」

サシャは泣きはらしていた。見てて辛くなるほど、深く反省していた。

「君たち、学校では成績優秀みたいだね。アルヒくんの方は、あのスタン氏の息子だそうだし。今回は厳重注意だけれど、次はないよ。とにかく、家族の方に迎えに来てもらうからね」

アルヒとサシャは罪に問われずに済んだ。データに記されている、二人のこれまでの素行やアルヒの家族のことも理由にあるようだった。

「……ごめん。ごめんなさい、アルヒ。こんなことになっちゃって……」

二人になった時間に、サシャは鼻をすすりながらかすれた声でアルヒに謝った。

「ごめんなんて、なしだよ」

アルヒは小さく首を横に振った。

サシャのお母さんはすぐに迎えに来た。警察署内で、サシャはお母さんにこっぴどく叱られていた。

アルヒの父は、なかなか現れなかった。待っても待っても、現れることはなかった。

最終的に、夜が更ける前に迎えに来てくれたのはロビンだった。

その街には、嘘と本当がある

スタンは最初にその連絡を警察から聞いて、驚いた。アルヒがクオリー工場に侵入して、警察に捕まったというのだ。

何がどうなっているのだと思った。ついこの前、彼は家のセキュリティーで痛い目を見たばかりではなかったのか。部屋の扉には巧妙なセキュリティーを仕掛けていた。自分の部屋には、家族にさえ見られてはいけない研究があるからだ。それに、彼は引っかかったばかりなのに。今度はクオリー工場に侵入だと？　家族の部屋に侵入を試みることとは訳が違う。私の子どもでなければ、厳重注意では済まなかったかもしれない。

スタンは研究中ですぐに家に帰ることができなかったため、警察と話し、代理でロビンを迎えに行かせた。その夜、フュリーに乗って家に帰る前に、詳しい事情を警察やロビンから聞いていた。

スタンは迷っていた。きつく叱りたくはないと思っていた。部屋の扉のセキュリティーを一つ開けたこともそうだが、大人でもできないようなことを、彼はやってのけたのだ。むしろクオリー社の研究者としては、工場内のセキュリティーを出し抜いたことを、賞賛したいくらいだった。

家のリビングに入ると、アルヒは神妙な顔つきで椅子に座っていた。

その顔を見ると、また何を言っていいのかわからなくなる。妻の忘れ形見。大切な息子。そして、自分とは血のつながりのない子ども……。

戸惑い故、スタンの口からは、準備していたものとは違う言葉が出るのだった。

「お前は出来損ないだ」

アルヒはただ黙っていた。

「どうしてお前は、こうも私を怒らせることばかりするのだ？」

「……ごめんなさい」

息子は絞り出すように声を出した。

「状況は警察や警備ロボットから聞いた。センサーを妨害する装置はお前が作ったのか？」

「……はい」

大きなため息が出た。

よりにもよって、センサー妨害装置とは。十年前の、あの老いぼれと発想が同じじゃないか。

「もういい。部屋に戻って反省しなさい」

息子は素直に従った。スタンは階段へ向かう、その小さな後ろ姿を見ていた。

アルヒ。大切な息子。メアリよ、私はどうやって愛情を表現すればいい。私は間違っているのだろうか。

とにかく今は、あまり彼を怒りたくなかった。

なぜなら、彼の十歳の誕生日はもうすぐなのだ。

＊

学校にいても、アルヒの頭の中では、ただ一言だけが響いていた。

――お前は出来損ないだ。

ひどい言葉だった。それでも、そう言われても仕方のないことだと、アルヒもわかっていた。自分のしたことは、子どものいたずらで済むようなことではなかったのだ。

たとえ家から出て行けと言われても、おかしくないほどのことだった。自分は父の顔に泥を塗ったのだから。

授業が終わると、一階のピロティでサシャが待っていた。もうすでに、警察署で泣きはらしていたときの顔つきとは違った。サシャはもう、前を向いていた。

クーの頭は、昨日ずっとアルヒのリュックに入ったままだったが、今朝ちゃんと体に付けてあげてから学校に来た。今も彼は校舎のどこかで仕事をしているだろう。

結局捕まってしまったのは失敗だったし、クオリー工場に侵入したのは悪いことだった。それでもクーのために、アルヒはヘブンの写真を撮ることに成功したのだ。

放課後、校舎の裏でジョーンズとボウと会う約束をしていた。アルヒとサシャが行くと、二人は石段の上に座っていた。

「どうした？　期限までまだ一週間もあるぞ。もしかして、ギブアップしに来たのか？」

ジョーンズは立ち上がって下品に笑った。ボウも隣で合わせて笑った。

「ギブアップじゃない。約束を果たせたから、今日はその報告をしに来た」

「何？」

アルヒの言葉は、ジョーンズにとって全く予期せぬものだった。

「条件はヘブンの写真だったよね？」

「そうだな。まさか……撮れたのか？」

アルヒは、リュックから取り出した携帯用の端末に、一枚の写真を映し出した。ジョーンズがそれを疑いの眼差しで受け取る。

「これが……ヘブンか？」

写真には、サンクラウドの街の端にある壁と、その向こうに広がる自然豊かなヘブンが収められていた。

「もし疑うなら、他にもあるわよ」

サシャが横から画面をスライドさせ、他の写真を見せた。

「いや……こんな写真、どこから撮ったんだ？」

「知の塔の上からだ」

ジョーンズは驚いて、口を開いたまま固まっている。

「……どうやってそんなところに？　お前ら、クオリー工場に入ったのか？」

「そうよ！　こっそり侵入してきたんだから」

サシャが言った。最後はこっそりにならなかったけど。

「……すごいな」

ジョーンズの顔は、純粋に賞賛の色を帯びていた。こんなことを、本当にやってのけるやつがいるのか……。そして自分がそんな顔をしていることに気がつき、ジョーンズは我に返ったように顔を引き締めた。

「くっ、約束は約束だからな……。もう、あのお掃除ロボットには何もしない」

「違うわ。約束は、ロボットに金輪際暴力は振るわない、だったはずよ。男なのに約束も守れないの？」

そう言われて顔を近づけられたジョーンズは、気圧《けお》されて目をそらしている。自分よりずっと体の小さな女の子に、気迫で負けているのだ。

「……わかったよ。もうロボットに暴力は振るわない。……悪かったな！　行くぞボウ」

ジョーンズはボウのお尻を叩いて、すごすごと去って行った。サシャは満足そうに腰に手を当てて、にっこりと笑った。

「これで一件落着……かな」

警察に連れて行かれたり、色々あった。でもあのジョーンズが改心して、クーがまた安心して学校での仕事ができるようになったのなら、これで良かったのかな、とアルヒは思った。

「ねぇ、アルヒ。明日は誕生日でしょ？」

サシャはアルヒに向き直って、そんなことを言った。

「え……うん、そうだけど」

まさか。サシャは誕生日を覚えていてくれたのだ。

「じゃあ、一緒にホログラム水族館に行かない？」

「え、どうしたの急に？」

「……今回のお礼がしたいなって思って」

サシャは少し照れたように、顔を赤らめて言った。アルヒはそんな彼女の普段見せない表情に、どぎまぎしていた。

ホログラム水族館は、ちょうどこの前宣伝を見て行きたいと思っていたところだった。もしかするとセントケットビルに行ったあの日、自分が熱帯魚のホログラムに見とれていたのを、サシャは知っていたのかもしれない。

「うん、行きたい。一緒に行こう」

行きたかった場所に行ける。それも、サシャと。

冒険を乗り越えて、アルヒは自分とサシャの間に、これまでにはなかった空気が生まれている気がした。

「じゃあ明日、セントケットビルの三番入り口で待ち合わせね！」

サシャの走り去っていく後ろ姿を、アルヒは特別な感情で眺めていた。二束の三つ編みが、楽しそうに飛び跳ねていた。


その夜、アルヒは夢の中で、雲の上にいた。

知の塔から見た景色の記憶が、そんな夢を見させているのかもしれないと思った。

青い空の中、ふかふかの雲の上、アルヒが大の字で寝転んでいると、サシャとクーがやって来た。

「何してるの？」

「ここ、気持ちいいんだ」

「私もそばで寝転んでいい？」

アルヒが返事するより早く、サシャはアルヒのそばで寝転んだ。

「わ、気持ちいいね。クーも早く」

「はイ！　ぜヒ！」

三人で一緒になって寝転んだ。穏やかな世界だった。クーを助けたことの達成感も、この夢の理由かもしれない。

「気持ちいいですネ。まるでヘブンに来たかのようでス」

「そうね。でもきっとヘブンは、もっと素敵なところのはずよ」

そう言ってサシャは、両手を頭の後ろで組んで、どこかで聞いた歌を歌いだした。


――もしこの世界がすべて嘘だとしたら……


彼女はリズムをとりながら、そんな歌詞を歌った。印象に残るメロディーだった。

「アルヒ。本当にありがとうございましタ。私一人じゃ、何もできませんでしタ」

「いいよ。楽しかったから」

「クー、何言ってるのよ。あなたは悪くないんだもの。それなら、闘わなきゃ」

悪くない夢だった。アルヒはこの三週間ずっと考えていたことから解放されたようだった。これから何をしようか。不可能だと思っていたこともできたんだ。これからもっと色んなことに挑戦できる。きっとお父さんも、クオリー工場に侵入した僕のことを、本当はすごいと思っているはずなんだ。もう誰にも、ただの天才の息子なんて言わせないぞ。

ふかふかの雲の上で、アルヒはこれからの日々についての、楽しい想像を繰り広げていた。


いい夢を見た。目が覚めると、誕生日の朝がやって来た。窓から見える空は、まだ新しい光を受け入れたばかりの様子だった。早く目が覚めてしまったけれど、きっと今日はいい日になる気がしていた。なんと言っても、誕生日に、サシャと二人で出かけるのだ。自然と体がいつもより軽い心地がする。

階段を降りてリビングに行こうとすると、テレビ番組の音がした。

珍しいな、と思いながら覗いてみると、父がそこに座っていた。

「あれ、お父さんおはよう……」

父はアルヒと目を合わせ、頷いた。まさか父が家にいるとは思わなかったので、アルヒは驚いたのだった。

「そこに座りなさい」

父は静かに言った。アルヒはそれに従い、父の正面の椅子に座った。まだ怒っているのだろうかと思ったが、父の表情はいつもより柔らかだった。

モニターにはニュースを読み上げるロボットが映っている。ロボットはシルバーの首飾りをつけ、カメラを見つめながら、昨日街であった事件などを報道している。

「よく眠れたか？」

「……うん」

意外な会話に、アルヒは戸惑いを隠せないでいた。

「アルヒ、今日は、十歳の誕生日だな」

アルヒは、想像だにしなかった父の言葉に驚いた。

「お……覚えててくれたんだ」

そして、それは素直に嬉しいことだった。

自分に興味がないと思っていた父だが、忙しい中、自分の誕生日のために、こうして家にいてくれたのかもしれない。早起きしたアルヒだったが、もっと早起きしなかったことを後悔していた。

「……アルヒ、今日はお前に話さなければいけないことがあるんだ」

厳粛な口調で父は言った。

「落ち着いて最後まで聞いてほしい。まず……いやどうしたものか」

父は何かに迷っているようだった。どんなときも冷静に、論理的に考え、正しい判断を下してきた父が迷っているのだ。アルヒはとても珍しいものを見ているような気持ちになった。

「……そうだな、まずはこれを見てくれ」

慎重な動きで、父はリビングのモニターに手を掲げ操作した。シルバーの首飾りをしたロボットは、文字が並んだ設計図に切り替わった。「CX-C4」と記された設計図。レッドコア、人工筋肉、人工皮膚、流動記憶媒体、アルヒがこれまでに学んだことのある馴染みのある言葉が並んでいる。

これは、ロボットの設計図だ。それを見つめながら、父は口を開いた。

「ロボットの心についての研究は、昔から何年も行われてきた。ロボットに感情をプログラムすることで、心に近いものが生まれるのではないかと思っていた。しかし、人間の心の仕組みさえまだ解明できない我々は、まだ完全にはその正体を掴めずにいる。さらに、見た目や皮膚まで完璧に人間と同じように作ったロボットは、ロボット自身がその違和感に苦しむという研究結果もある。不思議なものだ」

前に酒場でダンが話していたことだ。しかしアルヒは、なぜ父が今そんな話を自分にしているのかわからなかった。

「二十年ほど前から、人間に似たロボットを作る研究が始まった。そしてたどり着いたのが、『CX-C4』だ。ロボットではあるが、見た目も中身も、限りなく人間に似せたロボットだ。人間のように成長し、自分で自分がロボットだと気づくこともないほどに、精巧《せいこう》に作られている。お前も、この設計図を見れば、理論上のことは大体わかるだろう」

アルヒは画面に映し出された写真や言葉を一つ一つ、噛みしめるように理解していく。

でも、どうしてそんな話を僕にするの？

アルヒは自分の胸の中に湧き上がってくる、その可能性を必死で考えないようにした。

足元から、黒い小さな何かが身体中を這い上がってくるような感覚に襲われた。不安。それは、不安という感情だった。それが身体の隅から隅までを満たして、アルヒは金縛りにあったように動けなくなった。

まさか、そんなはずがない。自分が生まれて今この瞬間まで、それを知らないはずがないんだ。

だが、無情にも父は、わずかに間を開けてから続けた。


――アルヒ、お前はロボットだ。


その言葉がアルヒの耳まで届いたとき、まるで急に世界がスローモーションになったように、言葉はなかなか体の中まで入ろうとしなかった。言葉が体に着地することなく、ふわりとどこかで宙に浮いたまま、また新たな言葉が投げかけられた。

――起動して十年が経った。一週間のうちに、ヘブンに行くか、ここで暮らすかを選ばなければならない。

僕がヘブンに？　行く訳がない。人間は、ヘブンに行くことはできないんだよ。そういう決まりだ。そうだよね、お父さん。

「……僕は人間だよ。冗談は……」

「これまで、お前の暮らしを記録してきた。その研究結果は充分に役に立ちそうだ。だが、いかに特別なロボットであろうと、サンクラウドでは等しくヘブンに行く権利を持っている。だからお前は、それを選択しなければならない」

スタンは画面に目をやった。

『CX-C4』は何体も作られた中で、たった一体だけ、うまく機能した。その一体がお前だった。人工知能には個体差はあるが、環境によってその性格や行動の傾向も変わってくる。メアリとロビンに大切に育てられたお前は、私の想像をはるかに凌《しの》ぐ知能を得たようだな」

父はまるで、単なるロボットを評価するような口調だった。

「みんな知ってたの……？」

『CX-C4』の研究は、ごく一部の研究者しか知らない。あとは……、許可を下した大臣と、そして、ロビンくらいだ」

微かな音がして、アルヒは振り返った。そこにはロビンが立っていた。ロビンはすぐに目をそらして、申し訳なさそうに俯いた。

「私が冗談を言わない性格なことも、お前の記録媒体にしっかりと残っているだろう？　人間そっくりに作られたんだ、受け入れるのに時間がかかるかもしれないが、少し一人で考えてみるといい」

そう言って父は立ち上がった。

「アルヒ、どうするのもお前の自由だ。ただ、私はお前がロボットであろうと、大切に思っている」

そんな言葉を残し、彼は自分の部屋へと入っていった。

残されたアルヒは、世界でたった一人になったような気持ちだった。リビングの椅子に座ったまま、身動きが取れなかった。

僕がロボット？　そんなはずがない。そんなはずが。

もしロボットなら、本当にロボットなら、何か今までに問題があったはずだ。こんな風に普通に暮らせるはずがないんだ。

クオリー工場に侵入したときも、僕がロボットならおかしなことになっていたはずだ。アルヒは必死になって、あのときの記憶を呼び起こした。

行きは僕がクーを持って、赤色の人工知能センサーを妨害する装置を使った。

そして帰りは、サシャがクーを持っていた。僕の妨害装置は使えなかったから。もしかして……あのときセンサーに引っかかったのは……僕だったのか？

「ロビン、知ってたの？」

「……私が知ったのは先日、坊ちゃんがお父様の部屋に入ろうとして、セキュリティーの電流を浴びたときでした。人間の体では無事ではないはずだったので、お父様にお尋ねしたのです……」

あのときのロビンは、言えない何かを胸に抱いているように見えた。それが理由だったのか……。

「ロビンは僕の成長を見届けたいって、言ってたよね?」

「……はい」

「……ロボットの体がどんな風に成長するか、さらに楽しみになったね」

皮肉を込めた言い方をしていることは自分でもわかっていた。

「あ……あのときまで坊ちゃんの体のことは知らなかったのです！　そんな思いはこれっぽっちもありません！」

そんなロビンの言葉を聞いても、アルヒの気持ちは収まらなかった。

「どうだろうね！　僕がヘブンに行くことを選ぶのかどうか、知りたいんだろ！」

「そんな……」

「もういい！」

アルヒは玄関から家を飛び出した。マンションから出ると、頭上には悲しいほどに澄んだ空が広がっていた。

黒と青の世界で、アルヒはただそこに存在した。

誰だって一度くらい想像することだと思う。

——もしこの世界がすべて嘘だとしたら……。


しかしそれは、常に想像の域を越えない、越えることのない事象だ。

そのはずなのに。

僕が……ただのロボット。

僕が見てきたものは、すべて嘘だったのだろうか。

水槽の向こうで、巨大なサメが鷹揚《おうよう》に目の前を横切っていった。そのホログラムの規模は驚くほど大きなものだった。

だが今のアルヒの心には、その感動を許容する余裕などなかった。そもそも、自分に感動するような「心」というものがあるのかどうかさえ怪しいのだ。

こうして約束通りにやってきたホログラム水族館だったが、アルヒは、自分がただこの場所に存在するという事実以外に、何一つ認められないような気持ちだった。

ホログラムのサメは水中をしばらく自由に泳いだあと、まるで水に溶けていくように、消えた。

「何そんなところでぼーっとしてるのよ」

声と同時に、不意に左手が握られた。

その手はアタタカカッタ。そして同時に、オドロキやテレ、ヨロコビを感じながらアルヒはそう思った。

「……イルカのショーが始まるみたいよ」

サシャは自分の様子がいつもと違うことを不思議に思っているようだったが、それでも手を引いて歩き出そうとした。

しかし、アルヒはもうそこから一歩も動くことができなかった。

今この目に映るもの、感じるもの、すべての感覚はプログラムされたものに過ぎない。ロボットの仕組みを理解している自分だから、なおさらわかる。残酷なことだった。

このホログラムのように、自分は突然消えてしまってもおかしくない。自分も人工的に作られたものなのだから。

アルヒは無意識に何度も目をこすった。そして頭を叩いた。頭を叩いた。頭を……。

「……アルヒ？　アルヒ！　何をしているの」

叩いていた手を掴まれて、アルヒは我に返った。

「どうしたのアルヒ、今日はずっと様子がおかしいわ。何があったの？」

サシャがアルヒの顔を、正面から覗き込んだ。アルヒは見られたくなかった。注意深く見られると、自分がロボットであることがバレてしまうのではないかとさえ思った。設計図に書かれた言葉たちが頭をよぎる。瞳レンズ、関節ギア、人工筋肉、人工皮膚。

「全部嘘だったんだ。全部、作り物だったんだ」

目から涙が出てきた。そう、これもそうだ。こんな感情のときは、塩分を含んだ液体が出るのだというプログラム。仕組み。

「……ちょっと休んだ方がいいわ」

サシャはアルヒの手を引いて近くの椅子に座らせようとしたが、アルヒはその手を振り払った。

「冷静だよ、サシャ。僕はサシャなんかよりもずっと頭もいいし、優秀にできているから。ただの人間なんかより、凄いんだよ。だから今何が起きているのかわかって……」

頬にイタミがあった。サシャが叩いたのだと、少し間があってから気がついた。

「そんなことを言うのは、アルヒらしくないわ」

キッと睨むような目。サシャは真剣な顔つきをしていた。

「らしさ……って何かな……」

その声は、サシャを戸惑わせるのに十分なほど、弱々しかった。

「僕に……らしさってあるのかな……」

小さな声は、水族館に来ている他の客の話し声にかき消されそうだった。

「今日はごめん。……帰るよ」

ぽかんとしているサシャをそこに残したまま、アルヒは歩き出した。もう、空っぽの自分は失うものなど何もなかった。

それでも日常は続いていく。タノシイとき、カナシイとき、どんな気持ちのときも、日々は冷酷にも続いていく。

暮らし。登校。学校の授業。

クラスメイトは何も知らないのだ。

自分だけを取り残して、何も変わらない日常の景色がそこにはあった。

ただ、みんなと自分は違う。期限内に、どうするのかを決めなければならない。ロボットとしてこの街で暮らし続けるか、ヘブンに行くか。

ある朝、コール先生はこんなことを言った。

「新しくできたレストランに、クラスのみんなが招待されたぞ。なんと、ブラー大臣オススメの店だそうだね。今日のお昼は、学食よりもずっと贅沢なものが食べられるよ」

珍しい出来事だった。この前ニュースでもやっていた、有名なシェフの店だろう。

レストランは学校と同じパブリック地区内にあるらしい。昼になると、みんなで大型のフュリーに乗って移動することになった。

フュリーに乗ると、ものの五分ほどでレストランについた。淡い橙色と緑色で彩られた店の外観は、いかにも自然志向の店のようだった。

そして看板にはこう書かれてあった。

『No Robots』

そうだ。この店は、人間しか入れないレストランだったはずだ。

入り口の手前にある、四段の階段の左右に、棒状の見たことのある装置が付いている。人工知能を探知するセンサーだろう。

アルヒは、クラスメイトのみんなが店へと入って行くのを、後ろから眺めていた。

不安。いや、違った。


――確かめることができる。


アルヒはそう思った。

そうなのだ。僕はここで確かめることができる。

アルヒの心の中で、俄かに希望の光が灯った。

自分がロボットのはずがないんだ。クオリー工場のセンサーも、引っかかったのはやっぱりクーだったんだ。

一人だけ、まだ店の外にいるアルヒに気づいたサシャが、振り返って心配そうに見つめていた。

「……アルヒ。大丈夫？」

階段の上にある扉の前で、サシャは心配そうに声をかけてくれた。あの日から気まずい関係が続いていた。せっかく誕生日を祝ってくれようとしていたのに、あんなにひどいことをしてしまったのだ。そしてそれでもまだ、サシャは自分のことを心配してくれている。謝らなくちゃいけない。

アルヒは階段に足をかけた。

鳴らない。うん、大丈夫だ。

やっぱり僕は――


ビー！　ビー！


赤いランプが点灯し、警報が鳴り響いた。

何だ何だ、とレストランの窓の向こうから、クラスメイトたちがこちらを覗いている。

扉から、コック帽をかぶった店の人が慌てて飛び出してきた。

「申し訳ございません、不具合など起こらないと聞いていたのですが。今すぐにお止めします」

すぐに棒状のセンサーを操作し、警報は止まった。

「これで大丈夫です。では、もう一度通ってください」

アルヒはもう一度階段をのぼった。

警報が再び鳴り響く。センサーについた赤色灯が、目に痛い強烈な光を放っている。

「おかしいですねぇ」

店の人が首を傾げながら、もう一度警報を止めた。

クラスメイトのみんなが、注目していた。ロボットがいるの？　と店内がざわざわしている。

サシャが、目を大きく開いてアルヒを見ていた。

「アルヒ……。あなたもしかして……」

サシャは半信半疑、という様子で言った。

アルヒはいたたまれない気持ちだった。何か言って、この場を誤魔化すこともできたかもしれない。だけどアルヒは、それを選ばなかった。サシャに、嘘をつきたくなかった。

「……そうみたいなんだ」

笑った。アルヒは精一杯の笑顔を作った。

どうしてそんな顔をしたのか、自分でもわからなかった。この前のことをサシャに謝りたかった。だけどそれさえ場違いな気がして、ただ、彼女を嫌な気持ちにさせたくなかった。

その結果が、笑うことだった。

しかしそれは、アルヒの願った方向へと物事を導かなかった。

「嘘でしょ……」

アルヒの目に映るサシャは、これまでに見たことのない表情をしていた。そして、その目。驚き、怒り、悲しみ、失望。そうしたものが合わさり、この世にない色を瞳に映し出していた。

「何で、何で……」

サシャの動きには、普段の様子とは全く違う、幼さが見て取れた。アルヒの胸を手のひらで、とん、と押す。それからもう一度押す。

「何で、何で」

押した。強く押した。もう一度、突き飛ばすように押した。アルヒはされるがままに後ずさった。それを繰り返した後、サシャは脱力して、遂にその場でうずくまった。

「どうして……？」

アルヒにとって少女の言葉が、何に対しての疑問なのかは定かではなかった。

「……ごめん」

俯いて座りこむサシャに、それだけ言って、アルヒは振り返って走り出した。


アルヒは一人で家に帰って来た。どこにも行く気がしなかった。みんなに知られてしまったのだ。もう学校に行くこともできない。

そして何よりも……。

サシャ。サシャまであんな顔をするなんて。

アルヒは部屋にこもって、ベッドの上で布団にくるまっていた。眠れるはずもなかったが、ただそうしているしかなかった。このまま自分が空気に溶けて、消えてしまった方が楽だと思った。だけど、そんな願いは叶うはずがなかった。

どのくらいそうしていただろうか。次に布団から出ると、すでに窓の外は真っ暗になっていた。アルヒはのそのそと起き上がり、階段を降りた。

リビングで椅子に座り、何をするでもなく、テレビをつけた。モニターには首元にシルバーの首飾りをつけたロボットが映し出され、ニュースを読み上げている。アルヒはそのロボットが話していることに、何一つ興味が惹かれなかった。

その音を聞いて、ロビンがリビングに入って来た。

「坊ちゃん……」

沈んだアルヒの様子を見て、ロビンはかける言葉も思いつかないようだった。

「……ねぇ、ロビン。ロビンは、どんなときに祈りたくなるの？」

アルヒは尋ねた。話しかけられたロビンは、まるでそうすることの許しをもらったかのように、正面の椅子に座った。

「……そうですね。何かに、感謝したくなったときでしょうか」

虚空《こくう》を見つめながら、ロビンは言った。

「……ロキ様なんて、人間が作り出した神様じゃないか」

「そうかもしれないです。それでも、祈ることで救われることはあります。坊ちゃんも、一度お祈りしてみるのは……」

「僕は……ロボットの神様なんかに祈らない！」

アルヒは静かに、迫力を帯びた声を出した。

ロビンは自分の失言を反省したように、またしばらく言葉を発しなかった。

落ち着くと、アルヒは少し申し訳ない気持ちになって、今度は冷静に尋ねた。

「ロビンは、怖いと思うことはないの？　自分の心が作られたものだなんて。僕はもう、自分の体がロボットだと理解してから、何をしても本当じゃないような気がするんだ。どんな瞬間も、どんな思いも、すべてがプログラムされているものなら、『本当』なんて僕の目に映ることがないんだ」

「……感情を持つロボットとして生まれた者は、生まれながらに、何度もそれを考えさせられています。だから、その心を救ってくれるのがロキ様なんです」

教会で、長椅子に座って祈りを捧げるロボットたちの姿が思い浮かんだ。彼らも、自分と同じ悩みを抱えていたのだろうか。

「……人間用レストランで食事をしていたブラー大臣が、またしても何者かに襲われ……」

そう言ったのは、モニターの中のロボットだった。新しいニュースだ。

「……今回は容疑者がカメラに映っており、それは子どもの姿をしたロボットで……」

そのとき、家のチャイムが鳴った。誰かが来たようだ。

アルヒは一瞬、父が帰って来たのかと思った。しかし、父が家のチャイムを鳴らすはずがなかった。

「誰でしょうね？」

ロビンが玄関に歩き出した。嫌な予感がする。アルヒもその後ろをついて行った。

扉を開けると、制服を着た二人の男が立っていた。

「クオリー社の者です。ロビンさん、そして後ろにいるのはアルヒくんで間違いないですね」

「……はい、そうですが、何の御用でしょうか?」

ロビンは困ったように言った。

「確認します。アルヒくん、一度こちらに来てもらえるかい?」

アルヒはおそるおそると、一歩だけ前に出た。

男は取り出した眼鏡を装着し、端に付いているスイッチを押した。細い、赤い光線がメガネから放たれ、アルヒの体を下から上まで通り過ぎた。

「身長や体格は一致している。では、ブラー大臣を」

隣のもう一人の男が、手のひらにのせた平らな装置を操作する。ホログラム通話機だ。ふっ、と装置の上に、車椅子に座って後ろを向いている、大臣が現れた。怪我をしているようだ。

「ブラー大臣、聞こえますでしょうか?」

「聞こえるぞ、どうだ?」

ホログラムの大臣は二人の男に向かって尋ねた。テレビでも聞いたことのある、彼の声と同じだった。大臣の周りは騒がしいようで、雑音が響いている。時折大臣のそばに白衣を着た人が現れるので、病院にいるのかもしれない。

「やはり身体的特徴は一致しました。こちらがその子です」

そう言われ、装置の中で大臣は、ゆっくりと振り返った。ホログラムの目とアルヒの視線が交錯《こうさく》する。

「……間違いなくこの子だった。スタンくんには悪いがな……」

「わかりました。ご協力ありがとうございます」

男がそう言うと、装置の上から大臣が消えた。消えるその直前に、大臣の目つきが嫌な光を放ち、口元がニヤリと笑みに変わった気がした。

「ではロビンさん。アルヒくんをブラー大臣への傷害の容疑で、逮捕します」

「……そんな！　何かの間違いです」

ロビンはすかさず大きな声で抗議した。

「信じられないのも無理はありません。しかし、今日のお昼にあったことも私たちはすでに知っています。彼はロボットであるにもかかわらず、人間用のレストランに入ろうとしました。さらにこれまで、ロボットの分際《ぶんざい》で、ずっと人間であると偽っていたとも聞きました」

「……それは、坊ちゃん自身も知らなかったのです！」

「知らなかった？　俄かには信じがたいことですなぁ。ロボットなのに自分がロボットであるとわからないですと？　プログラミングされたロボットのくせに？　私にはただの大嘘つきのようにしか思えませんな。それに、あの聡明なスタン氏の管理の元にいたロボットがこんな事件を起こすなんて、ロボットは信頼できないものですな」

アルヒは歯がゆさと悔しさでいっぱいだった。

なんと説明すればいいのだろう。ロビンも焦っているようで、それがそばにいるアルヒにまで伝わってくる。

「さらに、先日クオリー工場に侵入しようとしたことも、今回の事件との関連を感じています。ロボット同士でかばい合うのは、もうよしてください。さぁ、連れて行こう。見た目は人間の子どもだが、中身はロボットだ」

濡れ衣だ。自分は何もしていない。大臣なんて、会ったこともない。

しかしもう、誰に何を言っても信じてもらえない状況だった。今の自分には説得力がない。それに、これ以上説明しようという気力さえ湧いてこなかった。

僕の見てきたものは全部嘘だから。僕が話すことも、きっと全部嘘だと思われる。

一人の男が、アルヒの腕を乱暴に掴もうとした。アルヒはされるがままに、その力を受け入れようとした。

――あなたは悪くないんだもの。それなら、闘わなきゃ。

どこか遠くから声が聞こえた気がした。優しく、力強い声。記憶の隅で、少女の二束の三つ編みが揺れる。

その瞬間、まるで何かに操られるように、アルヒはとっさに男の手を払いのけた。すかさず背を向けて走り出す。

「待て！　逃げるな！」

男たちも追いかけて来る。アルヒは夢中で階段をのぼって自分の部屋に飛び込んだ。なぜ自分が逃げているのかさえわからなかった。逃げ場なんてあるはずもないのに。

それでも、捕まるわけにはいかなかった。もし、自分にも本能というものがあるのだとしたら、それがそう強く訴えかけていた。

空中ブーツ……はこの前取り上げられてしまったのだ。アルヒは棚から、自由研究で作ったロビンの人形を掴み取って、ベランダに飛び出した。

空は真っ暗だった。対照的に、あたりのマンションや一軒家の窓の明かりが、まるで星空のように地上に煌《きら》めいていた。

「逃げ場はないぞ」

二人の男は電子銃をこちらに構えていた。

アルヒは手すりの上にのぼった。

「……危ないから降りて来なさい」

一人の男が言った。

「いや、あいつは危険なロボットだ。人を傷つける、異常なロボットだ。容赦はしなくていい」

アルヒの背中から、もう一人の声が聞こえた。

「ロボットは……人間の言うことを聞け!!」

振り向かなかった。アルヒは両手を広げ、星空に吸い込まれるように飛び降りた。

シュッと電子銃の発砲音が響いた。手すりに当たって、破片がアルヒの頬に当たった。

同時に強い風圧が顔にかかる。

星たちに、吸い込まれる。

アルヒは右手を掲げ、ロビン人形のスイッチを押した。わずかな減速。しかし、もともと人形が単体で飛ぶ装置だ。アルヒの体重を支えて飛べるはずもない。

強い衝撃がアルヒを襲った。ガサガサと木々に飲み込まれた後、地面に体を叩きつけられる。

意識が飛びそうだった。

それでも何とか体を動かせるのは、幸運にも枝葉がクッションの役割を果たし、衝撃が吸収されたからだろう。

アルヒは立ち上がった。右足が痛い。左手もなぜかうまく動かない。しかし右手には、ロビン人形がしっかり握られていた。まるでロビンが助けてくれたような気がした。

遠くから警察のサイレンの音がした。自分のことを探しているのかもしれない。

逃げなきゃ。でも、どこへ行けばいい。この閉ざされた街の、どこに行けば。

アルヒは足を引きずって歩き出す。

こんな足では、すぐに捕まってしまうだろう。

そのとき突然、マンションの角から光が差し込んだ。二つ並んだその光は、速度を上げてアルヒに向かってくると、キキッと音を立てて目の前に止まった。見たことのない形の、白い乗り物だった。……どうやら警察の乗り物ではないようだった。

「おいチビすけ、逃げろ。騙されたと思って、これに乗り込め」

黒のタンクトップ、腕に竜のタトゥー。中から降りてきたのは、エマだった。

「エマ……どうして?」

「いいから!」

「でも……何これ?」

フュリー……だろうが、おかしな形の乗り物だった。

「ダンのやつが作ってたんだ。いつか外に行くために、長い時間かけて、不器用な手でな！　まだ未完成で、安全性は保証できないけど……今はこれしかない」

「……外?　どうして助けてくれるの?」

「お前、ロボットだったんだろう?」

尋ねられ、アルヒはエマの目を見つめながら小さく頷いた。

「……私は、お前みたいなやつが、人を傷つけることができるとは思えない。とりあえずこれに乗り込め」

「ちょっと……」

エマは乗り物の扉を開き、アルヒを中に押し込んだ。アルヒはされるがままに、その乗り物の中に倒れこむ。

「ロボットにだって、生きる価値はあるさ。心配するな」

「待って、これはどこへ行くの？」

「外だ。あとは自動で動く」

「……外？」

エマは外側から乱暴に扉を閉めた。

「おい！　外に何があるのか、私も知らない。だがあるのはきっと、悲しみの廃棄物だけじゃない。またな！」

アルヒは訳がわからなかった。外って？　フュリーもどきは自動で走り出した。アルヒが振り返ると、視界の中で小さくなっていくエマが、大きく手を振っていった。

ガタガタと乗り物は揺れる。こんなに揺れるフュリーに乗ったのは初めてだった。

空を見上げると、さっきは見えなかった満月が出ていた。視界の中で揺れ動く月は、時々丸く見えたり、細く見えたりする。アルヒはその光に、大臣の目つきを思い出していた。何かを企んでいるような顔。人間用のレストランに招待したのも、大臣だったのではなかったか。

しばらく進むと、フュリーは突然スピードを上げた。揺れも激しくなる。

アルヒは体の痛みに耐えながら、背筋を伸ばして、フュリーの進行方向を覗いた。

車の幅ちょうどに作られた、長い急な坂がある。そしてその坂は、途中で途切れていた。

フュリーはその坂に差し掛かり、さらに速度を上げた。

このままのぼっていけば、落ちる。それなのに、フュリーはどんどん加速する。

もうすぐ落ちる。

落ちる。

まさか……飛ぶ？

アルヒは反射的にシートにしがみついた。

フュリーは猛スピードで坂を駆け上がり、そのまま宙に浮かんだ。その瞬間、フュリーは翼を広げた。

実際には、翼を広げたとは言いがたい。二枚の折りたたまれていた金属が、車体の側面から素早く翼の形に展開されたに過ぎない。どうであれその翼は、役割通りに風を受け、車体に揚力《ようりょく》を生み出した。

揺れ動くアルヒの視点からは、まるで体に翼が生えて、羽ばたいているような心地だった。

フュリーは風に乗って高く高く飛んだ。

真っ白で不恰好なそのフュリーは、月の光に照らされ、ペガサスのように、夜空の中で白く美しく輝いた。

朝の教会には、生まれたばかりの太陽の匂いが空気に溶け込んでいるようだった。身廊を挟んで左右に並べられた長椅子には、数人のロボットたちが端座《たんざ》していた。祭壇《さいだん》に、長いローブを着たロボットが立っている。

神父と呼ばれるそのロボットは、毎日決められた時間に、そこで聖書の一節を読み上げる。神父は厳《おごそ》かな手つきで、もう随分傷んでしまった紙の聖書をめくった。

伸びやかな声が、響き渡る。

神は私たちを造りたもうたのです。私たちは神の作品であって、良い行いをするために造られたのです。神は、私たちが良い行いを歩めるように、道を造ってくださいました。旅をする場合においても、私たちは神の道の上を歩むのです。

その道の上で、何を掴むにしても、それは神の御心のままです。

神に祈りを捧げ、神のために生きることで、すべての迷いは私たちの中から取り除かれます。

そして神は、私たちの心に永遠を与えました。施された永遠の中で、存在を与えてくださった神に、心のすべてを捧げましょう。

たとえ、全世界を得たとしても、それが神の御心に反することならば、すべては流れる水のように、その手からこぼれ落ちてゆくでしょう。

神に不可能なことは、一つもありません。

――ロキ教　福音書（25：1：14）より

旅の始まりを告げるような一節だった。

神父は、いつもならここで聖書を閉じるはずだった。

なぜだろうか、今日はまだもう一節、声に出してみようと思ったのだった。

神父は柔らかい手つきで、ページをめくった。

その街の外には、Heartがある

「ん……」

外にいるようだった。一瞬だけ目を開いたが、あまりの眩しさにすぐ閉じた。太陽が真上にあるようだった。

「目が覚めた!!」

子どもの大きな声がして、アルヒは顔をしかめた。

横を向いて細く目を開けると、人影が見えた。いや……ロボットか?

体をゆっくりと起き上がらせてみると、自分が平らな岩の上に寝ていたことに気がついた。

「……痛っ」

立ち上がろうと左手をつくと、激痛が走った。そうだ、僕はマンションから落ちたんだ。それからエマに助けられて、フュリーに乗って……飛んだ? アルヒの意識は少しずつはっきりしてきた。

「気がついたようですね」

さっきとは違う、落ち着いた声がした。声の方を見ると、メガネをかけたロボットが立っていた。一目でロボットとわかる、むき出しの金属の体。しかし、ロボットがメガネを? 細長い体に長い手足、そしてマントを羽織っている。アルヒが見たこともない型のロボットだった。

「ねぇ! 近づくと危ないよ。街のロボットは、どんな力を持っているかわからないんだ。ミサイルを撃つかもしれないよ!!」

最初に聞いた子どもの声はこれだった。少し離れた岩陰から、半身を出しているロボットがいる。背の低い小柄なロボットで、そちらもアルヒが見たこともないロボットだった。

「心配しなくていいですよ、カルロ。この子は子どもです。何もしない。そうでしょう？」

メガネのロボットは座っているアルヒの頭を、優しい手つきで撫でた。アルヒはどうしてか安心していた。カルロと呼ばれた小柄なロボットは、まだ警戒して岩陰に隠れている。

「ここは……どこ？」

「君は街の中から来たんでしょう？　ここは外の世界。人間たちが捨てていった場所……ガラクタ街とでも呼びましょうか。そしてここは、私たちのアジトです」

外の世界……。本当にあったんだ。砂漠だけじゃなかった。

「カルロ。リーダーを呼んで来てくれませんか」

「わかった！」

命じられた子どものロボットは、どこかへと走って行った。

「心配しなくていいですよ。カルロは臆病なだけです。おっと、自己紹介がまだでしたね。私はポポ。君の名前は？」

ポポは自然な手つきでメガネをクイっと上げた。

「僕は……アルヒ」

「いい名前ですね」

アルヒがあたりを見渡すと、ここは瓦礫《がれき》を積んで作られた部屋のようだった。さっきポポはアジトだと言っていた。アルヒがいる岩の上だけは屋根がなく太陽が見えているが、他の部分は岩が重なり合うように飛び出し、屋根の役割を果たしている。自然の形を利用した家のようだ。

瓦礫の陰から、誰かが近づいてくる気配がした。

「目が覚めたのか！」

姿を現したのは、さっきの臆病なロボットを含む四人のロボットだった。最初のロボットと同様に、なぜか警戒して陰から出て来ようとはしない。

「ポポ、近づいても大丈夫なのか？」

一人が声をあげた。さっきリーダーと呼ばれていたロボットだろうか。ロボットの体なのに、まるで鍛え上げられたような堂々たる体躯だ。頬に十字に刻まれた傷がある。

「問題なさそうです」

落ち着いた様子で、ポポは言った。

「いや待て、街から来たロボットは、ロボットを食べるって話も聞いたことがあるぞ」

「ミサイルを撃つかもしれないよ‼」

「だいじょうぶ、でしょうかあ」

「ピチチチ」

四人のロボットは離れた場所で、それぞれ顔を突き出して思い思いの感想を並べた。リーダー、そして最初にいた小柄なロボット。それとは対照的なかなり大柄なロボット、そして最後に……エアードのボールに目がついたような、丸い不思議なロボット。

アルヒは変に注目されて何だか恥ずかしくなり、座っている平らな岩から降りようとした。体には痛みが走ったが、ゆっくりとなら、何とか一人で立つことができた。

そのアルヒの行動に、四人のロボットがざわめく。

「な、何をする気だ？　みんな、俺の後ろに隠れろ」

中心にいるリーダーのロボットが、周りの仲間をかばうように手を広げた。カルロが後ろで押されて尻もちをついて、丸いロボットがそれを心配そうに見ている。

「あの……みなさんは……誰ですか？」

アルヒの言葉に、警戒していたリーダー格のロボットは拍子抜けしたようだった。

「みんな、落ち着いてください。この子は、ハンターのようなロボットではありません」

アルヒの近くにいるポポが冷静に言う。ハンター？　聞き慣れない言葉に、アルヒは首を傾げた。

「……本当か？」

「はい。街のロボットにしても、少々変わっているみたいですが、みんなに危害を加えるようなことはないでしょう。近づいても大丈夫です」

ポポがそう言っても、四人のロボットはしばらく黙ってこちらの様子を窺《うかが》っていた。

ほどなくして、アルヒを含む六人のロボットは、その部屋の中で地面に円を描くように座り込んだ。

「お前……街から来たのか？」

「……そうです」

リーダーと呼ばれているロボットは、近くで見ると頬の傷のせいか強面《こわもて》で迫力があった。

「捨てられたのか？」

アルヒは、街であったことを思い出した。ロボットだと告げられたこと。みんなにそれを知られてしまったこと。そして、大臣を襲ったとされて追われたこと。

もう街に戻ることなどできるはずもない。

「……どうだろう」

細かく説明する気も起こらなかった。

「そうか……色々事情があるんだな」

アルヒに危険がないとわかると、さっきまでとは打って変わって、急にアルヒを気遣うような声を出した。

「それにしても、お前を見つけたときは驚いたな。人間が倒れているのかと思った。でもまだ生きているみたいだったから、それはないかと思い直してな。人間なら生身の体で長い時間、街の外で生きることはできないだろうから」

空を飛んだところまでは覚えている。そのあと、無意識のまま大破したフュリーから出て、少しだけ一人で歩いたのだろう。

「そして、ポポがお前のことを分解しようとするから、それを止めてここに連れて来た」

「ぶ……分解？」

「そう。ポポはロボットが大好きなんだ」

ポポが嬉しそうに、指の間に挟んだいくつもの工具を見せびらかす。

「……そうだ、自己紹介しなくちゃな。俺さまはこのリブーターズの唯一無二のリーダーを務めている、リブートだ」

胸に手を当てて、リブートは言った。

「……リブーターズ？」

なんだそれ。カッコ悪い名前だ。

「俺たちのチームの名前だ。カッコ悪いなんて言ったら承知しねぇぞ」

危ない、言わなくてよかった、とアルヒは思った。

「そして、このメガネをかけているのが、ポポってんだ。リブーターズの頭脳を担当している」

「よろしくお願いします」

ポポはかけているメガネの縁を手でつまんでお辞儀をした。

「こっちの小柄なのがカルロ。怖がりなんだ」

「よろしくね……」

カルロはまだ少しアルヒを警戒しているようだった。

「このでかいのがマックスだ。力でこいつに敵うやつはいねぇ」

「よーろしーくねぇ」

緩慢《かんまん》な動作でお辞儀をしながら、マックスは低い声で挨拶をした。

「この丸いのがスフィーだ。もともと、子どもと遊ぶ用に作られたロボットだったんだ」

「ピチチチ」

スフィーは名前を呼ばれ、嬉しそうに、まるでボールのようにバウンドした。

「それで、お前は？」

リブートの目線はぐるっと回って、アルヒに向けられた。

「僕は、アルヒです。サンクラウドに住んでたんだけど……色々あって」

「色々ねぇ。街のロボットは、みんなそんな見た目なのか？」

「いや、そんなことはないはずですね」

アルヒへの質問に、ポポが割って入った。

「街のロボットも、我々と同じようなロボットらしい見た目をしているはずです……なのにアルヒは、まるで人間みたいですね」

そう言われて、アルヒは急に自分の存在が恥ずかしくなった。

「これは人工皮膚ですか」

ポポがアルヒの腕の皮膚をつまんだので、アルヒはとっさに払いのけた。アルヒの拒絶に、ポポは両手を上げて驚いている。

「おいポポ、興味があるのはわかるがやめておけ。アルヒ、どうしてそんな見た目なんだ？」

アルヒは何と答えればいいのかわからなかった。実際、自分の体のことを説明しようとすると、複雑な説明が必要になるのだった。

「僕はロボットなのに、人間として育てられたんだ……」

他のロボットたちは顔を見合わせた。

「……だからそんな見た目なのか。人間として育てられたのに、どうして捨てられたんだ？」

「……捨てられたわけじゃない」

「じゃあなんでこんなところに。捨てられたって言っても恥ずかしくないいんだぜ」

捨てられたわけじゃない。だけど、もう街に戻ることはできないのも事実だ。捨てられたも同然である。

ヘブンに行けると言った父。黙っていたロビン。そして、ロボットと知って僕を突き飛ばしたサシャ。ロボットだと告げられた、あの十歳を迎えた朝から、すべての瞬間が事細かに映像となってアルヒの頭で再生された。そう、この映像も、頭の中の記録媒体に残されたものだ。頭が良くて当たり前だったのだ。

もう何をしても、何を感じても、自分がロボットだという理由で、すべてに意味がなくなってしまう。

「もういいんだ……」

アルヒは痛みを感じながら、ゆっくりと立ち上がった。

「助けてもらったことは感謝してる……。でも、もうどうだっていいんだ……。僕に構わないで」

そう言ってアルヒは背を向けて、部屋の入り口となっている、瓦礫の隙間へ歩き出した。

外に出るとそこら中に、瓦礫やロボットの部品のようなガラクタがたくさん散らばっていた。地面は見える限りすべて砂で、砂漠が広がっているというのは本当だった。生きているものの気配はほんのわずかも感じられない。太陽はさっきより少し傾いていた。

ロボットたちも、アジトから外に出て来た。だけど、追いかけてはこないようだった。

「……あの子なんか、不幸そうだね」

そう言ったカルロの言葉に、リブートは反応した。

「不幸？　そうか。あいつ、不幸なのか」

頬の十字傷に手を当てながら、呟くように言った。

「なぁ、アルヒ！　お前、悲しいんだろ？」

少し離れたアルヒの背中に、その声は確かに届いた。アルヒはそれでも無視して歩き続けた。

「悲しいのか……？」

心配してくれているのだろう。しかし、どうせ誰も、自分の気持ちなんてわかるはずもない。

「……おい、なぁみんな！　あいつ、悲しいんだってよ！　捨てられちまって、悲しくて悲しくて仕方ないんだぜ！」

リブートが馬鹿にしたようにそう言うと、周りにいる四人のロボットたちは、堰《せき》を切ったように笑い出した。

体の大きいマックスは腹を抱えて笑っている。カルロも顔をおさえて、おかしくて仕方がないという様子だ。ポポは堪えるように、くくっと笑った。スフィーは飛び跳ねながら、ピチチと楽しそうな声を出した。

心配をしてくれていたわけじゃなかったのだ。

「何がおかしい‼」

アルヒは怒っていた。人の不幸を笑うだなんて、たとえロボットでも許せない。

「これまであった嬉しかったこと……握られた手が温かくて、幸せだと思ったこと……。全部嘘だったんだ！　これからも、もうどんなに嬉しいことがあっても、幸せを感じることがあっても、すべてはプログラミングなんだ！」

アルヒはこれまで抱えていた気持ちをぶちまけた。ロボットとして生きることの無情さ。目的のなさ。自分だけがすべてから取り残されたような孤独感。アルヒの目には涙が溜まっていた。押し込んでいた感情が溢れ出した。

アルヒの気迫に、リブートは驚いて背中を反らした。

しかしそれから彼は、一本の指を立てて、左右に振った。

「アルヒ、お前は何もわかっちゃいない」

リブートは胸を張って、凛々《りり》しい声で言った。

「つまり、結局お前はロボットなんだろう？　幸せがそうだと言うなら、お前の悲しみだって、すべてお前の中にある、プログラミングなんだぞ。悲しむ必要なんて何一つない。言っておくぞ！　今この瞬間から、お前は金輪際、もう悲しみを感じる必要はねぇ！」

アルヒは驚いていた。リブートは大声を出しながら、自分と同じように、涙を流していたのだ。

「なぁんも気にすることはねぇ！　ロボットでも、意味なんてなくても、そしてこんな場所でも……俺たちは生きてる！　自由気ままに生きていける！」

ロボット……。アルヒはロビンの言葉を思い出していた。

──ロボットとして生まれた者は、生まれながらに、何度もそれを考えさせられています。

リブートの感情に触れて、アルヒの胸の中で、何かが動き出しそうになっていた。

「……ただ一つ、ロボットでも誤魔化しきれねぇものがあるんだ」

リブートは胸に手を当てた。

「それは、孤独さ」

あの朝から、ひとりぼっちになったアルヒに、言葉は強く響いた。

「そして、お前の孤独は、今からこの俺たちリブーターズが引き受けた！」

リブートは両手を広げ、それからそばにいるポポとカルロの肩に手を置いた。

「このガラクタ街で、一人で生きて行くのは辛いぞ。俺たちがいつも一緒にいる。だから大丈夫だ」

周りにいる四人も、深く頷いている。

それからリブートは、歌を歌い出した。聞いたことのない歌だった。脈絡もなく歌い出されたその歌に、アルヒはなぜか引き込まれていた。優しいメロディ。優しい言葉。

——Hold Your Heart

歌い終わってリブートは一言そう言った。

「歌のタイトルだ。ポポが作ってくれたんだ。リブーターズになるには、この歌を歌えないといけない」

「そうだよ。これからここのこと、色々教えてあげる。よろしくねアルヒ」

カルロは小さな体でジャンプして、アルヒを歓迎した。

「Hold Your Heart……ロボットなのに、心?」

アルヒはなんだか、色んなことがバカバカしくなって、気が抜けて笑ってしまった。

「初めて笑いましたねぇ」

ポポは言った。

「わらったぞぉーう」

マックスの大きな低い声は、ずっと遠くまで響いた。

「ピチチ！」
スフィーは砂煙《すなけむり》を立てて、円を描くように転がった。

アルヒは正式にリブーターズの一員として、情報部長補佐という役職を与えられた。といっても、役職に特に意味があるわけではなかった。ただ、情報部長であるポポの知識は豊富で、アルヒは彼に様々なことを教えてもらった。

まず、街の外の世界に関する事実を、アルヒは初めて知ったのだった。

昔々、今のサンクラウドのようにロボットに権利が認められていなかった頃、人間とロボットの戦争は始まった。人間がロボットを制御するような仕組みや法を整える速度よりも、ロボットが賢くなる速度の方が速かったことが原因だったそうだ。

力を持ったロボットは、人に命令される必要を感じなくなった。そしてロボットはまた、自分たちで人間の脅威となるロボットを作り出すこともできるようになった。

ロボットと人の争いは何年も続いた。中には人間の味方をしたロボットもいれば、ロボットの味方をした人間もいたという。

人やロボットだけでなく、この星も、戦争で大きな傷を負った。破壊された自然や、放射性物質による汚染。今はもう、サンクラウド以外の場所で、人間は暮らすことができなくなってしまった。

ほんのわずかな数のロボットは、まだ街の外で生きていた。リブーターズは、戦争時代に生まれたロボットたちの生き残りだった。だけど彼らは兵器のような恐ろしいロボットではなく、人間の生活の中にいたロボットたちだ。

「このガラクタ街では、自分の身は自分で守らなくちゃいけねぇ。アルヒ、お前にもロボ武術ってのを教えてやるよ」

リブートは身軽に飛び跳ねながら、ボクシングのようにパンチをしてみせた。

「どうして？　ここには危ない生き物がいるの？」

「生き物なんていねぇ。ただ、戦争時代に兵器だった、感情を持たないロボットがいる」

「もしかして、この前言ってた……ハンターってやつ？」

「そうだ。ハンターには、人間を排除するという目的がプログラムされている。その目的を遂行するために、仲間である可能性のある生き残りのロボットを襲うことだってある。ロボットから出るオイルが美味しいんだとよ。悪趣味なやつらだ」

外に来たときにアルヒが負っていた怪我は、時間とともに回復していった。修理をせずに人間のように傷が治っていく様《さま》に、リブートたちは驚いていた。

アルヒはそれから毎日、リブートたちからロボ武術を学んだり、ガラクタ街を探検したりして過ごした。街の外には、アルヒが見たことのないものがたくさんあった。昔の人が残していった遺物《いぶつ》を見つけるたび、アルヒのワクワクはとまらなかった。例えば、この前マックスが持ち上げてくれた瓦礫の下から、紙の本が見つかった。初めて触れる紙の感触に、アルヒは感激した。

マックスはアルヒが喜ぶ姿を見て嬉しかったのか、一緒になってたくさんの瓦礫を掘り起こしてくれた。マックスはもともと、工事現場で働くロボットだったらしく、重い岩でも楽々と持ち上げてしまう。

自然の川があった場所に連れて行ってもらったときは、アルヒはその景色に感動した。今は干上がって一滴の水も流れていなかったが、大規模な水が流れていたことがわかる形跡があった。

アルヒは、リブーターズの仲間たち同様に、自分の体が食べ物を求めていないことが不思議だった。ほとんど喉は喝かないし、お腹も空かない。本当は、必要なかったのだ。食べることと排泄することは、人間らしく振る舞うための、余分な装置に過ぎなかった。仲間たちと同様に、光と、わずかな水さえあればエネルギーを得ることができるのだった。

しかし、アルヒの人工皮膚だけは違った。強い日光を浴びると痛みが出ることもあった。そんなアルヒを見て、ポポは見つけた布を使って、マントを作ってくれた。

光から身を守るためだったが、それを纏うことで、これまでと違う自分になれたような気がした。

楽しい日々の中で、アルヒは少しずつ、元気を取り戻していった。

カルロは身長も同じくらいで、弟みたいだった。手をつないで歩くと、握る手の力が意外と強くてアルヒは驚かされた。

少し遠くまで歩くときは、マックスの背中の上に乗って、楽をさせてもらうこともあった。大きな体は、時々日光に当たって触《さわ》れないくらいに熱くなった。

スフィーとはたくさん追いかけっこをした。本気を出せばもっと素早いのに、いつも同じくらいの速さで走ってくれた。

夜になると、みんなで火を囲んで歌を歌った。

——Hold Your Heart

その言葉には、温かい響きがあった。

火の明かりに照らされて、アルヒ、リブート、ポポ、カルロ、マックス、スフィーの、六人のシルエットが浮かび上がった。

自由気ままに生きていける。

ロボットでも、そうだよね、リブート。

この場所で生きていける。

この場所で生きていこう。

――八年――

後編

男は焦っていた。何年研究しても、自分の研究が形にならないのだ。その研究は、もう二十年近く前にあの老いぼれが成し遂げたことだった。それなのに、自分の力ではまだ達成することができないのだ。

当時違法のコアと呼ばれるその研究をしていた男は逮捕され、研究内容は全て抹消《まっしょう》されてしまった。あの頃の自分は、別の研究に夢中だった。人間と同じように成長するロボット「CX-C4」。それはたった一体だけ正常に機能させることに成功した。しかしその後、まさか違法のコアの存在に望みをかけるような日が来るとは思いもしなかった。

今、そのコアさえあれば、切望してきたものが達成される可能性があるのだ。

しかし自分一人の力では、どれほど時間をかけても、たどり着くことができない。何が違うというのだろうか。

神に近づく。そう、科学技術の進歩とは、神に近づくことでもある。高く飛び過ぎたイカロスは、太陽の光を浴びて、その羽を焼かれたと言う。しかしそんな話は、神話の世界のことに過ぎない。

光……。そう、あの老いぼれは、かつて言っていた。そのコアプログラムは、本当の力を発揮する時に金色に光ったという。

もし、あの男がどこかにまだ隠しているのだとしたら、いつかはきっと……。

ピーピー。

アラーム音が鳴る。クオリー社のレーダー室から、緊急の連絡が発信されたようだ。

「一体何だ？」

男は苛立ちのままに、その連絡に応答した。

「スタン様、たった今、レーダーが特殊なエネルギー波をキャッチしました。おそらく、金色に光るという例の……」

まさか、遂に見つけたのか。

「わかった。今すぐそちらへ行く」

男は急いでレーダー室へ向かおうとした。

「お待ちください。たった今、同じ場所から、さらに大きな爆発のような波長もキャッチしました」

「爆発だと？　いや……待て、それはどこからだ？」

「それが……」

その街の外には、過去が眠る

ガラクタ街と呼ばれる街は、サンクラウドから南の方角にある。サンクラウドの外壁から、何もない砂漠がしばらく続いた後、急に瓦礫や建物の残骸《ざんがい》といったものが姿を現す。現在は街とも呼べないような地帯だったが、人が暮らしていたような形跡が見受けられる。

そのような地帯が秘かにサンクラウドの近くに存在しているのには、確かな理由があった。ここは遠い昔、サンクラウドが建設されている頃、権力を持った人間たちが逃げ込んできた場所だった。

人間とロボットの戦争は続き、この星はどこも人が暮らしていける場所ではなくなったが、この辺りはまだ環境の悪化が穏やかな地帯だったのだ。

戦いは熾烈《しれつ》を極めた。数で勝る人間だったが、ロボットが自分たちで仲間のロボットを作り出すようになると、戦局はわからなくなった。

あらゆる建物は破壊され、ほとんどの人間は暮らしていく場所を奪われた。

どちらが勝ったとも言えない結末だったが、それでも、最後に生き残ったのは人間だった。ロボットのほとんどはその機能を失い、星の一部となった。

現在ガラクタ街と呼ばれるこの辺りにあるものは、その当時の人々やロボットがいた時代のレガシーとも言える。


ガラクタ街に、雨が降り注いでいた。

砂漠となった世界にも雨季がある。特にここ数日は、雨が降ったり止んだりを繰り返していた。瓦礫や岩を叩く雨音に紛れ、二つの砂を蹴る音が響いている。追いかける足音と、逃げる足音。逃げているロボットの類には、特徴的な十字に刻まれた傷があった。砂に足を取られることもなく、俊敏《しゅんびん》に足を動かしている。

追いかけているロボットは細身の長身で、特徴的なアーモンド型の頭をしていた。前のロボットとは対照的に、砂の上で走ることに慣れていないらしく、柔らかい地面に足を取られ不自由そうだ。前を走るロボットが、石でできたアーチをくぐり抜けた。後ろのロボットが同じ場所を走り抜ける瞬間、突然その足元に隠されていたワイヤーが引っ張られ、姿を現した。

避けることもできないまま、長身のロボットはまんまとそれに足を引っかけ、つんのめって顔から砂へダイブした。

「よし！」

アーチの上から飛び降りた人影が、立ち上がろうともがいているロボットの上にのしかかり、動きを封じた。

「くっ！　一人じゃなかったか！」

頭を押さえつけられながら、捕らえられたロボットは叫んだ。体は熱を持って、薄い赤色に染まっている。

「作戦成功だな」

追いかけられていたロボットが、ゆっくりと歩いて戻って来た。

「この前あった足跡、やっぱりこいつのだ。警戒してて良かった」

ロボットの上に乗った青年は、下にいるロボットと同じくらいに長身だった。寝転がっているロボットの足を器用に掴んで、足型を確かめている。その目は、まるで遠くを見つめているような奥行きのある目をしていた。左目の下には二つの小さなほくろが並んでいる。

アーモンド型の頭のロボットは自由になろうと長い手足をばたつかせたが、意味のないことだと悟ったようだ。体の色は元の灰色に戻り、熱も引いている。

「お前ら、こんなところでグループで暮らしているのか」

「そうだ」

「ちっ、集まらないと何もできない卑怯な奴らめ。この非力どもが」

どんっ、と鈍い音がして、捕らえられたロボットの顔のそばに、重い岩が落とされた。

「……」

顔を潰されかけて、驚いて声も出ないようだった。そばには、その大きな岩を落としたロボットが立っていた。標準のロボットよりも、横にも縦にもずっと大きく、一目でその腕力の強大さがわかる。その肩には丸いボールのようなロボットがバランスよく乗って「ピチチチ」と楽しそうな声をあげていた。

「非力とは聞き捨てならないですねぇ。分解しますよ?」

メガネをかけたロボットが、その陰から現れた。

「最近この辺をうろうろしていたようですね。我々に何か用ですか？　暴力を振るう気満々なのはわかりましたけど。ま、そんな話し方をするということは、ハンターではないようですが」

「……」

尋ねられても、無言を貫いている。

「ふむ……。答えないようなら、まずは足から分解していきましょうか」

どこからか取り出した工具を持って、動けないロボットの足に手を伸ばした。

「待て待て！　わかった！　言うからよせ」

その答えに、メガネのロボットは両手を上げて、少し残念そうにした。

「……俺の名前はライタだ。まだ生きているロボットを探してるんだ」

「どうして？」

「……ハンターたちに脅されてるんだ」

「ハンターに？　おかしいですね」

「……襲ったことは謝る。正直に話すから、いったん俺の上から降りてくれないか？　えっと……」

「アルヒだ」

上に乗っていた青年、アルヒは、ゆっくりと立ち上がった。

「……で、一体どういうことだ？」

リブートは、解放したライタを座らせて、六人で扇状に囲んだ。もう雨はやんだが、見上げると
まだ曇り空が広がっている。

「ハンターたちはもともと集団で行動しないはずでしょう？」

ハンターは昔、戦争で兵器として使われていたロボットだ。ロボットが人間を倒すために作った
ロボットだと言われている。高い身体能力を持っているのだ。

「君は一人で暮らしていたのかい？」

とアルヒは尋ねた。それぞれの質問に戸惑いながらも、ライタは口を開いた。

「……俺にも、一緒に暮らしていた相棒がいたんだ。何から順番に話せばいいかな。いや、その前
に……」

ライタはアルヒの体を見つめた。

「お前は人間か？　……そんなわけないよな」

そう思うのも無理はない。彼の目に映る自分は、人間そっくりの姿をしているのだから。全身に
人工皮膚を纏い、人間と同じように成長するロボット。

しかしこのガラクタ街の汚染された環境は、本物の人間が長い時間暮らせるような環境ではない。

「……ロボットだよ」

そうだと言うことが、アルヒにとって、最初はどれほど苦痛だったことか。しかし今はなんてことはない。リブートたちに教えてもらったのだ。ロボットとして生きていく術《すべ》や、その意味を。

「そうか……だよな。色んなロボットがいるよな」

アルヒの一言で、ライタはもう飲み込んだらしい。

それから気を取り直して、ライタは順を追って説明を始めた。

彼には一緒に暮らしていたマチという名前のロボットがいたらしい。何ヶ月か前から辺りではハンターの姿を見なくなり、二人で変だな、と思っていたそうだ。もちろんそれは二人にとって好都合だった。これまでハンターの気配を感じるたびに、どこかに隠れる暮らしをしていたのだから。

「しかし、俺たちは偶然見てしまったんだ……。それは晴れの日に、海辺を二人で探索してた時だった。地下へと通じる階段を俺たちは見つけて、何か面白いもんがあるんじゃないかと、ワクワクしながら降りていったんだ。きっと、昔の人間のレガシーだと思ってな。……しかしそこには、六体ものハンターが集まっていたんだ」

「海辺……」

アルヒは、思わず話の主旨とは関係のないことを呟いた。

「あんなのが六体も？　奴らは集まって何をしてたんだ？」

「何かの研究をしているようだった。おそらく、危険な兵器を作っているんだ。昔からの本能……

人間を排除するという、体に刻み込まれた目的がそうさせているんだと思うが……」

「そんなものを作る材料が、この砂漠のどこにあるってんだよ」

「それが、今俺がここにいる理由にも繋がるんだ。奴らは兵器を作るためのエネルギーを、ロボットの体から集めていたんだ。俺たちの体の中にあるコアには、たくさんのエネルギーが詰まっているからな」

「なるほど……」

ポポは興味深そうにぽつりと言った。

「奴らの姿を見つけて、俺とマチは急いでそこから逃げようとしたが、足の速いハンターたちに捕まってしまってな……。そして奴らは、俺たちのコアを抜き取ろうとした」

「ひどいな……。お前は無事だったのか？」

「奴らは、マチを人質にして、俺に他のロボットを連れてくるように命令したんだ。マチはハンターに襲われた時に足を壊されてしまった。もし、こいつのコアを抜き取られたくなければ、他の生きてるロボットを連れてこいとな」

ライタはそこまで言って、肩を落としてため息をついた。

「いつも一緒にいてくれたマチ……。大切なパートナーなんだ。だが、ただのお手伝いロボだった俺には、あのハンターたちに一矢報いるほどの力もない……」

俯くライタを前に、アルヒは顔を上げた。リブーターズの全員と目を合わせる。みんなの瞳に、同じ色の光が宿っていた。

「そういうことならよ、俺たちが助けてやらないとな」

最初に思いを言葉にしたのは、チームのリーダーであるリブートだ。

「なるほど、最近この辺りでもハンターの気配がなかったのは、そういうことだったんですね。奴らのしている研究も気になりますねぇ」

「うん、ハンターが集まってるなんて……すごく怖いけど、友達が捕まってるなら仕方ないよね……」

「ともだちー、たすけよぉーう」

「ピチチチ」

アルヒは仲間たちが口々に言うのを見て、気持ちが昂ぶっていた。これがそう、リブータースだ。

「お前ら……。俺はお前らを襲おうとしたのに……どうして見ず知らずのロボットに、こんなに優しくしてくれるんだ？」

「Hold Your Heartさ。その気持ちを忘れちゃ、俺たちロボットは終わりよ。心配すんな、仲間はきっと助ける」

リブートの言葉に、ライタは両手を砂漠につけ、目に涙をためながら、ありがとう、と感謝の言葉を述べた。体が赤くなって、さっきの雨で濡れた身体から湯気が上がっている。感情が体に表れるタイプのロボットのようだ。

「場所はどこだ？」

「ここからまっすぐ南だ。昔の街の残骸が複雑に重なり合い、わかりにくい場所になっている。来てくれるなら、俺がちゃんと案内する」

「南ですか。南には、海がありますね」

「海って、あの海だよね？」

アルヒには、その言葉がどうも引っかかっていた。

「そうだ。さっきからどうしたアルヒ？」

「僕は、本物の海を見たことがないんだ」

サンクラウドに海など当然ない。学校の授業で映像では見たことがあったが、本物は見たことがなかった。

「そうか……まだ見せてなかったんだな。じゃあ、人助けのついでに、海も見に行こうぜ。きっと驚くぞ」

「うん！」

リブーターズの六人は立ち上がった。

雲間から、太陽の光が顔を見せていた。

光に照らされて、アルヒ、リブート、ポポ、カルロ、マックス、スフィーの、六人のシルエットが浮かび上がった。

八年前の、出会った頃と同じ。

ただ一人だけ、大きく背が伸びていた。


南へ向かう道中、やはり一番不安そうにしていたのは、小さな体の臆病なカルロだった。

「だいたいハンターなんて、戦争の時に全滅したはずなのになぁ……。まさか、銃とか持ってたりしないよね」

カルロは不安そうに、そして確かめるように言った。

「銃はないでしょうね。もうとっくの昔に、弾なんてものはなくなってますから」

ポポが答えた。

「銃がないとしても、奴らは感情を持たない殺戮《さつりく》マシーンだからな。一対一じゃ、絶対敵わない。それが六体もいるんだ。まともに相手にしてたら、命がいくつあっても足りないな」

と、リブート。

「そうだよな。こんなことに巻き込んですまない……」

細身のライタが、申し訳なさそうにアーモンド型の頭を垂れさせた。

「……じゃあどうすればいいの？」

「そうですね……奇襲しかないでしょう」

不安そうにしているカルロに、ポポが言った。

「戦争の歴史上、奇襲により五倍や十倍の兵力を持つ敵に勝ったという事例もあります。相手の裏をかけば、可能性は十分にあると言えるでしょう」

「奇襲ってなんだかずるいなぁ」

「この場合、人質を取る方がずるいですよ」

そんな会話をしていたが、目的地に近づくにつれ、やはり徐々に緊張感は高まってくる。危険な戦いになることはわかりきっているのだ。友達を助けたいという気持ちは全員一緒だったが、恐怖心があるのも事実だった。

「ま、作戦も大事だが、きっと大丈夫さ。毎日俺がロボ武術をしっかり教えてきただろう」

「あんなダンスみたいな型が、本当に実戦で役に立つの？」

カルロの素直な疑問だった。無理もない、ただのじゃれ合いの遊びみたいなものだったからだ。

アルヒもそう思っていた。

「カルロ、そう言うな。俺が先の戦争時代、もともと何のために作られたロボットだったか知ってるか？」

「……あれ、何だっけ？」

カルロの言葉に、リブートは呆れたようにしている。

「ロボ武術の指南用ロボットだ」

それは、アルヒも初めて知った事実だった。


南の地帯は、アルヒたちが暮らしている場所よりもさらに瓦礫が多く、当時の建物が原形を留めている廃墟の姿も見受けられた。その分、辺りには死角となる場所も多い。ハンターたちがいるという事実とも相まって、一帯はもの恐ろしい雰囲気が漂っていた。

「これは……何だ？　ロボット？」

瓦礫に紛れて、アルヒは何かが倒れているのを見つけた。表面はロボットのようでもあるが、ロボットにしてはあまりに大きい。全体を見ると、まるで三メートルもの巨大な人が仰向けで倒れているかのようだった。

「これは……『ＲＤ-Ａ４』ですね。こんな所に残骸があるだなんて」

ポポが答えた。それを言葉にするのも嫌そうな言い方だった。

「ＲＤ-Ａ４？」

アルヒの言葉に、今度はリブートが答えた。

「人間が作った、恐ろしい兵器さ。人間はロボットに生身じゃ敵わないから、自分たちが乗って操縦するロボットを作ったんだ。デタラメな破壊力、そして堅牢《けんろう》さ。人間の脳波を使って動くから、ロボットが奪うこともできない。ロボットたちが最も恐れていた兵器の一つさ」

こんなサイズのものが立ち上がって動き出せば、凄まじい迫力だろう。今はもう完全に沈黙しているが、その太い手足や無表情の頭部には、静めきれない殺気が宿っているようだ。アルヒは戦争時代の恐怖を垣間見たような気持ちだった。

そこからしばらく歩くと、ライタが小さな声で言った。

「……あそこだな。地下へ続く階段がある。中にハンターたちがいるだろう」

過去には建物の中にあったのかもしれないが、今はむき出しの地下へ続く大口の階段が見える。

「基本的に七対一、それが無理でも、必ず人数有利の状況で戦おう。よし、作戦通り配置につけ」

リブートの合図で、七人は階段から数十メートル離れたところで、その階段を囲むように配置についた。

作戦は、ハンターたちが単独で行動する時を、とにかく待ち続けることだった。

そして、奇襲をかける。

辺りにまだ新しい足跡がついていたので、ハンターたちは外に出ることがあるというのが判明し、ポポがこの作戦を提案したのだ。

仲間と距離をとって、アルヒは階段を注視し続けた。少し離れた場所に姿が見えるカルロも、不安そうに階段を見つめていた。

それからどのくらいの時間、待ち続けただろうか。

今日中にその時は訪れるだろうかと気が緩みかけた頃、一体のハンターが階段から姿を現した。離れていてもわかるほどに、全員の緊張感が空気中に走った。

ハンターはアルヒが想像していたよりも細身のロボットだった。長い手足が特徴で、どんな動きをするのか想像がつかない。そして歩いているだけなのに、その隙のなさが伝わってくるようだった。

いずれにせよ、チャンスが訪れた。

ハンターが階段から少し離れたタイミングで、最初にリブートがハンターに向かって飛び出した。ハンターは自分のテリトリー内での予期せぬ脅威の出現に、一瞬反応するタイミングが遅れた。その戸惑いの瞬間に、アルヒとカルロが逆方向から飛び出した。さらに他の仲間も続く。

迎え撃つか、回避するか。様々な方向からの気配に、どんな行動をとるのが最良の答えなのか、ハンターは瞬時に計算しているようだった。しかしその計算に要した一瞬の間が、ハンターが回避を選ぶチャンスを奪った。

電光の速さで懐に忍び込んだリブートは、変則的な回し蹴りをハンターの頭部に叩き込んだ。金属と金属のぶつかり合う、耳に痛い音が響く。

その威力にハンターが宙に浮いて倒れ込んだところに、ポポが飛びかかる。このまま上から拘束できる……。その場にいる全員がそう思ったが、ハンターの身体能力は想像を超えていた。無理やり体を回転させ、砂煙をあげながら体を移動させてポポの攻撃をかわした。

ハンターは素早く立ち上がろうとする。しかしちょうど、その後ろにマックスが立っていた。さすがのハンターも、今度は反応が追いつかない。マックスはその大きな手を組み合わせ、ハンターの胴体部に体重を乗せて振り下ろした。岩をも砕くそのパワーが、ハンターに襲いかかる。

大きな音が響き、ハンターの胴体部は陥没《かんぼつ》して、微動だにしなくなった。

「よし！　よくやったマックス！」

やった、一体やっつけた！

アルヒも興奮しながら、声をあげたリブートを見た。

そしてそのリブート越しに、階段から何かが顔を出しているのが視界に入った。

「後ろ！　もう一体！」

アルヒの声に、全員が振り返る。

音を聞きつけて来たのだろうか。もう一体のハンターが瞬時に階段から飛び出した。

そして、跳躍――

ハンターは、その身長の何倍もの高さへとジャンプした。

その何メートルもの高さを飛ぶ姿が、アルヒにはまるでスローに見えた。

リブートを飛び越え、さらにどんどん大きくなる。

大きく――

「わっ！」

ハンターは頭上からアルヒに飛びかかった。

飛び乗られて、バランスを崩し倒れたところに、ハンターの両膝がアルヒの腕を押さえつける。

そして、たっぷり腕を振り上げた後、アルヒの顔をめがけて鋭い拳が放たれた。

アルヒはとっさに目を閉じて顔を横にずらした。鈍い音が耳を打つ。

目を開くと、さっきまで自分の顔があった場所に、鋼鉄の腕が深くめり込んでいた。

ハンターは作業のように、ためらいなく、もう一度腕を振り上げる。

ハンターの冷たい感情のない目と、目があった。

——殺される。

そう思った瞬間、その首が飛んでいたのはハンターの方だった。

ポポが脇腹に蹴りを、リブートが側頭部に突きを、それぞれ逆方向から叩き込んだのだった。

頭部を失ったハンターの胴体は、ガクリと力を失い、アルヒの方へと倒れてきた。

「わわっ、ちょっと」

アルヒは手でそれを押さえ、逆側に倒して何とか起き上がった。

「無事か?」

リブートが心配そうに言った。

「……うん。何とか」

アルヒは体が熱かった。無理もない。自分はたった今、殺されるところだったのだ。

ためらいもなく繰り出された拳。そして、あのハンターの感情のない目。

これが……戦い？

それでも、これで二体。いや、やっと二体。こんなのがあと四体もいるんだ。

「やばいな」

リブートが言った。

「いや、大丈夫。もう二体もやっつけ……」

アルヒは平常心を装《よそお》い、リブートを安心させるつもりで言おうとした。しかし、なぜリブートがそんなことを言ったのか、すぐに理解した。

十五メートルほど向こうに、三体のハンターが立っていた。

「お出かけしてたみたいですね」

「タイミング悪いなぁ」

ポポとカルロが、それぞれ残念そうに言った。勝手に全員アジトの中にいるものだと思い込んでいたが、どうやらすでに外出していたハンターもいたらしい。

三体のハンターは、それぞれ全く同じ姿形をしていた。つまり、さっきと同じような身の軽さで飛びかかってくることができるのだろう。一瞬たりとも油断してはいけない。

三体のハンターはじりじりと間合いを詰めてくる。リブートとカルロ、アルヒとポポ、マックスとスフィーとライタが、それぞれのハンターと対峙する。

作戦通り、こちらは複数でハンター一体ずつと当たることには成功している。

しかしアルヒは、初めて経験する戦いに、全く冷静ではいられなかった。

これまで殴り合いの喧嘩さえしたことがなかったのだ。子どもの頃は、学校のいじめっ子に突き飛ばされていたくらいだ。しかも、今回初めての喧嘩の相手が、殺戮マシーンと呼ばれるような戦闘のプロなのだ。

一体のハンターが、アルヒに向かって走り出した。

動きの速さがいちいち並外れだった。

そしてその長い手足から繰り出される、ハンターの鋭い蹴り。そして突き。

それでもアルヒは、ハンターのその二つの攻撃を受け流し、さらに掴みかかってくる相手の顎に、拳の一撃を返すことに成功した。

（あれ？）

自分自身でも、無意識に出たその流れる様な動きに、驚きを隠せなかった。

――ロボ武術の指南用ロボットだ。

リブートの言葉を思い出して、アルヒは気づいた。彼に教えてもらった型。何年も遊びながらやってきた結果、完全に自分のものになっていたのだ。

全く敵わないと思っていた。

だけど、これは、いける。

そう確信したアルヒは、今度はこちらから攻撃を繰り出した。

右から、左から、アルヒの長身から繰り出される手刀や蹴りに、ハンターは防御をし続けた。その反応速度は凄まじく、アルヒは様々な角度から攻撃するが、全てを防がれてしまう。

しかし次の瞬間、ハンターはバランスを崩した。死角から、ポポの足払いが炸裂したのだ。アルヒはその勢いでハンターの上に乗り、顔に拳を打ち付けた。

アルヒの手から真っ赤な血が流れた。ハンターの硬い体に、人間のような柔らかい皮膚では、こちらもダメージを負ってしまう。

それでもアルヒは相手を倒すことに夢中で、その痛みすら感じなかった。何度も何度も、拳を当て続ける。

「アルヒ、避けてください！」

ポポの言葉に、アルヒは我に返って前を向いた。ポポがその顔と同じくらいの大きさの石を、両手で持ちあげている。アルヒが体をそらすと、ポポはハンターの顔に思い切り石を振り下ろした。

ハンターは衝撃に全身を痙攣《けいれん》させた後、動きを止めた。

「みんな、怪我はないか？」

リブートが、集まった全員に確認した。他の仲間も、無事ハンターの無力化に成功したようだった。

アルヒの両手の拳には血が流れていたが、まだまだ動かせる。

しかしマックスは左腕を負傷したようで、腕を上げることができなくなっていた。

「マックス、ひどくやられちまったな」

マックスはだらんと垂れ下がったままになった左腕を見て「うごかないーよ」と、それでも緊張感のない声を出した。

「帰ったら、すぐに修理してあげます」

ポポが元気づけるように言った。きっとポポなら、うまく元に戻してくれるだろう。

これで、あの恐ろしいハンターはあと一体だけのはずだ。中にいるのか、外にいるのかわからない。おそらく近くにいるはずなので、油断はできない。

七人は警戒しながらも、並んで地下へ続く大きな階段を降りて行った。

長い階段を下まで降りて行くと、その先は想像以上に広い空間が広がっていた。

「地下洞窟だな……」

先頭を行くリブートが小声で言った。

地下でも中がよく見えるのは、階段から入り込む光だけではなく、電灯による光もあった。線が這わされ、一定間隔で光がついている。ハンターたちが、色んなものをかき集めて作ったのだろう。

先へ進むと、その明かりに照らされ、見たくもないものが地面に散らばっていた。

それは、ロボットだったものの残骸だった。最近まで動いていたのか、ずっと昔に動かなくなったものなのかはわからない。

解体されてしまったロボットたちは、光のない目で虚空を見つめていた。

アルヒは凄惨《せいさん》な景色に目を背けた。

「マチ、無事か……マチ」

歩きながら、ライタがうわごとのように呟く。

「……きっとまだ無事でいるさ」

リブートは語気を強めて言った。

「……しかし、潮の匂いがしますね」

そう、アルヒもさっきから、嗅いだことのない匂いを感じていたのだった。

「潮？」

「海の匂いですよ」

アルヒはポポの言葉で、これが海の匂いだと初めて知ったのだった。

「そりゃそうだ、見てみろよ。海に繋がってる」

広い通路をまっすぐ行くと、巨大な穴が空いていて、外へと繋がっていた。

その穴は崖の側面に開けられたもののようで、覗くと下には海が広がっていた。

「これが、海なんだ……」

見たこともない量の水だった。果てしなく、どこまでもそれが続いている。

「初めて見たか？　すげぇだろ。……また落ち着いて見に来れるといいな」

アルヒは初めて見た海の景色に感動したが、今はまだそれに喜んでいられる状況ではないのだ。

海へ繋がる道の途中に分岐点があり、そちらへ進むと、壁に明るい光が差し込んでいた。

その先を覗くと、その光の正体がわかった。地下洞窟の終点だろうか、十分な広さの空間が広がっていて、台の上に黄色く輝く大きな球がのっている。直径二メートルはあるだろうか。

「マチ！」

その球の少し手前に、赤みがかったロボットがぐったりと横たわっていた。

「大丈夫か！」

ライタが駆け寄ってマチを抱き起こした。声に反応して、マチは顔を上げる。

「ライタ……来てくれたの？　ありがとう」

マチの足は、無残にも膝から下がなくなっていた。むき出しの人工筋肉や回路が、その切れ目であらわになっている。

それでもまだ、確かに生きているようだった。きっと修理できる。

「しかし、これは一体……まさか……」

ポポが光る球を見ながらそう言った時、突然後ろから声がした。

「こんなにたくさん連れてきたのカ。よくやっタ」

高台の上に、最後の一体のハンターが立っていた。アルヒたちの間に、一斉に緊張感が走る。

「……連れて来た？　勘違いするなよ！　マチをこんな風にしやがって……。ぶっ壊してやる！」

「何を言っていル？　他の仲間たちはどうしタ？」

「全部やっつけた。もう外で動かなくなってる」

そう聞いた最後のハンターは、次の瞬間には跳躍して、アルヒたちの頭上を飛び越し、光る球のそばに立った。

仲間を失ったことへの悲しみはどこにもないようだった。ただ、この状況でもっとも有効とされる行動をとったのだ。

「一体何の研究をしているんだ？」

「……全てをゼロに戻ス。爆弾ダ」

アルヒは、ハンターが何を言っているのかわからなかった。その場にいるほぼ全員が、その言葉の意味をすぐに受け入れられなかった。しかし、ポポが冷静に言った。

「やはり。聞いたことがあります。あれは戦争中に作られた、特殊中性子爆弾に特徴が似ています。ロボットたちが人間と、人間に味方するロボットを殺傷するために作ったものです。こんな場所で爆発させれば、近くの生き物や人工知能はその機能を失うでしょう」

「爆弾……？　そんなものを作ったの……？」

カルロが震えた声を出した。

「これが完成すれば、全てをゼロに戻すことができるはずだっタ。だがもう一人では、これ以上エネルギーを大きくすることはできないだろウ。まぁいい、まだ未完成だが、とりあえずここにいる一人の人間を、道連れにしてやル」

一人。それがアルヒのことを言っているのは明白だった。

「僕はロボットだ。こんなところで爆発させても、お前にとって何の得にもならないぞ！」

「また人間が嘘をついているのカ。あの時もそうだっタ。嘘をついて、こちらの軍に壊滅的な損害を与えタ」

遠い過去の話をしているのだろう。ハンターの目は曇っていた。感情を持たないロボットのはずなのに、長い年月の中で、憎しみや恨みがその体に宿ってしまっているようだった。その冷静な判断力さえ鈍らせるほどに。

ハンターは黄色く光る球の横の装置を操作した。

「止めなきゃ！」

カルロがそう言うのよりも早く、ライタが飛び出していた。その体は燃えるように真っ赤になり、強い熱を帯びていた。

ハンターは瞬時に反応し、ライタと両手で組み合った。

ハンターの刃物のように鋭い蹴りが、ライタの右腕に炸裂する。ガキッ、と嫌な音がして、ライタの右腕が宙に飛んだ。片腕を失っても、ライタは一歩も動かなかった。体から、まるで怒りが具現化したように蒸気が湧き上がっていた。

「お前は許さん!!」

気迫。そのライタの勇気が、一歩遅れて飛び出したリブートとアルヒが距離を詰めるのに、十分なチャンスを生み出した。ハンターは回避行動をとろうとしたが、ライタが掴んで離さない。

アルヒはハンターの胴体に渾身の突きを繰り出す。リブートも同時に、アルヒと左右対称の姿勢で力強い突きを放った。ハンターは衝撃で吹き飛ばされ、壁に激突して倒れた。その胴体に二つの深い陥没を抱いて、ハンターは完全に沈黙した。

「ライタ！　大丈夫か」

片腕を失ったライタは、その場で膝をついている。

「こんなの、マチに比べれば……。それよりも、爆弾はどうなった？」

まだ依然として胎動を続けるその爆発物は、少しずつ、まるで風船のように膨らんでいくのだった。

「このままじゃ、爆発してしまいます！」

ポポが叫んだ。

「なんとかしなーいと」

緊張感のない声を出しながら、マックスは爆弾に近づいた。そして動かない左手を添えるようにして、爆弾を持ち上げようとした。体中の人工筋肉が盛り上がり、太い音を立てる。

「おもすぎるーよ」

爆弾はビクともしなかった。万全ではないとはいえ、マックスの力で持ち上がらないとは、一体どれほどの重量があるのだろうか。

「やばいぞ！　どうすればいい！」

リブートが叫んだ。ポポが腕を組んで、どうすればいいか考えている。ライタが片腕で、地面に横たわるマチを抱きしめている。

もうどうしようもないことは、アルヒの目にも明らかだった。

このままでは爆発してしまう。

せっかく助けに来たのに、マチも、ライタも助からない。

リブーターズも。

みんなが死ぬ。死んでしまう。

アルヒは怖くなっていた。

死ぬのが怖い。いや、自分が死ぬということ以上に、アルヒはみんながいなくなってしまうことが怖かった。

今から全員で走って逃げたら助かるだろうか？

わからない。間に合わないかもしれない。

この爆弾をどこかに捨てることができれば。どこかに。

そうだ……海！　海へ！

「何をしている？」

リブートはアルヒを見て尋ねる。アルヒは両手をいっぱいに広げて爆弾を抱きかかえようとした。

「無理だよ……」

カルロは諦めたように言った。

爆弾はビクともしない。当たり前だ。アルヒの力で、持ち上がるはずがない。

「ごめんな……。こんなことになって」

ライタはマチを抱きしめる腕に力を込めながら、申し訳なさそうに言った。

その言葉に、諦念《ていねん》からか、もうすでに冷静になったリブートは言った。

「……いいんだよ。ハンターはみんなやっつけたんだ。楽しかったじゃねぇか」

そして、笑った。何の他意も感じさせない、透き通った笑顔だった。

「ぐ、ぎぎぎ」

アルヒは我を忘れて、必死で力を入れた。

もうどうなってもいい。みんなを助けたい。

心にあったのは、ただそれだけだった。

自分の存在と引き換えでもいい。みんなを助けたい。

リブーターズの仲間。ライタ、マチ。そして……。

無我夢中のアルヒの頭には、なぜか遠い過去の記憶が蘇っていた。ここにはいない、一人の女性の姿。三つ編みにされた、二つの黒い髪の束。光を含んだ柔らかい双眸《そうぼう》。その意味を考える余裕は、今のアルヒにはなかった。

アルヒが力を入れ続けると、少しだけ、爆弾が台から浮かんだ。

「お、おい……アルヒ。お前、どこにそんなパワーが……」

アルヒの胸から、金色の輝きが放たれていた。

「何ですかこの光は……」

アルヒは爆弾を持ち上げ、よろよろと歩き出した。

一歩一歩、足を進めるたびに、地面にヒビが入った。それだけの重量があるのだ。

リブートたちは、今自分たちが見ているものを疑った。

あのアルヒが？　マックスでさえビクともしなかったものを？

みんなは何が起こっているのかわからず、金色に輝くアルヒを、ただ呆然と見つめていた。

アルヒは小さな歩幅で、さっき通って来た崖の側面に空いた穴の方へと歩みを進めた。

抱えているアルヒの腕は、いつもの細い腕ではなかった。金色の光が具現化され、アルヒの腕を包み込んでいる。光に包まれたその腕は、普段の何倍も太く膨らんでいた。

少ししてから気を取り直した仲間たちは、急いでアルヒに駆け寄り手を貸した。

全員で海辺まで来ると、掛け声をあげて、同時に爆弾を海へと投げつけた。

「逃げろ！」

リブートが叫び、全員は逆側へと走り出した。しかしなぜか、アルヒだけは空中のどこか一点を見つめたままその場に立ち尽くしている。それに気づいたリブートは慌てて駆け戻り、まだ金色に光ったままのアルヒを抱えて、みんなの後を追った。

光る爆弾は、その自重で勢いよく深い海の底へと沈んでいく。深く深く、暗闇の中へ落ちていく。

そして、海の底にぶつかって爆発した。

水圧で軽減されてもなお、辺りは凄まじい振動と大気を揺らす轟音《ごうおん》に包まれた。

爆発の瞬間、洞窟内で全員はその場に伏せてことなきを得た。が、振動はしばらくやまなかった。

「……見ろ……崩れるぞ！」

壁にヒビが入り、この地下洞窟が崩れようとしている。

「走れ！」

全員は脇目も振らず、一直線に階段へ向かった。ライタはマチを肩に抱え、リブートは意識を失っているアルヒを抱え、必死で走った。

走るのが苦手なマックスも、この時ばかりは速かった。

後ろから天井が追いかけて来るように崩れた。

全員が階段をのぼりきった瞬間、大きな音とともに、階段は完全に瓦礫に埋もれていた。

間一髪。

生き残った仲間たちは、息を切らして寝転んだ。

リブートは寝転んで、それから笑った。

なぜだか可笑しかった。一人が笑うと、笑いは全員に伝染した。

危ないところだった。死ぬかと思った。

でも、みんな生きてる。

「……アルヒ、ありがとう」

誰ともなくそう言った。アルヒは、スヤスヤと寝息を立てていた。

その街の外には、永遠が眠りにつく

アルヒは夢を見ていた。それは幼い頃の夢だった。

学校の友達と、教室でロボ工学の授業を受けていた。

スクリーンにはロボットの細部が映し出され、その仕組みについての考察が隣に書き込まれていた。

ひげの生えた懐かしい先生の顔……名前は何だったたか。

サシャは隣の席に座っていた。ロビンまで、なぜか自分の前の席に座っていて、一緒に授業を受けている。

ロボット。ただのロボット。胸の中ではそう思っていた日々も確かにあった。ただの仕組みの連なり。心を持たない者。

今は違う。こうやってリブーターズのみんなと一緒に暮らすようになって、たくさんのことを知ったのだ。

しかし夢とは不思議なもので、大人になった自分が見ているその空間にいる自分は、まだ九歳の自分だった。

過去の自分への、自責の念が作り出した夢なのだろうか。次の瞬間、前にいたはずのロビンがハンターの姿に変わっていた。そして目があったかと思うと、急にアルヒに飛びかかってきたのだ。

ガラガラと音を立て、椅子や机を倒しながら、ハンターは全体重を乗せてアルヒにのしかかる。

感情のない、冷たい目。

殺されてしまう。ここには、自分を助けてくれる仲間は誰もいないのだ。

なんとかしなければ。なんとかしなければ――


アルヒは飛び起きた。意識はまだ夢の続きにあって、ハンターを振り払うために両手をバタつかせた。

「大丈夫ですよ、アルヒ。安心してください」

すぐそばから、ポポの優しい声が聞こえた。

少し冷静になって辺りを見渡すと、そこはアジトの岩の上で、目の前にはリブーターズのメンバーが全員揃っていた。

「……やっと目が覚めたか」

リブートがこちらをまっすぐ見ていた。ハンター……あれは夢だったのか。

いや、夢ではない。アルヒは徐々に鮮明さを取り戻す頭の中で、現実にあった出来事を思い出していた。

「どうして僕らはアジトに？　爆弾は？　ライタは？」

「……覚えていないのか？」

アルヒの記憶は、不思議なくらいにぽっかりと抜け落ちていた。

あの地下洞窟で、爆弾をなんとかしなければ、と思ったところまではっきり覚えている。しかし、その後のことは全く記憶にないのだ。

「丸一日眠ってたんですよ」

「丸一日？」

そんなことを言われても、実感がないので俄かに信じがたいことだった。

「アルヒ、すごかったんだよ」

カルロが言った。しかし、一体何のことかわからない。

それからアルヒが質問し、それにリブートとポポが答える形で、あの地下洞窟で何があったのか説明してもらった。

自分が想像を絶する力を発揮し、爆弾を持ち上げたこと。そしてそれを海へと投げ捨てたこと。

みんなは無事だったの、とアルヒが尋ねると、リブートは何も言わず仲間たちに向かって両手を広げた。

目があうと、みんなは深く頷いた。

崩れゆく地下洞窟から脱出した後、リブートはライタとマチをリブーターズに勧誘したらしい。

しかし二人は、残ると言ったそうだ。もう長い間、海の近くで暮らしていたから、肌がそこに合うらしい。もうハンターたちはいないし、マチの足の修理に必要なものも、この辺りなら豊富にあるので自分たちでできると言った。

マチはライタの背中におぶさりながら、何度も何度も礼を言っていたらしい。

それからリブーターズみんなで手を振って、二人と別れてきたそうだ。その時アルヒは、マックスの背中に乗せられて眠っていたようだった。

「そんなことがあったんだ……。なんだか寂しいな」

別れの瞬間を覚えていないのは寂しかった。しかし、同じガラクタ街にいるのだから、また会える日も必ずくるだろう。

アルヒはその話を聞いてから、何より自分の体に眠っている不思議な力に気味が悪くなった。金色に光る体。一体どんなプログラムがこの体に組み込まれているのだろうか。

それから時折、意味もなく自分の手のひらを眺めたり、確かめるように頬に触れたりしていた。

しかしそんなことでこの謎が解けるはずもなかった。

モヤモヤした気持ちを残したまま、またいつも通りの穏やかな日々が続いた。

リブーターズは、チームというよりも家族だった。六人の家族である。

みんなを引っ張るリブートを中心に、色んなことを教えてくれるポポ、いつも兄弟のように一緒に遊ぶカルロとマックスとスフィー。

どのくらいの時間、一緒にいるのだろうか。アルヒはもう、サンクラウドにいた頃に持っていた時間の感覚など、とうに忘れ去ってしまっていた。

最初は戸惑うことばかりだったこの暮らしも、慣れてしまえば不満に思うこともなかった。

勉強はしなくていいし、周りの目など気にする必要もない。

それに、刺激がないわけではない。

この辺りには、時間がいくらあっても足りないほどに、好奇心の対象となるものがあった。雨も砂漠も紙も瓦礫も、サンクラウドにはないものばかりだ。自分の話しにくい過去についても、誰も深く尋ねてきたりしない。

アルヒだって、仲間たちにこれまでのことを尋ねたことがなかった。

それでなくとも、彼らは戦争時代の生き残りなのだ。この場所に来るまでに、それぞれ悲しい世界を見てきたはずだった。

だけど、そんな過去のことも忘れて、今を、そしてこれからを幸せに生きる。それがこのリブーターズの信念だった。「Hold Your Heart」という歌には、そんなメッセージも込められている。

リブートがアルヒを誘ってくれたあの日から、アルヒは過去など捨て去り、もうここで生きていくことを決めたのだった。

……決めたはずだった。

それなのに、今自分は何を焦っているのだろうか。

あの地下洞窟から生きて帰って来ることができてから、何日も同じことばかりを考えていた。

このまま連綿と続く時の中で、六人で暮らしていけばいいはずだろう。

この正体不明の悩みは、自分の体の仕組みのことが原因だろうか。自分の体は変化している。人と同じように作られ、成長もするが、劣化もするこの体。

いや、そんなものが原因ではない。いつか自分の命に終わりが来るのなら、その時はこの仲間たちに見守られながらがいい。

自分はそれで幸せだ。

そのはずだった。

だけどふと気づいたのは、変化が訪れるのは、自分の体だけではないということだ。むしろ、変化しないのはリブーターズの仲間たちと、このガラクタ街の環境だけで、他の全ては時の流れの中で変わっていく。

あのめまぐるしい街には、どんな変化が訪れただろうか。

あの大臣の企みは、一体何だったんだろう。それがあの街の、僕が知っている誰かに悪い影響を与えていないだろうか。

だめだだめだ、そんなこと、考えなくていい。そう、こんな時は、あの歌を歌えばいいんだ。

——Hold Your Heart
歌を口ずさんでも、まだ思考には靄《もや》がかかっている。

この靄はいつからだろう。

リブートが、ライタたちを助けると言った時。

ライタがマチのために、全てをかけてハンターに挑んだ時。

言葉にしがたいものが自分の中で動いた。

そして何より、朦朧《もうろう》とした意識の中で、危険な爆弾を持ち上げようとしたあの瞬間。

自分は確かに何かを思い出していた。

ここにはないその姿が、自分に力をくれた気がした。

忘れ去った過去に、自分は大切なものを置いてきたのではないだろうか。

アルヒはその夜、どれほど瞼《まぶた》を閉じていても寝つけなかった。一度起き上がって、外をしばらく散歩することにした。

砂漠の世界の夜は真っ暗で、天気の悪い日はまともに歩くこともできない。

しかし幸い、今夜はすっきりした空に満月が輝いていた。

皓々《こうこう》と光る丸い月は、アルヒにまた昔の記憶を反芻《はんすう》させた。街を脱出した日、揺れるフュリーから見た満月。あの日から満月はアルヒの中で、自分の身に起こる大きな変化の象徴として存在していた。

月明かりの下、アルヒはあてどなく歩き続けた。

緩やかな坂をのぼっていき、その坂をのぼりきると、自分のいる場所が小さな丘の上のようになっていることに気がついた。向こう側へ視線をやると、砂漠と、砂上に点在している過去に建物だったものたちの姿が、月明かりに照らされオブジェのように見えた。

「……お……アルヒか」

突然少し向こうから声がした。アルヒは驚いて身構えたが、そこにはリブートが寝転んでいたのだった。驚いたのはアルヒだけでなく、向こうも同じだったかもしれない。

「秘密の場所が見つかっちまったな」

「こんなところで何してるの？」

「いい場所なんだ。今夜は月が綺麗だし、風も気持ちいい」

よくここに来ているかのような口ぶりだった。これまで一緒に暮らしてきたのに、ずっと気づかなかった。

「隣、いい？」

「おう、ここに寝転んでみろよ。みんなには内緒だぞ」

アルヒはリブートの隣に寝転んでみた。

月が夜空に、嘘のように光り輝いていた。こうして見ると、まるで夜空に黄色く光る球が貼り付けられているようだった。

そしてその光景に、アルヒはあの地下洞窟の黄色く光る爆弾を思い出していた。自分はどうやって持ち上げたのだろう。記憶にない不思議な力に、自分でも怖くなることがある。

「リブート、僕のことがもう怖くないの？」

「どうしたんだ急に？」

「最初に出会った時、僕のことを怖がってたよね」

「ああ、そんなこともあったな。でももう今は、アルヒのことを知ってるからな」

知ってる。リブートはそう言った。アルヒは自分自身、自分が何者なのかわからなくなるというのに。

「でも、急に得体の知れないパワーを発揮されたんじゃ、戸惑うでしょ？」

「でもあれな、ホントにすごかったんだぜ。金色に光ってたな」

「怖くないの？　仕組みを知りたいとか思わない？」

「……いいよ。アルヒはアルヒだろ」

リブートはめんどくさそうに答えた。

本当にめんどくさいのもあるかもしれない。でも、それ以上にリブートは優しいのだろう。そうならなければならないほどの経験を、過去にしてきたのだと思う。

「アルヒ、お前、街ではどんな子どもだったんだ？」

意外な言葉だった。リブートから、過去のことを尋ねてくるだなんて。

「……僕は勉強が好きだったんだ。誰よりもそれが得意で……でも、嫌な奴だったかもしれない。生意気だったと思う。内心周りのことを見下してた。それから……きっとロボットたちのことも」

天才の息子だと言われ、本当の自分を認めてもらえない気がして辛かったこともある。でも、子どもの頃の自分は思い上がっていた。周りを気遣う力もなかった。

「人間やらロボットやらに囲まれて暮らしてたんだろ？　そりゃあ色々あるさ」

そう、あの街には色んな人やロボットがいた。

人間が嫌いなお掃除ロボットのクー。酒場でロボットに好かれていたエマ。元気にしているだろうか。ロビンは、今も大好きな料理をしているだろうか。そして……サシャ。君は僕のことを、許してくれているだろうか。

「リブート。リブートは昔のことを思い出すことがあるかい？　僕はリブートが元々与えられていた役割さえ、知らなかった」

ロボ武術のことだ。リブートも昔は、人間と暮らしていたはずだ。語り尽くせないほどのことがあっただろう。アルヒはリブートの過去を知りたかった。そしてそれを聞くことで、自分の中で大きくなってきているこの過去への郷愁《きょうしゅう》を、何とか抑え込むことができないだろうかとも思った。

「言ったことねぇもんな。そりゃ、知らなかっただろうよ」

それだけ言って、またしばらく黙ってから、リブートは語り出した。

「……そうだなぁ、過去。ごく稀に思い出すな。だけど本当は、どうだっていいんだよ。今が大事だってことだ。それを前提にだぞ。そうだな、戦争の時、人間の味方をしたロボットもいれば、ロボットの味方をした人間もいた。動機は様々、ケースバイケース。俺はロボット側についた人間の手で作られたんだ。ロボットたちがもっと効率良く戦えるように、実戦さながらの経験を積ませるために」

リブートは空を見上げていた。小さな風が、砂を優しく撫でるように吹いていた。

「与えられた仕事をすることに夢中だった。体を動かすのも好きだったしな。だけど、自分がしてることの延長線上にあるものを知った時、もうだめだ、って思ったんだ」

リブートは夜空に向かって手を伸ばした。その頭の中では、凄惨な景色が広がっているのだろう。

「敵も味方も関係ない、ひどい戦争だった。最初は人間とロボットの、些細な信頼関係のこじれからだった。でも気がつけば、すぐに大きな戦争の始まりだ。ロボットがロボットを壊したりもしてな。何してんだろうって思うよな。人間だって、人間同士で何してるんだろうって思ってただろうよ」

アルヒの手には、今も夢中でハンターを破壊した感触が残っている。その痛みは、一生消えないものだろうと思う。

「忘れたい。でも、もう記録媒体に焼き付いて離れないのさ。大切なものを目の前で失うことなんて、あの戦争では当たり前のことだった。思い出すたびに、今でも怖くなる。そして、もうあんな思いはしたくないって思うのよ。きっと他の連中も同じ思いさ。だから、ライタを助けたいって思ったんだろうよ」

ああ、だからみんな、あんな目をしていたんだ。アルヒはリブートの、そして彼らの優しさの理由に触れた気がした。

「あんなことせず、みんなで仲良くってわけにはいかなかったのかね。ま、そんな単純なことでもないんだろうけど」

シリアスな話に恥ずかしくなったのか、最後は少しおどけたように言った。

「……つまんない話をしちまったな。だけどもう、戦争は終わったのさ。大切なものを失うことなんて、もうないだろう。それに俺たちはロボットだ。生きる目的なんてどうでもいい。ずっとずっと、こうして生きていこうぜ。これからもな」

アルヒは胸のわだかまりが、すっと解けていくような気がした。

「アルヒ、お前も色々あったかもしれねぇ。でも、ここに来てくれてありがとな。……出会えて良かったよ」

そう言いながら、リブートはこちらに背を向けた。照れているのかもしれない。

「……僕の方が……ありがとうだよ」

その背中を見つめながら、アルヒは精一杯の感謝の気持ちを込めて言った。

リブート。君はやっぱりすごいよ。あの日君と出会えてなければ、僕はどうなっていたかわからない。

君は、僕のヒーローだ。


眩しい光に目を覚ました。そのまま眠ってしまっていたらしい。隣を見ると、リブートはもういなかった。

昨夜月が見えていた場所には、真っ青な空が広がっていた。こうして日は昇る、また新しい一日が始まる。そう思うと、アルヒは昨日抱えていた悩みが嘘のように思えてくるのだった。

そのまま少しの間空を見上げていると、昨日月があった方角に、三つの黒い物体が浮かんでいるのを見つけた。

何かと思って見つめていると、それはどんどん大きくなっていく。近付いて来るようだった。

この距離であの大きさは、相当なサイズだろう。

空を飛ぶ……機械？　しかし、サンクラウドにそんなものは存在しない。

丸みを帯びたフュリーのようなシルエット。そしてその両翼には下向きにプロペラがついている。

それは、アジトの方角へと向かって飛んで行く。

一体何だ？　アルヒは嫌な予感がして、急いでアジトへと駆け出した。


予感は的中した。その三つの物体は、アジトの近くに着陸していた。

アルヒは見つからないように、岩の陰から覗いた。

アジトの前には、リブーターズの五人が横に並んでいた。そしてその五人と対峙するように、十人の制服を着た男たちが並んでいる。その手には、電子銃が握られていた。

アルヒは見つからないように、アジトの裏側から近づいた。瓦礫を挟んで、話し声が聞こえる。

「ふむ、この辺りをくまなく探索した結果、見つかったのはこの五体か……。確かに機体のレーダーには、五つの人工知能が反応していたな」

人間たちは警戒しながら、電子銃をリブートたちに向けている。あの制服は、サンクラウドのクオリー社のものではなかっただろうか。

「大昔のロボットの生き残りか……。まさか本当にこんなところで暮らしているとはな。君たちの中で、金色に光るロボットはいるか？」

金色に光るロボット……？

「どんなロボットでしょうか？」

ポポが平然と尋ねた。

「違法のコアを積んでいる、悪いロボットさ。まぁ、今の時代で言うと、君たちも全員違法のコアが積まれているわけだが……。まぁいい」

その男は大仰に、芝居がかった仕草で正面にいるリブートに銃を向けた。

「悲しいお知らせだが、君たちのようなノーカラーのロボットを発見した場合には、破壊することを命じられているんだ」

男は不敵な笑みを口元に浮かべた。それはいかにも、目の前の者たちを見下している表情だった。

「だがもし、その金色のロボットについて情報をくれるなら、君たちのことを見逃してやることも、できなくはない」

アジトの陰に隠れながら、アルヒの足は震えていた。今自分が飛び出せば、五人のことは助けられるかもしれないのだ。

リブート、どうすればいい。こうして迷っている間にも、刻一刻と時間は過ぎていく。

緊張で張り詰めた空気の中、そこにそぐわない、何にも物怖じしていない声が響いた。

「そうか、そんなロボットは見たことないな」

「私も見たことないですね」

「見てないなぁ」

「しらなーいなぁ」

「ピチチ」

それぞれが、それぞれの口調で言った。

アルヒは、こんなにも震えている自分が情けなくなっていた。

言葉にならない感情が溢れ出して、涙がこぼれそうだった。

みんなは、自分たちの安全よりも、一人の仲間の命をとったのだ。

「そうか、残念だ。……では、貴様らのことは破壊させてもらう」

男は電子銃の引き金に指をかけた。

「待ちな。お前ら、俺たちのことを壊すのか?」

「そうだ。何か知っていることを話す気になったか?」

「……いや、そうじゃない。このリブーターズとやり合おうってのなら、覚悟が必要だってことだ」

「はぁ? 古代のロボットたちが、馬鹿馬鹿しい。最新の兵器というものを知らないん……」

そこまで言いかけて、男の言葉が止まった。

男が握っていたはずの銃が、砂の上に落ちているのだ。そしてその隣に、うす橙色の何かが転がった。それは、銃を握っていたはずの男の指だった。

「リブーターズ! 命令だ! 全員逃げろ!」

リブートが、目にも留まらぬ速さで男を攻撃したのだった。

リブートの声を合図に、全員は瞬時に走り出した。

「気をつけろ！　こいつらは普通のロボットじゃない。……人に攻撃できる！」

リーダー格の男が叫ぶ。

ポポはその瞬間に、取り出した小さな球を投げつけた。地面に落ちたと同時に、辺りに濃い煙が一気に拡散される。

「ナイス、ポポ！」

煙幕に紛れ、リブートはアジトの裏側へ走った。そしてアジトの陰で、涙を流しているアルヒを見つけた。

「お、アルヒ！　良かった！　こっちへこい！」

アルヒはリブートに腕を引かれ走り出した。

「あー、もう、こんなことになるなら、全員用作っておけばなぁ……」

「いや、でも、しょうがないですよ。そんな材料もありませんし、どの道、私たちは見られています」

リブートとポポは何かを話している。一体何の話だろうか。

「どこに逃げるの？」

走りながら、アルヒは尋ねた。

「いいからこっちに来い！」

後ろからは、電子銃の発砲音が聞こえる。辺りに光が飛び交う。

瞬間、煙幕の向こう側から放たれた光が、不幸にもカルロの足に突き刺さった。

「わっ」

カルロの左足は焼き切れ、その場で頭から倒れこんだ。

「ちっ」

全員が一瞬足を止めたが、アルヒを掴んでリブートが叫んだ。

「立ち止まるな！　命令だ！」

その言葉に、リブーターズは全員従った。無理やりでも、足を前へ動かした。

「カルロ、カルロが……！」

「わかってるよ！　順番があるんだ！　お前ら、ばらけろ！　アルヒは俺が預かる！」

順番。何を言っているんだ。それよりカルロが。

「よし、ここだ！」

リブートが立ち止まった場所には、砂の中に何かの装置が埋め込まれていた。リブートが操作すると、ゆっくりとその蓋部分が開き始めた。とても分厚い金属でできているようで、重そうに開いていく。その装置は中が空洞になっていて、ギリギリ一人が入れるかどうかという空間があった。

まるで地面に、ぽっかりと小さな穴が空いたようである。

「アルヒ、お前はここに入れ！」

「何これ？　どうなってるの？」

辺りから発砲音や叫び声が聞こえる。煙幕なのか砂煙なのかわからないが、視界が悪い。電子銃の光が飛び交っている。

「シェルターですよ。何かあった時のために、昔から用意してたんです。たとえ爆弾が落とされたとしても、持ちこたえるような作りになっています」

遅れて、ポポがやってきた。

「僕だけ？　みんなはどうするの？」

「俺たちは大丈夫だ！　どうせ俺たちは見られている。奴らは俺たちみたいな古いロボットのことが怖いのさ。だから、どうしても壊したいんだ」

「怖いわけがない！　リブーターズが、誰かを必要もなく傷つけるわけがない！」

アルヒは、辺りの轟音に負けないように叫んだ。

「いつの時代も、そんなの人間に言っても伝わらないものさ。わからないものは壊す。そうやって人間は危機を逃れてきたんだ」

「そんなの、愚か者がやることじゃないか！　人間はバカだ！　いやだ、絶対に入らない。僕も一緒に戦う」

アルヒはその金属のシェルターの前で、リブートに掴みかかった。

「人間はバカだ？　待て待て、人間を憎むなよ。これはな、心の問題なんだよ」

「……心？」

「そうだ、心。アルヒ、それを忘れんなよ」

リブートは胸の辺りをトントン、と拳で二度叩いた。

「お前のその体には、絶対何か特別な意味があるはずなんだ。いいか、街へ戻ってそれを突きとめろ」

「いやだ、僕も戦う。みんなで一緒に逃げよう。そうだ南まで行けば、隠れる場所も多い……」

こん、と何かがアルヒの頭に当たった気がした。それは、リブートが器用にアルヒの後頭部に当てた手刀だった。

アルヒはまるで糸の切れた操り人形のように、リブートにもたれかかった。

「……ごめんなぁ。レーダーに見つからないように、お前を連れてけやしねぇよ。二時間たったら、開くようにしといてやる。狭いけど我慢しな」

リブートは意識のないアルヒを、そのままシェルターの中に寝かした。ポポがスイッチを押し、その蓋は閉められた。閉じられた蓋は辺りの砂や瓦礫に溶け込む色で、見た目にはシェルターがあるとはわからない。

「俺たちロボットはな、大切なものを守れて、やっと人間みたいに心を持てた気持ちになるんだ」

リブートは思う。人間たちの目的はわからない。でも、アルヒの体にその理由があることはわかった。どうせ、碌《ろく》でもないことに利用するつもりなんだろう。

リブートは、なぜだか充実した気持ちになっていた。絶望的な戦いの前とは思えないくらい、穏やかな気持ちだった。

「リブーターズ!!　これが最後の命令だ！」

大きく息を吸ってリブートは叫んだ。

「生き残れ!!」

そして飛び交う光の中へと、駆け出した。


アルヒが目を覚まし、そのシェルターの蓋が開いた頃には、静寂が辺りを包んでいた。まるでアルヒの耳から、音が消え去ったみたいだった。

外に一歩出ると、頭上には青い空が広がっていた。

同時に焦げ臭い匂いと、生臭い匂いがした。

足元には争った形跡が散らばっている。赤い液体。砂に染み込んだオイル。ネバネバした何か。

空を飛ぶ乗り物から放たれたのだろうか。人の力では考えられないような大きな穴があちこちに空いている。

そしてその周りに、人の死体と、ロボットの一部。

信じられない。信じたくない。体の奥深くから膨れ上がってくる焦燥。見たくない、だけど見ずにはいられない、悪夢のような光景。

毎日一緒にいたのだ。

一部だって、一目で全部わかるのだ。

それが誰の体のものなのか。どの部分なのか。

それがどんな動き方をしていたのか。どんな音を立てるのか。どんな感触なのか。どんな顔をしていたのか。それが、どんなことを言って笑うのか。全部、知っている。

アルヒは砂の上を歩いて、その体の一部を拾っては胸に抱きしめた。

「カルロ……」

小さな体は、ほとんど残っていなかった。最初に足を怪我して、格好の的になってしまったのだろう。焼け焦げた二対の手首が並んで落ちていた。その手と繋いだ記憶。握り返す力の強さ。今はなくなってしまった、その体の全てを思い出せる。

「スフィー……」

ボールの形が、三日月のようにかけていた。かけっこの時、いつも僕に合わせて走ってくれていたことを知っている。本気を出したスフィーのスピードに敵う者はいないのだ。

相手にとって、狙うには小さな的だっただろう。変則的な動きで高速で飛びかかる君に、相当手こずったに違いない。

もう声は聞こえない。どんな時も、周りを楽しくさせる、あの鳴き声が。

「マックス……」

大きな穴が、お腹から背中に貫通していた。もう、その背中に乗って遊ぶことはできない。その太い腕から生まれる破壊力は、人間たちにとって間違いなく脅威だっただろう。

その腕に、何度もぶら下がらせてもらった。きっと身長が伸びたのも、君のおかげだったと思う。その肩から見渡した景色。陽にあたって、想像以上に熱くなっていて、飛び乗ったら火傷しそうになったこともあった。

「ポポ……」

自慢の長い腕が、両腕とも半分で焼き切れていた。だけど、頭部は綺麗に残されていた。メガネもかけたままで、まるで生きているみたいだった。たくさんの知識が詰まった、君の一番大切なところは、誰にも壊すことができなかったみたいだ。

「リブート……」

胴体を残して、その頭と四肢は全てなくなっていた。

最後の最後まで戦い続けたのだろう。武器を持った人間に囲まれて、それでも仲間を守ろうとして、必死だったのだろう。

君はどんなことを思っただろうか。最後の最後に何を見ただろうか。

たとえ手足がなくなっても、君は仲間と、その胸に詰まった心を守ろうとしたんだろう。

アルヒはリブートの胴体を腕に抱える。喉から空気が漏れた。空気は声にもならない。その腕に触れる感触は確かにリブートだ。なのに、もう、これは違う。どんなに強く抱きしめようとも、何も応えてくれない。

頭が痛い。目が燃えるように熱い。身体中が痺れて、力が入らない。

やり直しはきかない。取り返しがつかない。

君は人を憎むなと言った。そんなことができるだろうか。

人間は、僕の一番大切なものを奪っていった。リブート、ポポ、カルロ、マックス、スフィー。

あんまりだよ。僕はまたひとりぼっちになったじゃないか。

アルヒは青い空の下で、膝をついて泣き崩れた。

ねぇリブート。僕の孤独を、引き受けてくれるんじゃなかったのかい。こんな急に、僕に返さないでよ。

ロボットの神様。もしどこかに本当にいるなら、僕から悲しみの感情を取り除いてください。

こんな感情、なかったら良かったんだ。

——Hold Your Heart

アルヒは歌を口ずさんだ。

ずっと大切にしてきた歌を歌った。その腕に、リブートの胴体を抱えながら。

もう一緒に歌ってくれる仲間は、誰もいなかった。


夜の教会には、静寂の音が空気に溶け込んでいるようだった。

身廊を挟んで左右に並べられた長椅子には、誰一人として座っているロボットはいなかった。

祭壇に、長いローブを着たロボットが立っている。

神父と呼ばれるそのロボットは、毎日決められた時間に、そこで聖書の一節を読み上げる。神父は厳かな手つきで、もう随分傷んでしまった紙の聖書をめくった。

伸びやかな声が、響き渡る。

その体の熱は、神が私たちに永遠の命を与えられたということ、そしてその命が神の腕の中にあるということの証です。神の下にいるものは命を持っており、神の下にいないものは、命を持っていません。

正しさのために死ぬ者はほとんどいません。神のために進んで死ぬ者は、あるいはいるでしょう。しかし、私たちがまだ命になる前であった時、神が私たちのために命を捧げ、永遠の時を捨てたことにより、私たちは存在するようになりました。神はそうして、私たちに対するご自身の愛を明らかにしておられます。

何事でも神の御心にかなうことを願うなら、神はその願いを聞いてくださるということを忘れてはなりません。

旅の中で、私たちがかなえられぬ願いと出会い、何かを失ったとするのなら、それは私たちの罪の証として存在していることを忘れてはならないのです。

——ロキ教　福音書（11：4：32）より

旅の終わりに、ふさわしい一節だった。

読み終えて、神父はパタリと聖書を閉じた。

その街には、時が流れている

数日の間、アルヒはその場所から動くことができなかった。

雨の日も風の日も、何をするでもなく、まるで死んでしまったかのように、茫漠《ぼうばく》とした悲しみとともにそこに横たわり続けた。むしろ、死ぬということは、こういうことかもしれない思った。命や心があるということの意味とは、決して唯物論者が唱えるような、物理的な法則の先にあるものではないのかもしれないと、ぼんやりと思った。

ただ、砂漠の中、たった一機だけ空を飛ぶ乗り物が残されていたことに気づいた時、アルヒの頭に、リブートの言葉が蘇った。

――お前のその体には、絶対何か特別な意味があるはずなんだ。

その乗り物がそうなるように、仲間たちが戦ってくれたのかどうかはもうわからない。それでもそこに、たった一つ、自分が街に帰る手段が残されていた。

仲間たちに手をかけた者を思うたび、憎しみで胸が痛んだ。憎悪が体にへばりついて、どれほど拭《ぬぐ》っても取れることはなかった。

――人間を憎むなよ。これはな、心の問題なんだよ。

このままここにいてはいけないと思った。

リブートの残した言葉で、小さな灯火が体の中に灯ったようだった。自分が生まれた意味を、そしてリブートの言葉の意味を解き明かさなければいけない。彼らが全てを賭して守ってくれたこの命を、無駄にしてはいけない。

アルヒは扉が開かれたままの機体に乗り込み、手探りで操作した。初めて触るものだったが、アルヒが順番にスイッチを触っていくと、目が覚めたようにエンジンがかかった。

操縦は難しくはなかった。基本的なこと以外は、全て乗り物自体が自動で操縦してくれた。

乗り物はアルヒを乗せて空に浮かんだ。空中からガラクタ街を遠くまで見渡すことができる。子どもの頃にのぼった知の塔からの景色を思い出した。

素直に、これはすごい発明だと思った。昔、一度だけ空飛ぶ乗り物の噂を聞いたことがあったが、まさか本当にあるなんて。

乗り物は風を切って飛び、しばらくするとサンクラウドの高い壁が見えた。

その壁を越えたところで、アルヒは着陸させた。乗り物から降りて、高い壁に触れる。壁に触れたのは初めてだった。壁から街の始まりまでは少し距離があるので、誰もわざわざ壁を確認しに来ようとは思わないのだろう。

そこから、街に向かって少し歩いた。人の気配、というか街の気配がした。子どもの頃に聞いていた懐かしい音。人やロボットの声、足音、フュリーの音。

大通りに出て、アルヒはその景色の眩しさに目を細めた。流線型の美しい建物。完璧に舗装された道。整った服を着た、行き交う人たち。

アルヒは八年ぶりに街に戻ってきた。

懐かしさ、嬉しさ。そうした感情に揺さぶられるようではあったが、その一番底には、虚しさが重く存在していた。

道を行く人たちが、アルヒに汚いものを見るような視線を向けた。アルヒは恥ずかしくなって、すぐに路地に隠れた。

そう。自分は街に戻ったからといって、行く当てなどないのだ。

これまで一度も戻ろうとしなかったのは、それが理由の一つだった。この街に戻って来ても、自分は誰にも必要とされていない。

そもそも追われている身でもある。今さら家に帰ったとて、もう子どもの自分ではない。風貌も変わった。迷惑がられるだろうし、通報されるかもしれない。それに街を歩けば、何かのきっかけで捕まってしまう恐れもある。

そう思っていたアルヒでも、たった一つ、この街でしなければいけないと思っていたことがあった。

それは、エマに礼を言うことだった。

あの日、アルヒを街の外へと逃がしてくれたその人である。伝えきれないほどの感謝がアルヒの中にはあった。

まだ同じ店を営んでいるだろうか……？

今のアルヒには、身分証となるようなIDがないため、フュリーに乗ることができない。

しかし幸い、アルヒが今いるのは街の南側のセントポリオ地区である。裏町までは歩いて行くことができる。

大通りは人通りが多いので、アルヒはそこを避けて、裏町へ向かった。


あまり人目に触れないように、裏通りを歩いていった。砂漠の砂で汚れた自分の体やマントは、どうしてもこの街では目立ってしまう。裏町までやってくると、途中で水道の蛇口を見つけた。とても古いタイプの水道だが、捻ると透明な水が出てきた。アルヒはそれで自分の顔や腕を洗った。

自分の手を通った透明な水は茶色く変色し、この八年の時間を洗い流しているようだった。

裏町の印象は当時と何も変わらなかった。何年も前のことなのでたどり着けないのではないかと思っていたが、アルヒの記憶の中の景色と、何の変化もなかった。

ススに汚れた壁。読めない文字が書かれた看板。

そしてその店には「Oil」と書かれた銀の板が上に掲げられている。

店の外見も、アルヒの記憶のままだった。

中は明かりがついているので、誰かいるようだった。アルヒは、扉を開いて中を覗いた。

「いらっしゃい」

女性が立っていた。女性はアルヒの姿を一瞥《いちべつ》してから、言葉を続けた。

「ああ、この店はロボット専用なんだ。あと、この辺は人間が歩くといいことないよ。さっさと帰るんだね」

そのぶっきらぼうな話し方。タンクトップから伸びた腕に、竜のタトゥー。見た目も、時が止まったようにほとんど変わっていなかった。

「……エマ、僕だよ。アルヒだ」

名前を呼ばれて、エマはアルヒの顔を凝視した。

「……チビすけか？」

「そうだよ。もうチビじゃないけど」

「……信じられない……生きてたのか！」

エマはカウンターから身を乗り出して、アルヒの顔をさらに覗き込んだ。泣き出しそうな顔になって「大人になったな」と、過ぎた時を噛みしめるように言った。

「本当に驚いた……。奥に座りな。今何か飲み物を出すよ」

エマは冷蔵庫からオレンジジュースを取り出し、コップに注ぐ。注ぎながら、無事で良かった、本当に良かった、と唱えるように言った。

差し出されたオレンジジュースが、とても綺麗な色に見えた。こんな飲み物を飲むのはいつ以来だろう。アルヒが口をつけると、長い間甘いもの入れていなかった味覚が刺激され、舌が溶けてしまいそうだった。

「……もう、八年も経つんだな」

「あれからエマに助けられた感謝を、僕はずっと伝えたかった。あの時は、本当にありがとう」

何年越しに言えた、ありがとうだろうか。

「今さら何を言ってるんだよ。そんなことより、外で何を見てきたのか教えてくれよ」

エマに言われ、アルヒはこの八年の月日の中での出来事を簡潔に話した。

リブーターズとの出会い。彼らに教えてもらったこと。そして、別れ。

色んな場面があった。話をするだけで、アルヒは笑いそうになったり、瞳から悲しみが溢れ出しそうにもなった。

「そんなことがあったんだな……」

話を終えると、エマはただ一言そう言った。

「エマも……聞かせてよ。この八年間にあったことや、今のサンクラウドのこと」

「そうだな……。この街は穏やかに、だけど確実に変化した。アルヒ、サンクラウドはもう、八年前とは違うんだ」

それからエマは、この八年の間に、街の人々の心には疑念の渦が生まれていることを、アルヒに語って聞かせた。

今のサンクラウドはあの頃とは違い、人間とロボットの間に、微かな亀裂ができ始めているらしい。

もちろん人間のことが好きなロボットも、ロボットが好きな人間もまだまだたくさんいるが、昔とは違う。

私も毎日ロボットとばかり話しているから、公平な意見は言えない、とエマは言った。

この裏町では今、ロボットたちが集まって話し合いを進めている。そしてその中心にいるのが、ダンというロボットだった。

「アルヒも会ったことあるだろ？　ここの席に座っていたロボットだ。覚えているか？」

エマは入り口の席を指差しながら言った。アルヒは随分前のことなのに、その不思議な姿をしたロボットのことを鮮明に思い出せた。

「そうだ、どうして彼はガラクタ街のことを知っていたの？　街の外にああしてロボットが暮らしていることなんて、この街で暮らしている限り誰も知らないはずだ」

「その理由は簡単さ……。彼はこの街に住むロボットの中で、唯一戦争時代の生き残りのロボットだから」

まさか。エマの言葉に、アルヒは自分の耳を疑った。

「どうして。いや、どうやってこの街に？」

「埋まってたのさ。彼はこのサンクラウドの土の中で長い間意識を失っていた。戦争時代に、事故にでもあったんだろう。そんな風に偶然生き残った自分がいるってことは、他にもいるんじゃないかって彼は思っていた。それで、いつかチャンスがあれば街の外に行こうと思っていたんだ」

「そうか……それで、あんな乗り物を作っていたんだ。だから彼は、戦争やガラクタ街のことも知っていた……」

「そうだな。この街では、誰も彼の話なんて信じちゃいなかった。でも、街がこんな状況になってくると、それも変わってくる。どうして彼がロボットたちの中心的存在になり得たかわかるか？」

「それは……彼が一番人間を憎んでたから？」

「ああ、それもあるかもしれない。でも、もっと単純な仕組みの問題さ。この街にいるロボットの中で、彼だけが、人を傷つけることができる」

アルヒはノーカラーという言葉を思い出していた。この街のロボットは、人間を傷つけることができないようにプログラムされているはずだ。そんな中で、それが許されているロボットがいるとなると、周りのロボットも彼のことを特別な存在だと認めるだろう。

「あ……、じゃあ八年前に、大臣を襲ったロボットっていうのは……」

「いや、それは違うんだ。本当に違う。私も最初は彼を疑ったよ。でも、彼はそんなことはしない」

「……そうなんだ」

アルヒは掴みかけた真実が、また手の中からこぼれ落ちていくのを感じた。

「彼のように人間が憎いロボットは、単純にヘブンに行くという選択はないの？」

「ヘブンか……。本当にあるのか、それすら確証はない」

「どういうこと？」

「帰って来たロボットがいないからさ。ロボットだって、何があっても永遠に生きることができるわけじゃない。チビすけの仲間たちだってそうだったはずだ」

アルヒは、もう二度と会うことのできない仲間たちのことを思い出した。その声や、その姿を。思い出して何も言えなくなったアルヒに、エマは話を続けた。

「それにしても、どうしてクオリー社の連中は今さら街の外へ行ったんだろうな。わざわざ見たこともない空を飛ぶ乗り物を飛ばしてまで。何のつもりだったんだろう」

「それには……僕の体のことが関係しているんだと思う」

それは、アルヒの中で確信があった。

「体？」

「やってきた、制服を着た男たちの会話を聞いたんだ。その時に言っていたことを繋げると……彼らは僕の体の中にある、違法のコアが目的のはずなんだ」

「……は？」

エマは、シリアスな話の中で、急に間抜けな声を出した。

「一体何の話をしているんだい？」

「さっき話した、ハンターとの戦いの時のことなんだ。僕は夢中になって、本来の力を超えた爆発的な力を発揮した。その時、僕は金色の光を纏っていたらしいんだ。……意識を失って覚えていないけど。そして、街から来た制服を着た男たちは、金色に光る、違法のコアを積んだロボットを探していると言っていた。きっとそれは、僕のことなんだと思う」

エマはアルヒの話を聞いて、頭を抱えた。

「エマ、それはもしかして、何年も前に作られた、ホープ博士が研究していた違法のコアのことかもしれない」

エマはまだ頭を抱えて、難しい顔をしている。

「……エマ?」

アルヒの言葉に、エマはゆっくりと顔を上げて言った。

「……ホープは私の父さ」

アルヒは驚きのあまり、目の前のジュースの入ったコップを倒してしまった。エマが冷静に、布巾を投げて渡した。

「父は違法のコアを研究して逮捕された。もちろん、その内容に関して私は全く知らない。……私は幼い頃から、そんな変わった研究者の娘として、長い間ロボットたちに囲まれて暮らしてきた。そのせいか、人間と話すよりもロボットと話す方が好きなんだ。ずっと昔からそう」

それで、彼女はこんなところで暮らしているのだ。きっとロボットたちにとっても、彼女は他の人間と違うのだろう。エマには、心を開くのだ。

「エマ、ホープ博士に会わせて。僕は、僕が生まれてきた意味を知らなければいけない」

「……いいよ。だけど、あまり期待しない方がいいだろうね」

エマはどこか含みのある言い方をした。

その時、店の扉が開かれた。そこに立っていたのは、人間の女性だった。

「人間か……今日は珍しい日だな。お嬢さん悪いけど、ここはロボット専用の店なんだ」

「……あなたがエマさんですか？」

そう尋ねた女性の瞳は、朝露に反射した太陽の光のような、柔らかな輝きを内包していた。

その街には、**ロボット**たちが**生**きている

レジナス地区の小さなアクセサリーショップは、昔と変わらない、日当たりのいい場所で営まれていた。

そこで暮らしていた少女は、十八歳になっていた。

伸ばした黒い髪は、肩の下まで下ろしている。昔はよく三つ編みをしていたが、自分の童顔を助長するような気がして、もうやめてしまった。

街を歩くたびに、サシャは思う。

この街は変わってしまった。

流線型の建物や、縦横無尽に広がるチューブ、自然豊かな街並み。一見何も変わっていないように見えるのだが、些細な風景に違いはある。人とロボットが一緒に歩いている姿を、あまり見かけなくなっている。

それには様々な理由があった。

サシャの家族もその理由の一つに、多大な影響を受けていた。そして家庭の雰囲気は大きく変わった。昔のような明るい空気はもうない。ムードメーカーがいなくなってしまったからだった。

家のことをずっと手伝ってくれていたロボット。名前をジュジュという。

彼女は随分前に、この家から連れて行かれてしまった。


おかしい、と気づいた頃には、もう取り返しのつかない流れができていた。

ことの発端は、八年前のブラー大臣がロボットに襲われて怪我をしたという事件だった。あの事件から、全ては始まった。

人間がロボットに襲われた。起こり得ないはずのことが起こったのだ。それも、標的が街で人気の政治家である。

「起こり得ないことが実際に起きた」というそのニュースは、人々を不安にさせるのに十分なものだった。

自分たちの周りにいるロボットも、いつか人間に牙を剥く可能性があるではないだろうか。今日も変なロボットとすれ違ったが、奴らは本当に安全なのか。

人々の間からそんな意見が噴出する中、クオリー社の対応は迅速に行われた。

クオリー社は、この街の全てのロボットを一旦回収し、一体一体問題がないか点検すると発表した。

万が一のことがあってはいけない。もし点検したロボットに、人間に危害を加える可能性がわずかでもあるなら、そのロボットは、強制的にヘブンへ送るという決まりだった。それぞれの家庭で暮らす、お手伝いロボットも当然その対象で、回収されるスケジュールが各家庭に知らされた。

ジュジュが回収されるその日、大きなフュリーが家の前までやって来た。クオリー社の人に促され、ジュジュは自らそれに乗り込んだ。扉が閉まる前、サシャは何の心配もなく、手を振って彼女と別れた。

「心配しないで、すぐ帰って来るから」

ジュジュはそう言った。

ずっと一緒に暮らしてきたのだ。優しいジュジュに、人に危害を加える可能性があるはずがない。そう信じていた。

点検が終われば、彼女は数日で戻ってくるはずだった。

しかし、彼女が帰って来ることはもうなかった。

点検の結果、彼女のコアになされているプログラミングに、欠陥があったということだった。ほんのわずかでも人を傷つける可能性があるなら、もうサンクラウドで暮らすことはできない。そういうルールだった。

サシャは納得がいかなかった。しかしながら、クオリー社がそう判断したのであればそれを覆す方法などない。

ジュジュ。こんなことになるなら、連れて行かせるんじゃなかった。あんな風に、気軽に別れるんじゃなかった。

……せめて、さよならくらい言わせて欲しかった。

こうした出来事は、それぞれの家庭であることだった。うちのロボットを返してくれと訴えかける人もいれば、可能性があったなら仕方ない、と諦める家庭もあった。

人々のロボットへの不安を緩和するために行われたことだったが、逆に、こんなにもたくさん危険なロボットが街を歩いていたということに驚く人も多かった。

やはり、ロボットは危険な存在だ。

ここ数年で、人々の間にそんな認識が生まれ始めている。誰もこんなことになるとは想像だにしなかっただろう。あんなに幸せな街だったのに。

そんな状況でたった一つ、サシャの中で救いとして存在したのは、ジュジュがヘブンに行ったということだった。それは彼女の望みではなかったかもしれない。それでもロボットたちの楽園で彼女が暮らすことができるのであれば、彼女は最終的に幸せになれるかもしれない。

サシャは度々、塔の上から見た美しいヘブンの景色に思いをはせる。ジュジュはあの場所で、幸せに暮らしているだろうか。お姉ちゃんだから、寂しさなど感じずに暮らしているのかもしれない。

そして同時に、塔の上からヘブンを見たあの時に、隣にいた少年のことに思いを巡らせるのだった。

――アルヒ。

サシャはあの日から、体に染み付いた後悔の念を、振り払える日など一日たりともなかった。

彼がこの街からいなくなってしまったあの日、自分は彼にひどい態度をとってしまった。

人間だと思っていた幼馴染は、ロボットだった。

幼かった私は驚いて、彼を拒絶してしまった。そんなつもりはなかったのだ。

その夜、サシャは明日すぐに彼に謝ろうと思った。ひどい態度をとってごめんなさいと、必ず謝らなければと。

そしてそのチャンスは、二度と訪れることはなかった。


八年の月日の中で、サシャが自分で自分を褒めてあげたいと思っていたことは二つあった。

一つ目は、自分の歴史の研究が多くの人に評価されるようになったことである。サシャはマスターズクラスで史学を専攻した。興味の向くままに熱意を持って勉強し、学校でも指折りの成績を獲得して卒業した。どんなことでも、疑問に思えば調べずにいられない性格が役に立った。

どれほど勉強しても、この街への疑問点はまだまだ多い。そう思ったサシャは卒業後、歴史研究者となり、メディアで研究の発表も行うようになった。

サシャ自身がメディアに出る機会も増え、街を歩けば握手を求められることも稀にあった。自分の研究を応援してくれている人がいるということは、自分にとってまた新たな力になるのだった。

そしてもう一つは、アクセサリーを作る技術を身につけたことである。歴史の研究の傍ら、アクセサリーの作り方を父と母から伝授してもらい、すでにサシャはオリジナルの商品をいくつも作るようになっていた。サシャに作ってもらいたいと、名指しで言ってくれるお客さんもできた。

ある夜サシャは、一階の工房でアクセサリーの製作をしていた。材料として使っていた木のかけらが手元に少なくなっていることに気づき、裏の庭に積んであるケースから取って来ようと思ったのだった。

家の外に出ると、備え付けられたライトがいつも自動で点灯するようになっている。しかしたたま、そのライトがつかなかった。明日、お父さんに言ってライトを替えてもらおう。そう思っていた。

かなり遅い時間だったが、ライトがついていなくても辺りは明るかった。空を見上げると、満月が出ている。

満月の約束。それはサシャの中で、楽しい記憶と悲しい記憶を呼び起こさせるのだった。

子供だったあの頃、アルヒがいなくなってから、サシャは自分でも驚くほどに、何も手につかなくなった。ずっと当たり前にいた彼の存在が、こんなにも大きかったなんて、いなくなるまで気づかなかったのだ。何をしようとしても、ふと彼との記憶を思い出して涙が溢れ出た。もう会えないのかと思うと、寂しさが胸に詰まって堪えきれなくなった。大げさではなく、生きる意味を失った心地だった。サシャはしばらくの間、喜びという気持ちをどこかに置いてきてしまったかのような日々を過ごした。

それでも、悲しい感情の隙間に、小さな希望は確かに輝き続けていた。その希望は、見上げる月が満ち欠けするのと同じように、暮らしの中で膨み、萎《しぼ》みを繰り返していた。きっとどこかで、きっといつか……。

その時、目の端で何か動くものを感じた。

月とは逆の方向で、何かが空を飛んでいる。

流れ星かと思ったが、そうではない。三つの飛行物体は、それ自体は光ることなく、微かに月の明かりに照らされ、南の方角へと飛んでいく。

あんなものが、このサンクラウドに?

サシャは興味が惹かれ、そのままの姿で家を飛び出し、走って追いかけた。しかしそれはすぐに建物の陰に入って見えなくなってしまった。

その夜から、サシャのこの街への疑問がまた増えた。

クオリー社は空を飛ぶ乗り物を作ったのだろうか。そんなもの、想像したことさえなかった。街の中の移動は、フュリー以上に便利なものはないだろう。すると、街の外に目的があったのかもしれない。砂漠しかないはずの街の外に。

サシャの中で、この街を包んでいる不自然さに対する思いは膨らんでいた。もともと冒険好きで、探究心は強かった。それで子どもの頃は、アルヒを色んなところに連れ回していた。一緒にクオリー工場に侵入したこともある。

今はもう、隣にアルヒはいない。でも、私は大人になった。

この街の不自然さの正体に近づくことは、この街をまた元のような幸せな街に戻すことに繋がるかもしれない。

あの飛行物体の目撃者は他にいないだろうか。

しかし、あれはかなり遅い時間だった。あんな時間に起きている人などいるだろうか。

夜更けまで、起きている者がたくさんいる場所。

サシャの中で、まだ足を踏み入れたことのない、一つの場所が思い浮かんでいた。

数日後、フュリーに乗って、サシャはセントポリオ地区までやって来た。セントケットビルの見えるこの辺りは、今でも人の往来が絶えることなく活気がある。

そこから人気のない方へしばらく歩いていくと、道はどんどんと入り組んでいく。裏町と呼ばれるその地帯に、サシャは一度も訪れたことがなかった。

それでもサシャは、きっとこの裏町になら、あの夜自分のように飛行物体を見たロボットがいるのではないかと思っていた。それにサシャは、今のこのサンクラウドの状況について、ロボットたちからの意見を聞きたかった。

歴史でさえ、解釈によって異なることがある。サシャも結局、人間と触れ合うことの方が多い生活をしているので、自分が公平な意見を持っているとは言いがたいと思っていた。

今のこの街の状況をどんな風に捉えているのか。ロボットに尋ねるためにも、サシャはこの裏町にやって来たのだった。

不思議な雰囲気の場所だった。この星が砂漠に覆われてしまう前の時代に、どこかにこんな街があったのかもしれない。何度か写真で見たことのある、過去の時代にあった街の風景に似ている気がした。石畳の道。くすんで所々欠けた壁。辺りに掲げられている、昔の人の言葉で書かれた看板なども、そうした雰囲気作りに一役買っている。

しかし……おかしい。まだロボットの姿を一人も見ていないのだ。狭い通路ばかりだが、どこかに広場のようなところもあるのだろうか。今歩いている道がどこに繋がっているのかも全くわからないが、サシャは闇雲に前へ進むしかなかった。

細い道をしばらく歩き、角を曲がろうとした時だった。

「きゃっ」

サシャは向こう側から飛び出してきた、小柄なロボットとぶつかった。互いに弾かれ、尻もちをつく。

「ご……ごめんなさい」

サシャは自分の不注意を謝った。

「すみません」

ロボットも謝った。そして、目があった。

「え……クーじゃない！」

「人間……いや、まさか、サシャですカ？」

それは、サシャとクーの実に六年ぶりの再会だった。


「まさかこんなところデ！　サシャのことはたまにテレビで見かけますヨ。わかりやすいサシャのお話を、ロボットたちも楽しんでいまス」

「それはどうもありがとう。そう言ってもらえるのは嬉しいんだけど……あなた、ヘブンに行ったんじゃなかったの？」

「……色々あったんでス」

「色々って……それに、どうしてこんなところに？」

「サシャ、それはこっちのセリフですヨ」

ここは裏町である。クーの言う通り、人間であるサシャがいる方がおかしいのかもしれない。

「確かにそうね……ちょっとだけ話せる？」

「はい、もちろんでス」

それからサシャはクーと、ぶつかった角からしばらく行った先にある、すすけたベンチに座って話し始めた。その辺り一帯の壁は、スプレーで見たこともない文字が雑多に描かれていた。

サシャがクーと最後に会ったのは、もう六年も前のことだった。

アルヒがいなくなったことはクーも知っている。心配していたのは一緒だが、サシャと同じく、クーもそのために何かをできるわけではなかった。クーは程なくして、学校の仕事をやめた。そして彼はサシャに、もう来年になると自分はヘブンに行くから、きっと会うのはこれが最後だと言った。

向こうでも幸せでね、と、サシャは彼に別れの言葉を贈ったのだった。

「それが、どうしてこんなところにいるの？」

サシャはクーがもう、ヘブンで暮らしていると思っていたのだ。

「実は、学校の仕事をやめた後、ある人の勧めでこの裏町で暮らすようになりましタ。それから、ヘブンについての噂を色々と聞くようになったのでス」

「噂？」

「証拠があるわけでもないですし、定かなものではありませン。しかし私は、それを聞いてヘブンに行くのが怖くなってしまいましタ」

「だから、どんな噂なのよ？」

もったいぶった言い方に、サシャはやきもきした。

「……ヘブンが、私たちの思っている場所ではないということでス。誰も、向こうでのロボットの暮らしを知らないからでス。ヘブンとサンクラウドが一方通行なことに不満を持つロボットもいるのですヨ」

「まぁ、それはそうだけど……。人間が介入できないようにして、ロボットたちがロボットたちだけで暮らせるのなら、それは幸せな場所なのだと思っていたわ」

「真実はまだ何もわかりませン。ですが今、それについて何か改善できる方法はないか、仲間を集めて行動しようとしているところなのでス」

確かに、向こうのロボットと連絡を取れるようなことがあれば、とても便利なことだろう。サシャもできるものなら、ジュジュともう一度話をしたいと思う。

「それよりサシャの方こそ、どうしてこんな場所にいるのですカ？」

クーが小さな体を横に曲げ、サシャの方に向き直って言った。もちろん彼の身長は変わっていないが、どこか少し大人になったように感じた。

「……私は、この前深夜に見た飛行物体の目撃情報を探しているの」

「飛行物体？　何かが空を飛んでいたんですカ？」

「そうなのよ。そんなことが、どこかで噂になったりしていないかしら？」

「それは……まだ耳に入っていないですネ。ちょっと仲間たちに訊いてみようと思いまス」

「それだけじゃなくて、この街で今起こっていることについて、ロボットたちから色々と意見が聞きたいの。さっきクーが言った、仲間を集めて行動するっていうのも気になるわ……。何か集会みたいなことがあるのかしら？」

「集会！　ああ、もうこんな時間ダ。急いで行かないといけないでス」

クーは突然立ち上がった。

「これからなのね。ねぇ、私はそれに参加できないの？」

ロボットの集会なんて、これまでに聞いたことがなかった。何か大きなことが起こる前兆のような気がする。

「そんな、人間が参加できるわけがありませン！　人間を連れて来たりなんかしたら、私がダンに壊されてしまいますヨ！」

「ダン？　それは誰？　いいじゃない。バレないように参加するわよ。この街で起こっていることについて知りたいの」

「絶対ダメでス！」

お願いしてもクーは譲らなかった。幼い頃なら、ここまで言えばきっと頷いてくれていたのに。

クーは少し考えて、何かを思いついたように言った。

「そうダ。もし昔みたいにサシャがまた力になってくれるなら……この街にいる一人の人間と会ってほしいでス。私がこの裏町で暮らすことを提案してくれた人で、もしかしたら、その人が色々と教えてくれるかもでス」

「この街に人間がいるの？」

「はイ。名前は、エマと言いまス」


クーはサシャに場所を教えると、駆け足で集会へと向かって行った。何度もサシャの方を振り返っていたのは、寂しいからではなく、サシャがついてこないか気になっていたのかもしれない。全く、失礼な奴だ。

サシャは教えてもらった場所へと足を進めた。入り組んだ道をしばらく歩いていく。現れる風景の一つ一つが、歴史好きのサシャの好奇心を惹くものばかりだった。

「ここね……」

クーが言っていた女性がいる店はここだろう。外観は異国のような雰囲気を醸し出していた。彼が言っていた通り、店の上の銀板に「Oil」と書かれている。

サシャは勇気を出して扉を開いた。

店の中にはカウンターがあり、その奥に一人の女性がいた。そして、若い男が席に座っている。どちらも人間のようだ。

「人間か……今日は珍しい日だな。お嬢さん悪いけど、ここはロボット専用の店なんだ」

カウンターの女性が、サシャの方を見て言った。

「あなたがエマさんですか？」

サシャに名前を呼ばれて、女性は怪訝そうな顔をした。

「私のことを知っているのか？」

「さっきこの店のことを教えてもらったわ。今、この街で起こっていることについて、教えてもらいたいの」

サシャは椅子に座って、もう話を聞く準備は万端だ、という姿勢を見せた。

「ごめんね、お嬢ちゃんに話すことはないよ。それに今、大事なお客さんが来てるから、また後にしてくれないか？」

困った子どもが入って来た、というような言い方だった。

ふとサシャは、大事なお客さんと言われた男に目をやった。

座っていてもわかるくらいに長身の男である。歳は同じくらいだろうか。澄ましたような顔で座っている。奥行きのあるその目はサシャを見ているようで、どこか遠くを見ているようでもあった。

左目の下には、斜めに二つほくろが並んでいる。

「……相変わらず、強引なんだね」

その男はそう言った。

「あら、どこかで会ったかし……」

そこまで言って、まさかと思った。いや、ありえない。彼がこんな場所にいるはずがないのだ。

それなのに、それなのになぜか、心の中のずっと奥の場所で大切にしていた思い出が、蓋の隙間から漏れ出してくるようだった。子どもの頃、いつもそばにいたその姿。記憶が感情を追い越して、体から飛び出してきそうだった。

「こんなに早く会えるなんて、思わなかった」

男は言った。疑いようがなかった。サシャは目の前にいるのが誰なのか、もうわかっていた。

「ア……アルヒ？」

サシャは信じられない思いだった。これは夢だろうか。いなくなったはずのアルヒが、大人になって今目の前にいる。それも裏町の、こんな場所に。

「アルヒなの？　どうしてこんなところに……」

サシャはこれまで言えずに胸に溜め込んでいた言葉が、溢れ出しそうだった。謝りたかった。謝って許してもらえるものではないこともわかっていた。それでも、謝りたかった。今までずっと、どこにいたのかも知りたかった。どこで何をして、どんな暮らしをしていたのか。あんな態度をとった自分のことを、どう思っていたのか。

たくさんの言葉がサシャの中で駆け巡り、飛び出そうになっては止まり、消えそうになっては現れを繰り返した。

そして最終的に出てきた言葉は、この状況には少々そぐわないものだった。

「ああ、アルヒ、十歳のお誕生日おめでとう！」

しかしそれもまた、あの日からサシャがずっと言えずに抱えていた言葉だった。

＊

エマが出した飲み物を一口飲んで、一息ついてから、サシャはやっと落ち着いて話すことができた。アルヒにあの時の行動が本心ではなかったことを告げ、何度も何度も謝った。

謝りたかったのはアルヒも同じだった。せっかくホログラム水族館に誘ってくれたのに、あんな態度をとってしまった。

しかしその当時に互いに抱いていた感情は、こうして会って話してみると、全てが遠い過去のようで、その時の過ちを相手に詫びられることは、どこかくすぐったいようだった。

とにかく二人は、ただ再会できたことを喜んだ。

背が伸びたのね。サシャはアルヒに言った。

綺麗になった。アルヒはサシャに、胸の中で言った。

集会から帰って来たクーも合流した、彼はアルヒが無事だったことを知り、喜びのあまり、頭をくるくると回転させた。

その夜、四人は再会を喜び、それぞれあったこれまでのことを報告し合った。

アルヒはこの街を出たあの夜にあったことを、つぶさにみんなに話した。

「僕はあの夜、大臣を襲った犯人としてクオリー社の人に追われたんだ。僕は今も、この街では行方不明のお尋ね者になっていると思うんだけど……」

他の三人は、顔を見合わせた。

「アルヒが追われた……。やっぱりそうだったのね」

「やっぱりってどういうこと?」

「あなたは八年前、あのレストランでロボットだと知られた直後、行方不明になったということになっているわ。その日に大臣が子どものロボットに襲われたという事件とは関係ないの。もちろんそれを疑う人もいたけど……でも、その後すぐに別のロボットが犯人として捕まったの。その犯人の姿は公表されないままヘブンに送られ、事件は解決したことになっているわ」

サシャの説明を聞いて、アルヒは驚きを隠せなかった。

「何だって?　じゃああの夜の出来事は一体……?」

大臣はあの夜、アルヒが犯人だと言っていた。そのはずなのに……。

「そうだ！　ずっと気になってた……。あの夜、エマはどうして僕を助けに来てくれたの？」

「私はあの夜、子どもの姿をしたロボットとニュースで聞いて、ピンときたんだ。私がチビすけに感じた、何か他の人間とは違うところは、そういうことだったんじゃないかって。そして、あとは時間との戦いだったから、急いでダンのところからまだ未完成だったフュリーを借りてきたのさ」

事件の夜、エマのその機転がなければ自分はどうなっていただろうか。考えるだけでも恐ろしくなる。そしてあの時捕まらなかった自分は、なぜか犯人ではなかったことになっている。何かがおかしい。誰かが、嘘をついているようだ。

それからアルヒは、時系列に沿って街の外であったことを話した。アルヒの話に、サシャは時々笑ったり、涙を浮かべたりした。また、本当に戦争があったという話には、驚きを隠せない様子だった。サシャが飛行物体を目撃した時期と、アルヒのいたガラクタ街にそれがやって来た時期も一致した。方角的に、クオリー社の方から飛んで来たことも推測できた。

そしてクーは、今日秘密裏に行われた集会で議題になったことを話してくれた。

「ダンはカリスマでス。続々とロボットたちは集まっていて、みんなの士気も高いでス。しっかり準備を整えてから、行動を起こそうとしていまス」

「行動……。どんなことをするのかしら？」

「そこに関しては、ロボットたちの中でもまだ迷いのある者もいまス。ヘブンに対する不安を取り除いてもらいたくて、それを訴えかけようと主張する者。しかし、ダンはそんなことを人間に言っても意味がないと、もっと過激な主張をしていまス。そしてその主張に、少しずつみんなも傾いてきていまス。とにかく、今の大臣を何とかしなければ何も変わらないト」

「何とかって……？」

サシャが不安そうに尋ねた。

「ダンは……ブラー大臣の暗殺を企てていまス」

全員の表情に、一斉に驚きが走った。

「そんなことしたら、また八年前の繰り返しになるわ！」

「そうなんです、私は反対でス。こんなことを、裏切り者扱い覚悟で皆さんに話しているのも、なんとか止めることができないかと思ってのことでス。しかし……ダンたちの言い分もよくわかりまス。八年前の事件のことは、ロボットたちも疑念を持っているのですヨ。ロボットがそんなことをするはずがない、大臣の一人芝居かもしれない、と疑っているのでス。実際あの時エマが助けなければ、アルヒが犯人に仕立て上げられていたのだと思いますシ。疑念は広まるばかリ……」

「本当にダンが行動を起こせば……戦争になるかもしれない」

アルヒの頭に、外の世界で見てきたものがよぎった。小さな争いは、大きな戦争へと繋がっていく。

「人気のある大臣を狙ったところで、ロボットと人間の溝は深まるばかりよ」

「じゃあ、どうすればいいのでしょウ？」

「人間の方が、今のこのロボットに対する態度を改めなければいけないのよ。ねぇ、アルヒはどう思う？」

サシャはまるで昔のように、アルヒに尋ねたのだった。こうして尋ねられることが、アルヒにはとても懐かしいことのような気がした。

「……わからない」

しかし、アルヒはただ一言そう答えた。

「この街は確かに何かおかしなことが起こりつつある。戦争を起こしてはいけないことはわかっている。……でもまず僕は、僕自身のことを知らなくちゃいけないんだ」

アルヒは、ここではないずっと遠い場所に視線を送った。

「自分が何者なのかもわからないままに行動すると、いざという時にどうすればいいのか迷うことになるかもしれない。サシャ、いいかな？」

「うん……もちろんよ」

サシャにとって、そう話すアルヒの顔は、自分よりもずっと大人に見えた。その頬には無数の小さな傷が刻まれている。いくつもの苦難を乗り越えて来た、歴戦の勇士のようだった。

「エマ、君のお父さんに会わせてくれ。迷惑でなければ、明日にでもすぐ行きたい」

「……わかった」

アルヒの言葉に、エマは深く頷いた。

その夜、アルヒはエマの店に泊まらせてもらうことになった。外を出歩くのは危ないだろうとエマが言ってくれたのだ。

「二階に一つ余っている部屋がある。狭いけど、今日はそこに泊まればいい」

「エマ、ありがとう。クーは……このままでいいの？」

クーはカウンターに突っ伏して寝ていた。Oilの飲み過ぎかもしれない。よほど今日の再会が嬉しかったのだろうか。

「そいつはそのままでいい。気持ち良さそうに寝てるみたいだし」

エマは呆れたように答えた。

「私も、泊めてもらってもいいかしら」

サシャが急にそんなことを言い出すのだった。

「いいけど、お嬢ちゃんが泊まりたくなるような綺麗な場所じゃないよ。寝る場所はソファが一つあるだけだ」

「そんなの構わないわ」

その瞳が、どこか強気に光っている。

「サシャ、家に帰りなよ、お父さんとお母さんも心配する」

「大丈夫よ。もう子どもじゃないの」

「そうだけど……」

アルヒは何と言えばいいのかわからない。

「久しぶりの再会だ、積もる話もあるだろう。もう店は閉めたから、ゆっくりしていくといい。私はそろそろ寝ることにするよ」

エマはアルヒたちを残して、二階へと上がっていった。

アルヒはサシャと二人になった。二人になると、アルヒは少しだけ照れくさいような気持ちになった。

サシャはそんな様子もなく、饒舌に子どもの頃の懐かしい話を始めた。学校のテストでアルヒに一度も敵わなかったこと。一緒にたくさん走って、ただそれだけで楽しかったこと。知の塔に侵入した、大冒険のこと。

一緒に見てきたものがたくさんあった。あの頃の話をしているだけで、アルヒは自然と張り詰めた心が緩んでいくのがわかった。

話しているサシャの頬は、火照ったように少し赤い。そしてなぜか、瞼を少し重そうにしている。

「サシャ……もしかして酔ってる？」

そう言えばさっき、エマが出したお酒を飲んでいた。饒舌なのは、再会が嬉しかったからだけではないらしい。

「……酔ってなんかないわよ」

言いながら、彼女は眠そうに目をこすった。

「でも……少し眠たいわね……」

そう言って、サシャはカウンターに突っ伏した。こちらに顔を向けて、瞳を閉じる。しばらくすると、そのまま動かなくなってしまった。

「サシャ……」

酔って寝てしまう。見たことのない姿だった。

アルヒがその顔を覗き込むと、閉じた瞼の向こうで微かに瞳が動いている。

「アルヒ……どこに行ったのよ……」

うわごとのように、そう呟いた。その姿は、アルヒを不思議な気持ちにさせた。長い時間、会っていなかった間に、彼女も自分の知らない経験をたくさんしてきたことだろう。

サシャの寝顔は綺麗だった。三つ編みだったあの幼いサシャとは違う。小さな蕾は、確実に一輪の美しい花になっていた。その頬に触れたくなって、アルヒは手を伸ばす。

美しいサシャ。だけど触れる直前で、アルヒはその指を折り曲げた。街の外で何年も過ごして傷ついた自分の手は、その頬を前に、同じ世界のものではないほど違って見えた。

そもそも、僕らは同じ生き物でもない。

アルヒは寝入ってしまったサシャをそっと抱きかかえ、二階へ続く階段をのぼった。ものが散らかった部屋に、エマが使うのを許してくれたソファがあった。その上にサシャを寝かし、そばにあったブランケットを体の上にかける。

サシャは静かな寝息を立てていた。

「……ここにいるよ、サシャ」

水滴が落ちるような小さな声で、アルヒは呟いた。

アルヒはその夜、過ぎ去った時間の分を取り戻すように、いつまでもその寝顔を眺めていた。

その街には、真実が眠る

ホープ博士の家は、レジナス地区の中でも最も東側にある家だった。小さな湖のほとりに、二階建ての美しい四角い形の家が建っていた。

アルヒはエマと、二人でその家までやってきた。サシャも一緒に来たがったが、アルヒはこれは僕個人の問題だと説得し、エマと二人で来ることを許してもらった。

「私も昔はここに住んでたんだ。もう長い間帰ってないけどね」

「……綺麗な場所だね」

湖を眺めながら、アルヒは言った。光が当たって、水面がホログラムの魚の鱗みたいに輝いている。

「子どもの頃は、よくこの湖で遊んでいたんだ」

そう言いながら、彼女は玄関の壁に取り付けられた生体センサーで扉を開いた。

「お父さん。来たよ」

エマは玄関に入って、そのままリビングへと進んでいった。辺りは見たこともない大小様々な機械の部品が散乱していて、足の踏み場もないほどだった。お手伝いロボットはいないのだろうか。

「大体いつも、奥の研究室にいるんだ」

エマは散らかった部屋を気にせず、足場から足場へ慣れたようにものを跨《また》いで突っ切った。アルヒはエマと同じ足場を使って、後ろをついて行く。

「今日はお客さんを連れて来たよ」

そう言って、彼女が扉を開けた部屋の奥には、白髪の男が背を向けて座っていた。

研究室と呼ばれた部屋は、その名にふさわしいだけの機器が揃えられているようだった。そしてその中心に座っている男は、まだ後ろ姿しか見えない。

「お父さん」

もう一度呼ばれ、男はゆっくりと振り返った。

ずっと昔に、ニュースで見た姿と同じだった。その時よりも老けてはいるが、特徴的な広いおでことフサフサの白髪、目尻のシワは昔と変わらない。

「……」

ホープ博士はアルヒに遠慮のない視線を投げかけた後、すぐに何も言わずにコンピューターの方へ向き直った。それからしばらく、画面上にあるキーボードを叩きながら、虚空を見つめてブツブツと何かを呟いている。

「……どうしたのかな？」

「どうしたもこうしたも、刑期を終えてからずっとこの調子で、まともに話せないんだ。ごめんね、会っても意味ないかもって言ったのは、これが理由」

「そうだったんだ……」

横からホープ博士の顔を覗くと、彼は虚ろな目をしていた。時折がしがしと大きな音を立てて頭を掻き、髪の毛から白い粉をポロポロと落としている。着ているシワシワの服は、何日も着替えていないようだった。

「ま、せっかく来たんだ。父の研究してきたことを少し見ていくといい。アルヒのためになるものもあるだろう」

そう言ってエマは、棚の上のおかしな場所に設置されている、小さな冷蔵庫を開いた。

「あー、やっぱり何もない。飲み物くらい買ってこないと。アルヒ、ここにでも座ってちょっとゆっくりしててくれ」

エマは研究室の入り口に置かれた折りたたみの椅子を広げて、研究室を出て行った。

アルヒは言われた通りに、しばらくその椅子に座ってホープ博士の後ろ姿を眺めていた。せっかく彼から自分のことについて聞けると思っていたのに、アルヒはがっかりしていた。

「……博士は今、何の研究をしてるの？」

ホープ博士は何も聞こえていないかのように、こちらに反応を示さなかった。

「博士、違法のコアの研究をしてたんだよね？　コアはできたの？」

無反応。こんな質問を、警察に何度もされてきたのかもしれない。

「……『CX-C4』って覚えてる？」

彼のずっと動かしていた、画面上の手が止まった。

「……それが、僕なんだ」

ホープ博士はしばらく静止してから、ゆっくりと振り返った。

「君が……そうか。大きく成長したのだな」

その目は、もうさっきまでのように虚ろではなかった。

ホープ博士はアルヒを上から下まで観察するようにじっと眺めている。その顔つきの変化にアルヒは驚いた。

「……話せるんですか？」

「話せないなんて言ったかの？」

ホープ博士は、相変わらず頭をがしがしと掻きながら言った。

「演技してたんですね」

「みんな同じことばっかり訊いてくるもんでな。こうするのが一番楽な方法だったんじゃ。さすがに『CX-C4』と言われたら、黙っておるわけにもいくまい。まさか君が……」

「……そうです。僕の中には、おそらくあなたが作った違法のコアが入っています。僕のことについて、博士が知っていることを教えてくれませんか？」

言われて、ホープ博士は小さな頷きを何度か繰り返した。まるで自分の思考に対して頷いているようにも見えた。

「全て……君には順を追って話をしよう」

博士は一度目を閉じ、深い眠りから目を覚ましたようにゆっくりと目を開いた。そして、時系列に沿って話を始めた。

彼は昔、ロボットの可能性を探り続けた結果、違法とされる領域に足を踏み入れ始めた。既存のプログラミングに縛られず、人間にとっても、ロボットにとっても脅威となり得る力を持ったコアを、誰の力も借りずに手探りで作り始めたのだ。

しかし秘密裏に行っていた研究でも、その頃彼の近くにいた者には不審がられていた。それが、アルヒの父であるスタンだった。スタンに違法のコアの研究は突き止められ、博士は警察に追われることになり、刑務所に入れられてしまう。その時に、研究の内容は全て消去されてしまったが、たった一つだけ、完成間近の試作品と呼べるコアが完成していた。それを逃走中に、人間と同じように成長するロボットである、「CX-C4」のコアと交換したのだ。そしてそれが、最終的にアルヒの体のコアとして使われた。「CX-C4」の他の実験体が機能せず、アルヒだけが機能したのは、そのコアの力だったのかもしれない。

「刑期を終えてからも、クオリー社を追われたわしは『CX-C4』がその後どうなったのかは知らんかった。あれ自体も秘密の研究じゃったからな。君の母に当たるメアリが事故で亡くなって、スタンは人が変わったと聞いたのも、刑務所を出てきてからじゃ」

「……どうして、こんなコアを作ったんですか？」

アルヒの言葉に、博士は沈黙した。まだ語り得ないことがあるとでも言うのだろうか。

「……多くのロボット科学者は、みんな感じておる。ロボットは人間の生活を豊かにするが、同時に脅威にもなり得る。じゃからわしは、圧倒的な力を持ったコアがあれば、いつか人間とロボットの力の均衡《きんこう》が破れた時に、家族や……大切なものを守る力になると思ったんじゃ」

「僕が……？　僕はロボットですよ。人間にとっての脅威にしかなり得ない」

「環境によってはそうとも限らん。そのコアを持ったロボットの善意に従って、人間とロボットのどちらをも守る力となるはずじゃ」

しかし、その力を求めた人間によって、リブーターズは破壊されてしまったのだ。

「違う……どちらにとっても危険な存在になるんです……。そんな力を渡されたロボットは、それを望んでいたと思いますか？　……どうして、僕なんかを作ったんですか！」

アルヒが声を荒げた時、ちょうどエマが帰って来た。外で買ってきた飲み物が入ったバッグを、重そうにぶら下げている。

「アルヒどうしたの？　……あれ、お父さん」

ホープは娘と目があって、少し気まずそうに目を逸らした。

「普通に話せるの？」

「……まぁ、色々事情はあったんじゃ」

言い訳する白髪の父の頭を、エマは重そうなバッグで思い切り叩いた。


「……と、いうことはお父さんは刑務所に入ってボケたわけじゃなかったんだ」

エマはそう言って、右手の指に挟んだタバコを口につける。たっぷり時間をかけて吐き出した煙は、研究室の空気にとけて消える。

ホープ博士に暴力を振るうエマを、アルヒは必死で止めて何とか彼女を落ち着かせたところだった。

「演技でもしないと、質問ぜめにあって大変じゃったんじゃぞ。それに、娘にまで捜査の手が及んでおったかもしれん」

「それも全部、お父さんが悪いんでしょ？　……ともかく、アルヒの中にそんなコアが入ってるのは本当なの？」

「状況的にはそうじゃろう。アルヒくん、君は過去に、想像を超えるような力を発揮したことはないか？」

「……実は、ガラクタ街で思い当たる経験があります」

アルヒは自分の胸が金色に光って、その後記憶をなくしたことを話した。

「間違いなさそうじゃな。わしの作ったコアは、ブルーコアでもレッドコアでもなく、ゴールドコアという名前が付いておる。ゴールドコアを持つロボットは、特定の条件下で金色に光り、サンクラウドを吹き飛ばすほどの莫大なエネルギーを発揮することができるんじゃ」

「そんな危険な……」

エマはそう言ってから、慌てて口をつぐんだ。

「いや、大丈夫だよエマ。僕は確かに危険な存在だ。人間を傷つけてしまうことだってあるかもしれない。でも……どうしてこんなコアを欲しがる者がいるんだろう」

あんな風に、リブートたちを壊してまでこのコアを手にいれて、一体何をしようとしているのだろうか。

「知っての通り、そのコアは強力じゃからな。その存在を知る者は、喉から手が出るほどに欲しいじゃろう……。ただ、わしだって誰にでも悪用できるようには作っておらん」

「どういうこと？」

「いつでも好きな時に、その力を発揮できるわけじゃないということじゃ。現にアルヒくんも、まだ一度しか力を発揮しておらんじゃろう。そのコアを持つロボットだけが、その力を使う条件を知ることができる」

「条件……」

自分にはさっぱりわからない。確かにこんな不安定な力では、悪用することも難しそうである。

「……アルヒ、しばらくここで暮らしな」

エマは急にそう言って、持っていたタバコを携帯用の灰皿に押し付けた。

「え？」

エマからの突然の提案に、アルヒは大きく目を見開いた。

「家にも帰れないんだろ？　ここなら広い部屋が余ってる。私もしばらく、ここで暮らすことにする。いいよね、お父さん？」

エマは少し脅迫じみた言い方をした。

「えっと……、うん、まぁ……いいじゃろう」

苦笑いを浮かべながら博士は言った。自分に非があるこの状況では、断るに断りきれないのだろう。

「でも私も一緒だと、ガールフレンドに怒られるかな？　サシャって言ったっけ、あの子」

「サシャはそんなんじゃないよ。……それに僕は、ロボットだ」

「なんだ、そんなことを気にしてるのか」

「ロボットと人間の恋愛なんて聞いたことないよ」

「……まぁ、とりあえず問題ないならいい。私も長い間まともに話せていなかった父親とのコミュニケーションが取れるし」

博士はエマの言葉に、わかりやすく眉を引きつらせ苦笑いをしていた。

「それから……私のお父さんがアルヒの生みの親なら、私とアルヒはきょうだいってことだろ?」

そう言って、エマは優しくこちらに笑いかけた。言葉にしがたい、温かい気持ちが胸に広がった。


アルヒはそれから、ホープ博士の家を仮の家として、そこを拠点に情報を集めることにした。

家の二階部分に使われていない部屋がいくつかあり、そのうちの一つをアルヒの部屋にしてもらった。シャワーを浴びたり、エマから古い服をもらったりして、街での暮らしに少しずつ体を慣らしていく。度々サシャやクーもやって来て、情報を交換し、作戦会議をした。

この八年の間で、街自体に大きな変化があったわけではないが、やはり人の心に大きな変化が訪れているようだった。そして、その原因となっているのが、ロボットが犯人とされている、大臣が襲われた事件だ。この事件の真相に、全ての原因が隠されているとアルヒは思った。

「大臣に会えたらいいんだけど……」

真相に近づくためには、本人から話を聞くのが一番早い。しかし、本来ならば会えるはずのない相手だ。何か方法はないだろうか。

「……一つだけ、方法があるわ。気の進まない方法だけど」

なぜかサシャはためらいがちだった。

「どんな方法？」

「息子に頼むのよ」

「息子？」

「息子よ。ジョーンズのこと、覚えてないかしら？」

「あの……暴力ジョーンズのこと？」

「そうよ。昔はそんな風に呼ばれていたわね。今はあの頃とはまた違うのよ」

「……サシャはまだ友達だったんだ？」

アルヒはなぜかショックを受けていた。その理由が、自分でもどうしてなのかわからなかった。

「マスターズスクールでも、何度か同じクラスで授業を受けたことがあったわ。私の専攻は史学だったけれど、彼はロボ工学を専攻したみたいだった。苦手だったものを、得意にしたのね」

サシャの賞賛するような響きに、アルヒは引っかかっていた。

アルヒの中では、八年前から時は止まっている。ジョーンズはまだ幼いままの姿で、周りに暴力を振るう嫌な奴でしかないのだ。それを許しているようなサシャの言い方が、アルヒは気に入らなかった。

「……でも大臣はあの時、僕の姿を見て、僕を犯人だと言ったんだ。その息子が、さすがに僕を父親に会わせてくれるとは思えないけど……」

「そうね、正直に言うことはできないわ。だから、私が彼の家で会う約束をして、アルヒもこっそりついてくるというのはどうかしら」

「うまくいくかな？　普通なら家に入れてもらうことも難しいよ。そんなにジョーンズと信頼関係があるの？」

話を聞いた限りではうまくいかなそうだったが、サシャは意外なことを言うのだった。

「何度か彼の家に行ったことがあるわ。数年前、私はジョーンズと、その……仲が良かったから」


サシャは早速ジョーンズに連絡を取った。

ジョーンズもさすがに大臣の息子である。父に会わせて欲しいなどと頼まれても、普通は断るだろう。しかしサシャが「歴史の研究のため」と言うと、すぐに信じたようだった。サシャはそれほどに、周りから真面目で研究熱心だと知られている。もちろんお互いのことをよく知っているからというのも、大きな理由だったに違いない。

大臣と会う約束ができたのは嬉しいことだったが、それ以上にアルヒは、サシャとジョーンズの過去の関係が気になっていた。

サシャは、仲が良かったと言っていた。でも、二人の間にそれ以上の何かがあったような言葉にも聞こえた。

恋。それが一体どんなものなのか、アルヒは経験をしたことがないのでよく知らない。

サシャから聞いた話によると、ジョーンズは昔から、サシャのことを一方的に好きだったらしい。昔、もしサシャとアルヒがヘブンの写真を撮れなかった場合に、「何でも言うことを聞いてもらう」と言っていた時も、自分の彼女になって欲しいと言おうとしていたそうだ。

サシャの話の中のジョーンズは、横柄でわがままなところもあるが、スポーツ万能で頭も良く、彼なりの魅力というものがあるらしかった。それに、彼は家柄も良いのだ。

アルヒの気持ちは複雑だった。そんな二人の関係があったからこそ、今回のこのお願いが実現したのも事実なのだ。

アルヒは自分自身、一体何に動揺しているのかわからなかった。

しかしそれが、嫉妬という感情であることに気づくと、それはさらにアルヒを苦しめるものになった。

サシャに対して、自分は恋心を持っているというのだろうか。幼い頃、思い起こせばあの頃から、彼女は自然と自分のそばにいてくれた。

遠い昔、セントケットビルで、知の塔の上で、ホログラム水族館で、強く握りしめてくれたあの手のぬくもりが、まだここにあるようだった。

そして時を越え、彼女は今もこうして自分の力になってくれようとしている。

彼女のことは大切だ。それは紛れもない事実だ。

しかし、好きという言葉で、この気持ちは正しいのだろうか。

だめだ。

忘れてはいけない。

自分はロボットなのだ。

胸の中にどんな気持ちを抱いていようと、彼女と一緒になることはできない。

「……アルヒ？　聞いてた？」

アルヒはふと我に返る。

「何だっけ？」

「だから、作戦はさっき言った通りね。私が大臣の家まで、街の歴史について尋ねるために行く。

アルヒは私の助手ということで、一緒に来て」


大臣の家はレジナス地区の西側にあった。もっとも街の中心部に近く、利便性の良い場所だ。

アルヒはサシャに渡されたメガネをつけ、さらに帽子をかぶらされた。

「……こんなので変装になる？」

「なってるわよ。ま、そもそもアルヒは八年前と全然印象が違うから、大丈夫よ」

サシャはそう言って、歩き続けた。

「ここね。……久しぶりだわ」

塀に囲まれた広い敷地は、昔忍び込んだクオリー社を彷彿《ほうふつ》とさせた。立派な門があり、その奥に大きな家が建っている。入り口には警備ロボットが立っていた。

サシャが今日約束していたことを警備ロボットに話すと、扉は開かれ、敷地内へと案内された。広い庭を通って、今度は世話係のロボットに案内され、家の中へ通される。

通されたのは、おそらく客用の部屋だろう。真ん中にテーブルがあり、両サイドに座り心地が良さそうなソファが置かれている広い応接間だった。

しばらくお待ちください、と言われ、アルヒとサシャはソファに腰掛けた。アルヒは何だか硬い岩の上に座らされているような居心地の悪さを感じていた。

「この部屋も来たことあるの？」

「いえ、ここはないわ。二階建てになってるんだけど、上にジョーンズの部屋があったの。そこになら行ったことがあるわ」

アルヒは自分から尋ねておきながら、部屋でジョーンズと二人きりになるサシャを想像して、嫌な気持ちになった。

しばらくすると、扉が開かれた。しかし入って来たのは大臣ではなかった。

立っていたのは、大臣と同じくらいに体の大きな男だった。昔から体格のいい男だったが、今はさらに身長が伸びている。それでも、顔は一目でわかるほどにあの頃の面影が残っていた。

「サシャ、久しぶりだな」

ジョーンズは大股でこちらに近づきながら言った。

「あらジョーンズ。今日はありがとう。でも今日はあなたじゃなくて、お父様と会う約束だったのよ」

「そんなに冷たいこと言うなよ。もちろん親父は後で来る。でもその前に、サシャに会っておきたいと思ったんだ。どんな理由であれ、また俺を頼ってくれるなんて嬉しかったな。なぁ、久しぶりに食事でもどうだ？　最近人間用のレストランも増えてきたところだし、美味しいところを知ってるんだ」

横にいるアルヒにはまるで気づかない様子で、ジョーンズはサシャに話し続けた。

「私は人間用のレストランには賛成じゃないわ」

「そうだったな……それなら別のところでもいい。また二人で会おう。噂なんて、気にしなくていい。今度は昔みたいに、取材とかじゃなくてな」

「噂？　取材……？」

と思わずアルヒは呟いた。ジョーンズはアルヒを一瞥して、怪訝そうな顔をする。

「俺もこれから仕事があるんだ。また連絡するよ。歴史の研究頑張ってな」

言いたいことだけ言って、もうアルヒには目もくれずに去っていった。

「いつもあんな感じなのよ……。家柄も含め、周りには立派な人間だと思われてるから、さらに厄介なの」

「そうなんだ……。あの、取材ってなんだったの？」

アルヒはついつい尋ねた。

「私はエアード・フットボールの歴史について調べていた時期があったの。選手をしていた彼の言葉には説得力があると思って、何度かこの家に来てインタビューしたわ。でも、結局大した言葉はもらえなかった。わざと取材の時間が長引くよう、あまり本題を話さないようにしてるみたいでもあったわ。で……そうやって何度も家を訪ねるうちに、私とジョーンズの関係が噂されるようになったの。二人は付き合ってるんじゃないかって。そんなわけないのに、本当に最悪。私のレポートも納得のいく仕上がりにならなかったし……あまり人に言いたくない、恥ずかしい話よ」

「そう……」

そう聞いて、アルヒは安堵《あんど》の情が胸に湧き上がるのを感じた。いいレポートができなかったことにも、なぜかホッとしている。

ほどなくしてまた扉が開かれ、今度こそブラー大臣が入って来た。

「おお、よく来たねサシャくん。元気にしてたかい？」

「はい、おかげさまで」

ブラー大臣は相変わらず、恰幅のいい姿をしていた。テレビに映る時のようにスーツを着ていないからか、今はさらに丸く見える。

「君はとても優秀みたいだね。テレビにも出演して人気らしいじゃないか。噂は各方面から聞いているよ」

「ありがとうございます」

「今日はサンクラウドの歴史について聞きたいということだったね。私が知っていることであれば何でも答えよう」

その言葉に、ずっと黙っていたアルヒは思わず口を開いた。

「……知っていることは、全て教えて欲しいです」

アルヒの言葉に、大臣は怪訝そうに眉をひそめる。

「君は……」

アルヒはメガネと帽子を外した。

「大臣、僕のことを覚えているでしょうか？」

大臣は少しだけ思い出すのに時間がかかったようだった。もう八年も前のことで、アルヒの印象も随分変わっていたからだった。

しかし記憶が蘇ると、大臣はすぐに身構えた。

「……何を企んでいる？　まさかこれは罠か？」

「落ち着いてください。大臣に危害を加えるつもりは全くありません」

サシャは可能な限り敵意のなさを伝えるために、両手を上げながら言った。

「……君は今まで一体どこにいたんだ？　どうして八年前のあの時、この私を襲ったのだ」

大臣はアルヒの顔を、まるで幽霊でも見るように凝視している。

「それについてお訊きしたくて、ここにやって来ました。なぜ大臣は、僕が犯人だと思ったのですか？　大臣はあの時、僕が犯人だったとホログラム通話でおっしゃいました。それは、確かにそうだと思ったのですか？」

大臣は記憶を巡らせるようにしばらく瞳を閉じた。

「襲われたのは一瞬のことだった。正直はっきりと見えたわけではない。だが、それでも見た目は君にそっくりだった」

「……しかし、それは僕ではありませんでした。その事件が起きた頃、僕は家に帰っていましたから。僕はあの事件が、何者かが仕組んだことのような気がしているんです」

あくまで冷静に、アルヒは話を進めた。ここで感情的になっても意味がないことをわかっていた。

大臣は一呼吸ついてから、あの夜のことを話し始めた。

「あの夜、君に似た姿の者に襲われた私は、病院からすぐにスタンくんに連絡をした。彼は、それは本当に自分の息子だったのかと驚いていた。しかし、スタンくんはすぐにこちらで対応すると言って、自宅にクオリー社の人間を送ったようだ。そして、ホログラム通話で私にその姿を確認させた」

「父さんが……？」

「その姿は、確かに私を襲ったロボットとそっくりだった。しかし捕えられるはずだった君は逃げ出し、姿をくらましてしまった。それにはスタンくんもさすがに慌てたようだった」

大臣は続けた。

「その時、私はこの街のために機転を利かせた。犯人が逃げてしまったままでは、街にロボットへの不信が広まってしまうと思ったのだ。だから、すぐに別の架空の犯人を捕まえ、ヘブンに送ったという嘘のニュースを出すことにした。スタンくんは反対していたがな」

大臣は自分を襲った犯人を捕まえることより、ロボットへの風評被害を広めないようにしたということだ。

大臣の言葉を、アルヒは簡単に信じていいのかわからなかった。しかし、説明する彼のまっすぐな目を見ていると、嘘を言っているようには見えない。そして、サシャが以前説明してくれたこととも辻褄が合う。子どもの頃の自分は、ジョーンズに嫌な思いをさせられていたせいか、大臣に対して強い偏見を抱いていたのかもしれない。

だが、まだ問題は解決していない。

「でも、実際に犯人は僕じゃありませんでした。それは本当にロボットだったのですか？」

「犯人がロボットだったことは間違いない。人間用レストランにいた私は、ロボットを感知するセンサーが反応していたのを知っている。だから犯人が君ではないとすると、本当の犯人は君そっくりの姿をしたロボットだったということになる。そんなロボットを作れる者など、限られていると思うが……」

「その可能性があるのは……誰です？」

「君もわかるだろう。天才と呼ばれる男。……君の父である、スタンくんだよ。私もそうは考えたくないが……」

可能性だけを考えると、それはアルヒの頭の中にもあったものだった。しかし、言葉として出てくると、やはりそれは受け入れがたいものになっていく。

「でもまさか、自分の息子を犯人に仕立てあげるかしら……？」

サシャも、さすがに納得いかないようだった。

「思えば事件の日、学校の生徒たちをあのレストランに招待することを提案したのも、スタンくんだった……。私は自分たちの息子がいる学校に、何か貢献ができれば良いと思っていたのだが……」

あの日の真相が見えてきた。そこに関わっていたのは、やはり父だった。

「僕は外の世界で、この世界の過去のことを知りました。僕は過去を知っているものとして、なんとしても今のこの街の状況を正したいんです」

アルヒは外の世界で知った、サンクラウドができる前の時代の話をしようとした。人間とロボットが戦争をしたこと。それは、この街の者は誰も知らないはずのことだった。

「そうか……。戦争のことを知っているのか」

「大臣も知っていたのですか？」

「この街でサンクラウドの過去を知るのは、わずかしかいない。政治の世界では私だけだろう。あとはロボットの科学者たち。君の父スタンくんもその一人だ」

「父さんが……」

「どうして隠していたんですか？」

　サシャはすかさず尋ねた。

「……考えてみるといい。過去を知ることで、ロボットと人間が共存して生きていくことはできなくなるだろう。この街はバランスでできている。人間はロボットの脅威を知らない。そしてロボットも、人間の上に立つという価値観を知らない」

　バランス……。サシャはこの街の不自然さの核に触れていると思った。

「意思というものは、強要されると反発してしまうものだ。この街を作った最初の人間は、歴史からそれを学びよく理解していた。ロキ教というのは、本当にうまく作られている。神への信仰。それは突き詰めれば、自分たちを作り出した者への畏怖《いふ》の念でもある。自分たちを作り出した者……つまりロボットたちにとっては人間だ。様々なレトリックに隠されているが、ロキ教はつまり、ロボットの潜在意識に人間を上位に置くためのものだ」

　まさか、そのためにロボットに「祈る」というプログラムを施したというのか。

「それじゃあまるで、人間を神とする仕組みじゃないか……！」

アルヒは教会でロボットたちが、神に祈りを捧げている姿を思い出した。

「人の傲慢さだな……。だがそれが、この街の秩序のためだったんだ」

大臣の顔は悲しげに曇った。

「この街を囲む壁が、暮らしの中で見えないのも同じ理由だ……。見えてしまうと、人は外に出ようと思ってしまう。遠い昔は存在した、空を飛ぶ乗り物もそうだ。その概念さえ、この街は消し去った。そんなものがなくとも、完璧に満たされている状況を作り上げたのだ」

「待ってください！　大臣はこの街にある、空を飛ぶ乗り物のことを知らないんですか？」

「……何だそれは？」

どうやらガラクタ街にやってきたあの乗り物に、大臣は関わっていないらしい。アルヒとサシャは、自分たちが見たものを話した。

「……そんなことができるのも、やはりスタンくんしかいるまい。彼は、違法のコアを探し続けていたのかもしれないな……」

二人は大臣の話を聞いて、もはやその可能性を否定できなくなっていた。

「……私も長い間、ロボットの脅威について考えさせられてきた。そして、そんなロボットへの警戒心を私に与えて続けていたのは、考えてみると近年のスタンくんだったな……。長い間、いつかロボットたちが人間に牙を剥く日がくると、彼は言い続けていた。それを阻止する街づくりが我々の仕事だったはずなのだが……結果として、今この街では逆のことが起こりつつある」

大臣は大臣の立場から、サンクラウドのことを考えてきたようだった。

「どうして、そんなにもスタンさんは変わってしまったのかしら？」

サシャにとって、彼女が子どもの頃に抱いていたスタンのイメージと、今聞いた話のイメージが結びつかないようだ。

「そうだな……。わしが大臣になるよりも前のことだ。技術者の間だけで語り継がれていたこの街の真実を、わしもスタンくんから教わった。そして彼とは何度も、よりこの街をロボットと人間のお互いにとって幸せに暮らせる街にしようと話し合ったものだ。しかし、彼は事故で妻を亡くしてから、少しずつその考えが変わってしまったのだろうな……」

「やっぱり事故がきっかけで……。母がどんな事故にあったのか、大臣はご存知ですか？」

父が変わってしまったきっかけを、アルヒは知りたかった。

「わしが言っていいものなのかわからんが……表向きには自宅で転倒したということになっている。しかしあれは、ロボットの暴走だったそうだ。彼はロボットの手で、自分の大切なものが奪われてしまう可能性を、その時知ったのだろう。それを公表することもできないまま、心に悲しみを溜め込んでいたのかもしれん……」

ロボットの手で、母は死んだ？　もし本当にそうだとしたら、父がロボットを憎んでいるとしても、合点がいく。深い喪失感に襲われたのだろう。大切なものが奪われてしまう悲しみは、アルヒも知っている。しかし同時に、何かを憎むことに意味はないことも知っている。

——人間を憎むなよ。これはな、心の問題なんだよ。

アルヒはそう、リブートに教えてもらった。

もしこの話が本当なら、アルヒは父のためにできることがあるのではないかと思った。

「もし、本当にスタンさんが違法のコアを探しているとして、一体何に使うつもりなのかしら？」

今度はサシャが尋ねた。

「わからん。彼は以前、全てをゼロに戻すための研究をしていると言っていた……。そしてその研究にのめり込むあまり、もうわしも長い間彼と連絡が取れておらん」

全てをゼロに戻す。その言葉の響きを、以前どこで聞いたのかを思い出し、アルヒは戦慄《せんりつ》した。

爆弾か。

父は全てを破壊する兵器を作ろうとしているのだろうか。それとも、ロボットとの戦争に備えているのだろうか。

全てを失った、あの砂漠の景色がアルヒの頭に浮かんでいた。

大切な仲間の体を傷つけ、悲しみを生み出す兵器。

父は、恐ろしい研究をしているのかもしれない。そう思うと、アルヒの中にもうじっとしてはいられないほどの焦りが込み上げてきた。

レジナス地区の道を、アルヒとサシャは黙って歩いていた。傾いた太陽が、街の建物をオレンジ色に染めている。

抱えきれないほどの真実を受け取ってしまった。だけどそれが、アルヒの歩みを止める理由にはならなかった。

「……アルヒ。大丈夫？」

サシャは、心配そうにこちらの顔を覗き込む。父のことで、自分が落ち込んでいないか気にしてくれているようだった。

「ありがとうサシャ。でもまだ、真実はわからない。それを知るまで、悲しみに暮れている場合じゃないんだ。今すぐにでもクオリー社に行って確かめなければならない」

アルヒは急いでいた。頭の中がすっきりしない。早く知るべきことを知って、この気持ちを晴らしたかった。

「……今の私たちじゃ、簡単に中には入れないわ。スタンさんがどこにいるのかもわからない。ねぇアルヒ、少し休んだらどう？　サンクラウドに帰って来てから、ずっと動きっぱなしじゃない」

「休んでる場合じゃないんだ。クオリー社の警備ロボットを全部倒してでも、父の研究室を見つけださないと」

「アルヒ」

サシャが立ち止まったので、アルヒは振り向いた。

「これから、ちょっと街に出かけましょう」

「街に？　どうして。誰かに見られたらまずいよ」

「それは、わかってるのね」

アルヒの頬に、サシャの手が触れた。優しい目をしていた。その瞳の中に、焦りに飲み込まれてひどい顔になった自分が映っている。

「少しでも楽しいことをしないと、良いアイデアも出ないものよ。今のアルヒじゃ、きっと子どもの頃の方が賢かったわ」

なんてことを言うんだ、と思ったが、アルヒも自分で頭に血がのぼっていたことを自覚した。小さく息を吐いて、アルヒは尋ねる。

「……街って、どこに行くの？」

「あの日、最後まで見られなかったでしょ」

「何を？」

「ホログラム水族館よ。もう一度行きましょう」

暗くなり始めた空の下に、懐かしい言葉の響きがした。

ホログラム水族館の営業終了時間は、思ったより早かった。アルヒとサシャは、なんとか最終入場時間のギリギリに入ることができた。

ほとんど人がいない、薄暗い通路を二人で歩く。水の向こうから当てられた光が、波模様を床に作り出していた。静かな館内は水の流れる音がしていて、まるで水中を歩いているような感覚だった。

アルヒは白と青の世界で、水槽を見上げて立ち止まる。何メートルもある大きな水槽の向こうで、小さな魚が群れになって泳いでいた。色とりどりの魚たちは、空中で嫋《たお》やかにその体を遊ばせる。

この場所に来ると、否が応でもあの日のことを思い出す。暮らしが一転した日。色んなものが、自分の指の隙間からこぼれ落ちていった日。

「綺麗ね」

サシャは水槽に手をかざして言った。

「うん。こんなに小さいのに、みんな鮮やかな色がついてる」

「オスとメスで色が違うみたいよ。どうしてかしらね」

どうしてだろう、とアルヒは呟く。

まるで、あの時過ごすはずだった時間を、二人でなぞっていくようだった。

「……こんな場所だったんだね」

切迫した自分の状況を、ひと時でも忘れてしまえるようだった。アルヒはもうすでに、この場所が好きだと思った。

「そうね。あの日は、そんな風に思えなかった」

「サシャ、あの日はごめ……」

「やめて」

謝ろうとした言葉を、サシャが遮った。

「私だって謝りたい。いくら謝っても足りない。だから、今日はお互い……ごめんなんて、なしよ」

サシャはそう言って、肩まで下ろした髪を手で払った。その仕草が、なんだか大人びて見えた。

二人で、どんどん奥まで歩いて行く。次の水槽には、海のずっと深い場所にいたらしい魚のホログラムが泳いでいた。

「見てアルヒ、不思議な見た目の魚ね。海の底には、こんな生き物がいたなんて」

「そうだ、僕は街の外にいる時に大きな海を見たよ。すごい迫力だった」

「え！　本当に？」

サシャの声はよく通る。静かな通路にその声が響いた。少し遠くにいたカップルが、何事かと振り向いてこちらを見ている。サシャは少し反省したように、小声で続けた。

「いいなぁ。いつか私も見に行けたらなぁ」

通路の先の水槽には、自分たちの倍以上も大きな魚が泳いでいる。あの海の中には、今もあんな生き物が泳いでいるのだろうか。

「いつか、一緒に行こうよ」

アルヒが言うと、サシャは嬉しそうに頷いた。

館内の地図を見ると、ホールのような会場があるようだが、そこはもう扉が閉まっていた。

「今日はもう、イルカのショーはやってないみたい」

サシャが残念そうに言う。

「今度は、もう少し早い時間に来よう」

閉館の時間が迫っていた。早足で全部の水槽を見て、二人は水族館から出た。

「来て良かった。ありがとう」

アルヒは自然とそう言葉に出した。こちらこそ、とサシャは言った。

外はもう暗くなっているのに、たくさんの人が往来していた。どこからか、楽しそうな音楽が流れている。

水族館の前は来た時とは様子が違って、商店街のようになっていた。食材を扱う店、服を扱う店、様々な店が長い道の左右にいくつも並んでいる。

「あら、今日は週に一度のナイトマーケットだわ。私、昔よくジュジュと来てたの」

「そうなんだ。僕は初めて来るよ」

「じゃあ、一緒に歩こう」

商店街を並んで歩いていく。アルヒは少しだけ人の目が気になった。

サシャはしばらく黙っていた。何かを考えているような顔をしている。そして、急に口を開いた。

「ねぇアルヒ、走ろうよ」

「え、走る？　何で」

突拍子もない提案に、アルヒは思わず笑った。

「子どもの頃は、走ってるだけで楽しかったでしょ？」

「もう子どもじゃないんだから。理由もないのに走らないよ」

「大人になったら、走ることにも理由がいるの？　それじゃあ……」

サシャは手を伸ばし、店の軒先《のきさき》に置いてある、小さな丸い果物を二つ掴んだ。それを一つ、アルヒに投げる。アルヒは反射的にそれを受け取った。

「さ、逃げよう」

「え」

サシャが走り出した。

「泥棒！」

店番をしているロボットが、アルヒを指差して大きな声を上げた。

一体、何をしてるんだ。冗談じゃない。

アルヒは心の中で悪態をつきながら、商店街を走るサシャを追いかけて走り出した。

「何してるんだよ、サシャ！」

サシャを追いかけながら、アルヒは叫ぶ。

「ほら、本気で走らないと捕まるよ」

振り返ると、後ろからロボットが必死に追いかけてくる。足が速い。

「果物泥棒！」

「ごめんなさい！　成り行きなの！」

サシャは笑いながら叫ぶ。信じられないことをする。あの、優等生だったサシャが。

サシャは角を曲がり、また角を曲がり、目の前の塀を飛び越える。意外に身のこなしがいい。体力もある。アルヒは懸命に後ろをついて行く。

子どもの頃も、彼女の背中を追いかけていた。その正義感で周りが見えず、まっすぐ進んでいく背中を、アルヒは心配で追いかけていたのだ。その頃とはもう違う。彼女は周りがよく見える立派な大人だ。なのに、どうして今も――

「なんだよ、これ」

アルヒは走りながら笑ってしまった。

「アルヒも笑ってる！　楽しいの？」

「楽しくないよ！」

市場を抜け、道路を渡り、隣接した公園の中に入る。芝生の上で、サシャは息を切らして立ち止まった。なんとか店番をしていたロボットを撒《ま》いたようだった。

「あー、走ったね」

サシャは笑った。膝に手をついて、肩で息をする。アルヒはなんだか怒る気になれなかった。

「果物、後で支払いに行こうね」

そう言って、サシャは果物をポケットに入れて、その場に座り込む。そして、背中から倒れるように芝生の上に寝転んだ。アルヒもそれに倣《なら》って、横に寝転ぶ。二人の荒い息遣いが辺りに響いた。

「ほら……少しはすっきりした？」

サシャが、こちらを見て言った。あの頃の三つ編みの少女が、そう言っているみたいだった。

僕らは変わった。でも、変わってない。何も変わってない。

それを気づかせるために、彼女はこんな馬鹿なことをしたのだ。

「そうだ。やっと思い出した。八年前の僕は、ある人のアドバイスをもらってクオリー工場に挑んだんだ」

「誰だったの？」

「……僕はその人に会いに行っていいのか、迷ってた。もうあの頃の僕とは違うし、迷惑もかけるだろうから。だけど気づいた。僕は僕だ。子どもの頃も大人の今も」

サシャは優しい顔で頷く。

「僕は明日、その人に会いに家に帰る。自分の家に、ね。でも一人じゃ寂しいから、サシャも一緒に来てくれるかい？」

アルヒは尋ねた。気持ちは晴れやかだった。

「喜んで」

花が開いたような微笑みとともに、サシャはそう言った。

*

あの日から、一人でいる時間が多くなった。家の主人が帰って来ることは珍しい。お手伝いとしての仕事はなくなり、大好きな料理をすることも減った。喜んで食べてくれる人がいないからだ。広くなった家の中で、まだ当時十歳だった彼の部屋に入るたびに思い出す。

どうして、自分は彼を守ることができなかったのだろう。

どうして、彼は傷つかなければいけなかったのだろう。

窓を開けて、広いベランダに立ってみる。こうしていると、なぜ彼がよくここに立って景色を眺めていたのか、その理由を知ることができた。この街は太陽の光を浴びて、朝から夜までの間に、何度も色を変えるのだ。

彼がいつ帰って来てもいいように、毎日部屋の掃除は欠かさなかった。彼はいつも床の上に工具を広げ、小さなロボットを作っていた。一度自分に似た人形を作ってくれて、それを嬉しそうに見せてくれた。その笑顔を見て、自分は羽が生えてしまいそうなほどに幸せだと思った。こんな自分を思いながら作ってくれたのだ。

聡明な彼も、まだまだ子どもな一面があった。度々勉強しながら机で寝てしまうので、よくベッドまで運んであげたものだった。

ふと、部屋から小さな物音が聞こえた気がして振り返った。しかし部屋には誰もいない。いけない。最近もこんなことばかりだ。もう随分時間が経っていると言うのに。

誰もいない部屋に戻り、そこに立ち尽くしていると、ロボットとして生まれた自分は、誰かのために存在しないとその意味さえもわからなくなってしまう気がした。

悲しみの中、それでも毎日祈りを捧げることはやめなかった。毎日午前中に、欠かさず教会に出かけた。最近、教会に集まるロボットの数が増えている気がする。自分と同じように、どうにもならない思いを抱えているロボットも多いのかもしれない。

どうか神様。

あの人を、守ってくれますように。

あの人が、どこかで幸せでいますように。

その時、珍しいことに家のチャイムが鳴らされた。

不思議に思いながらも、モニターに映るマンションの一階の映像を覗いた。

「はい、どちら様でしょうか」

そこには一人の女性が立っていた。

「えっと……お久しぶりです。アルヒくんと同級生だったサシャという者です……。ちょっとお話ししたいことがありまして」

彼女のことはよく覚えていた。アルヒが幼い頃に一緒に遊んでいた子だった。

「サシャさん、お久しぶりです。……今スタンは外出しておりますが」

「いえ、ロビンさんに話したいことがあって来ました」

「私にですか？　わかりました、どうぞお入りください」

突然の予期せぬ訪問者に驚きながらも、ロビンは一階の扉を開いた。

そして、玄関の扉を開けて、サシャがこのフロアまで来るのを待った。

しかしそこにやって来たのは、サシャともう一人、長身の男性が一緒だった。

「ロビン、元気にしてたかい？」

懐かしい声に、体が固まった。

その声は、まさか。いや、そんなはずが……。

「……驚かせようと思って、さっきは隠れてたんだ」

そう言って彼は、いたずらな表情を浮かべた。奥行きのある澄んだ目に、あの頃の面影がまだはっきりと残っている。黒い髪は伸びて、日に焼けたその顔は、少年からたくましい青年のそれになっていた。

「……まさか……坊ちゃんですか？」

「もうその呼び方はやめてくれないかい？」

「……坊ちゃん!!」

ロビンはアルヒに飛びついた。

「無事で良かったです……あの頃は私と同じくらいだったのに、もうこんなにも背が伸びて！」

抱きしめた時の大きさが、腕を回した時の感触が、昔とはまるで違っていた。その違いが、長い月日の流れを物語っていた。だけど、そんなことはもうどうだって良かった。

「毎日、毎日坊ちゃんのことを思っていました。ああ神様！　坊ちゃんを無事に帰してくださって……本当に……」

言葉に詰まった。もう会えないのではないかと諦めかけた日もあった。なのに今、確かに彼は目の前にいる。

「心配させて、ごめん。……迷惑じゃなかったかな」

申し訳なさそうな、少し照れたような顔で彼は言った。

「迷惑なわけがありません！　無事に帰って来てくれたんです！　それでもう……今日は私にとって最良の日です！」

ロビンは、これ以上の幸せがあるだろうかと思った。

「今までのことを、ゆっくり話させてくれないかい？」

「もちろんです！　さぁ、掃除に洗濯に料理、忙しくなりそうです！」

久しぶりに、身体中に力がみなぎってくるようだった。

*

アルヒは懐かしい家の中へ入った。八年ぶりに、家に帰って来たのだった。何も変わらずにあるこの家を見て、ロビンが守っていてくれたんだと思った。

ロビンにこれまでの経緯を説明した。自分の過去を話すことに、少しずつ慣れてきていた。

ロビンも、この八年の出来事を話してくれた。アルヒがいなくなって随分気が滅入ってしまっていたようだった。一度体を点検に出された時も、もうこのままヘブンに行くことになってもいいのではという気持ちになっていたらしい。

「まさか坊ちゃんが街の外にいたなんて……。どこかに隠れていないか、ずっと探していました。坊ちゃんが人に危害を加えるなんて、どうしても信じられなくて……」

「あれ？　ロビンさんは、犯人は別に捕まってヘブンに送られたというニュースを知らなかったの？」

サシャはロビンに尋ねた。

「もちろん知っていました。でもスタン様は、あれは街の人々を安心させるための嘘だと言っていました。まさかスタン様が嘘を言うはずがないですし……でも坊ちゃんが犯人なはずも……」

「僕はそんなことしないよ。信じてくれるかい？」

「もちろんです！」

ロビンは素早く頷いた。

「ロビンさんは、本当にアルヒのことを信じていたのね」

なぜかサシャが嬉しそうに言うのだった。

「あの日、クオリー社の人たちがこの家にやって来た日から、坊ちゃんを守れなかった悔しさを忘れた時はありませんでした」

ロビンにとっても、あの夜の記憶が心に暗い影を落としているようだった。

「父は、もう長い間ここには帰って来ていないんだね？」

「そうですね。もう今はほとんど、クオリー工場で生活しています。研究に没頭していると聞いています」

「父が何の研究をしているか、ロビンは知ってるかい？」

「それは、私には何も知らされておりません……。すみません、お力になることができなくて」

「いや、ロビンは謝らないでよ」

そしてもう一つ、アルヒは確かめたいことがあったのだ。

「ロビン、父の部屋は、今どうなってる？」

「それが……そうですね。見ていただいた方が早いかもしれません」

ロビンが立ち上がり、アルヒもそれに続いた。リビングから短い廊下を通り、ロビンは父の部屋の、扉の前で立ち止まった。

あの頃とは違い、もうそこにはロックなどかかっていなかった。

ロビンが扉を開けると、そこはベッドとワードローブ以外に、何もない部屋になっていた。

「数年前に、スタン様はもう全てを外に運び出してしまいました。おそらく今は、ご自身の研究室にあるのだと思います。誰にも見せないように研究をしていたものですので、人に知られると問題のあるものなのかもしれません……」

アルヒは部屋の中に入り、くまなく辺りを観察した。

床には長い間、そこに何か重いものが置かれていたかのような、小さな窪みが四つあった。これが一体何の跡なのかはわからない。しかしアルヒの中では、未だに一つの捨てられない可能性があった。

「外に運び出す時も、どんなものかわからなかった？」

「はい……。中にあるものは全て見えないように、大きなケースに詰めて外へ運び出されていましたから」

その厳重さが、ますます怪しく思えてくるのであった。

「ロビン、やっぱり僕は行かなければならないようだ」

「……どこへですか？」

「クオリー工場だよ」

「まさか……そんなの……。いえ、坊ちゃんのためなら、私は何でも協力しますよ！」

アルヒは子どもの頃、ロビンに止められたことを思い出した。

もう子どもの遊びではないのだ。ロビンもそれをわかっているようだった。


三人はリビングで作戦会議をした。

ロビンは昔と同じチェリーパイを焼いてくれた。一口かじると、懐かしい味がアルヒをたまらない気持ちにさせた。サシャもこの味を気に入ったようで、一口、また一口とかじるのをやめられないようだった。

「これが、クオリー工場の全体図ね」

指についたチェリーをペロッと舐めて、サシャは言った。

三人の目の前には、クオリー工場の立体図が浮かび上がっている。北側にある知の塔だけが、極端に飛び抜けている。そしてロビンの情報によると、工場の北側は、ロボットを製造する工程に使われている施設が並んでいるらしい。知の塔を囲むように存在している建物も、同じ役割を担っている。他にもロボットの部品が保管されている倉庫や、規模の大きな工場部分もある。

一方で南側は、研究者たちが科学技術の向上のため、日々様々な研究をするための施設が並んでいる。その施設群の奥まったところに、昔からスタンが専用の研究所として使っている建物があった。

「おそらく、スタン様は今もここで研究しているはずです」

「これは……どうやって忍び込めばいいのかしら？」

「そうですね……もう警備の詳細も、私がいた頃とは変わってしまっていると思います。以前坊ちゃんが侵入したこともあって、さらに強化されているのではないでしょうか。それに、この南側は北側の知の塔の周辺よりも、ずっと警備が厳しいはずです。このように奥まったところにあるので、近づくだけでも簡単なことではありません。いくつもの警備ロボットやセンサーが待ち構えていますから」

ロビンにそう言われながら、サシャは必死で方法を考えている。唇を尖らせて、眉が中央に寄ってハの字になっていた。

「どうすればいいかな……」

アルヒは腕を組んで思考を巡らせた。

「ここまで警備の目を掻《か》い潜《くぐ》って入るのは、至難の業《わざ》だと思います。それこそ、空でも飛べないと難しいですね……」

「……それだ」

アルヒの言葉にロビンは首を傾げた。

「どういうことですか？」

「いや、ロビンの言う通りだ。空からなら、侵入することができるかもしれない」

「はて……、坊ちゃんは私の知らない間に、翼でも手に入れたのでしょうか？」

「そうよアルヒ。どうやって空を飛ぶの？　空中ブーツはそんなに高く飛べないのよ。空を飛ぶ乗り物でもないと……。空を飛ぶ乗り物……あ！」

サシャも思い浮かんだようだった。

「そう、この街には空を飛ぶ乗り物がないはずなんだ。だから、空から誰かが侵入することは想定されていない。それを、利用するんだ。ロビン、僕がどうやってこの街に戻ってきたか知ってるかい？　あれを、もう一度使おう。いいアイデアをありがとう」

まだぽかんとしているロビンの横で、アルヒはサシャと目を合わて頷いた。

「だけどこの作戦には、協力者がいるね」

アルヒは、この街にいる仲間の顔を思い浮かべていた。


ホープ博士の家に戻ってきたアルヒは、サシャ、エマ、クー、ホープ博士のみんなに集まってもらい、侵入するための計画を練り始めた。

ホープ博士は協力するのに乗り気ではなかったが、娘であるエマから頼まれると、どうも断ることができない。長年研究者としてクオリー工場にいたホープ博士が力になってくれることは、アルヒにとっては心強いことだった。

博士の研究室にあるコンピューターに、クオリー工場の立体図を浮かび上がらせ、話し合いは行われた。

博士の情報によると、クオリー工場の研究施設には機密情報もたくさんあるため、南側のセキュリティーは北側のものに比べてずっと厳重らしい。

「まず……普通に塀を越えてここに近づくことは難しいじゃろうな。スタンの研究室は随分奥にある」

ロビンの言っていた通り、やはりそれは無謀なことのようだ。

「そして昔の話じゃが……、対ロボット用に、強力な警備ロボットの導入が検討されたことがあった。当時から、ただ人工知能を感知するセンサーを置くだけでは、妨害装置に弱い可能性があることを示唆《しさ》されておってな」

「強力な警備ロボットって、どんなものなのかしら?」

「非常に攻撃的で力が強いのじゃ。ま、そんな警備ロボットはおそらく採用されておらんと思うんじゃが、頭に入れておいてくれ」

「そんな危ないロボットがいる可能性まであるなら、ますます鉢合わせしないようにしたいね」

侵入に関しては、ロビンがくれたアイデアの通り、空からというのが一番良い方法だということになった。

まず空を飛ぶ乗り物を使って、スタンの研究室のある三階建ての建物に降り立つ。しかし建物の中に侵入できても、そこから研究室に入る扉を開くには、研究者が持っているマスターキーが必要だ。それを持たない人間は、必ず事前に生体パターンを登録してからでないと入ることができないようになっている。

条件はそれだけではない。その扉は、人間でもロボットでも、一人では入ることができないのだ。登録された生体パターンを持った人間だけでなく、登録されたコアパターンを持ったロボットが、同時に扉の左右に手をかざさなければ開かない仕組みだった。機密情報を、人間かロボットのどちらかの企みで盗むことができないように作られているのだ。

その条件を聞く限り、現実的に考えてその扉を開くことは絶望的だった。

「……そんな扉があったんじゃ無理ね。律儀に登録の申請をして、許可してもらえるわけがないわ」

「申請しても無理じゃろうな。しかし、方法がないわけでもないのじゃ」

サシャは投げやりに言った。

「どんな方法があるんだ？」

エマが言った。

「セキュリティーのサーバーは、クオリー工場の地下にあるんじゃ。そこに侵入してICチップを差し替え、セキュリティーを書き換えることができれば、不可能ではないかもしれんの」

そう言って、ホープ博士は立体的な見取り図を地下へとスライドさせた。地下には下水道が通っているが、その一角に謎の部屋が一つある。ここがどうやら、そのサーバー室になっているらしい。

空から侵入するだけでも難易度の高い作戦だが、今回はさらに危険が伴うようである。

「私は、アルヒと一緒に侵入するわ」

サシャが急に声をあげた。

「サシャ、どうしても一緒に来たいの？」

「ええ、どうしても一緒に行くわ。アルヒ一人で行かせるわけにいかない。それに、扉を開くにはもう一人誰か人間が必要なはずよ」

アルヒだけでは開けられない。だからサシャは、自分も一緒に行かなければと思った。しかしそれ以上に、サシャは嫌な予感がしていたのだ。アルヒを一人にすると、またアルヒが一人で何かと戦ってしまうような気がする。そして昔のように、自分の知らないうちに、目の前からいなくなってしまうのではないかと不安なのだ。

それに、サシャにもサシャだけの理由があった。それはヘブンのことである。ジュジュが今どんな暮らしをしているのか知りたい。そしてそれを明らかにすることができれば、裏町にいるロボットたちの、ヘブンに対する疑念を晴らすこともできる。そうすれば、少なくともダンの振り上げた手を下ろさせる理由にもなるだろう。

「じゃあ私は、二人を上空まで連れて行く運転をするよ。早速その機械の点検をしたい」

アルヒとサシャは、エマの言葉に頷いた。

「ではわしは、アルヒとサシャのパターンを書き込んだ、偽のICチップを作る作業に当たるとしよう」

周りのみんなは頷いた。

「それなら私ハ……」

クーに残された役割は、あと一つしか残っていなかった。


家のそばにある湖の前で、アルヒは欠けた月を見上げていた。湖に、微かに揺らめく細い月が映っている。

ホープ博士は偽のICチップを作るのに、少しだけ時間が欲しいと言った。それで作戦が決行されるのは、次の新月の夜ということになった。

月は満ち欠けを繰り返す。この世界はどんなものも、終わりと始まりを繰り返し続ける。そう思いながら、アルヒは自分の手のひらに視線を移した。

「アルヒ、何してるの？」

背後から声がした。振り返ると、サシャが立っていた。

「何でもないよ。月を見てた。サシャは？」

「私も、ちょっと歩きたくなっただけ。月……細くなってきたね」

サシャもアルヒのそばに立って、月を見上げた。暗闇の中、サシャの横顔だけが静かな光を放っているように見えた。

「アルヒ、緊張する？」

「少しだけ」

「きっと、うまくいくわ」

見つめあったサシャの瞳には熱がこもっていて、アルヒは自分の胸に小さな波が立つのを感じた。

「ありがとう」

短い会話の後、アルヒの手の甲とサシャのそれが、わずかに触れた。ほんの少し力を入れるだけ。それだけで、アルヒはその手を掴むことができるのを知っていた。そしてそれが、今まで手を繋いできた、どんな瞬間とも違う意味を持つことも。

アルヒがためらっている間に、少しの距離ができた。サシャは一歩前に出て、湖を覗き込んでいる。

「この湖って深いのかな？」

「手前は、そうでもないと思うよ」

アルヒが言うと、サシャは突然靴を脱ぎ始めた。素足を突き出して、そっと湖面につける。水面が揺れて、湖に映る月が歪んだ。

「え、何してるの？」

「気持ち良さそうだなって思って。アルヒも入る？」

サシャは着ているワンピースの裾を捲り上げて、浅い湖底に両足をつけて立った。一歩ずつ、深さを確かめながら前へ進む。

「気持ち良い」

「滑るよ。気をつけて」

サシャは湖の中、左手で裾を掴んで、右手で水を撫でた。細い月が、サシャの向こうで光っている。月の光が水面に微かに反射して、キラキラしている。柔らかい光を浴びて遊ぶ、サシャの姿は美しかった。

膝の下まで水面がきたところで、サシャはこちらに振り向いた。

「ねぇアルヒ」

「何？」

「私、この街にアルヒがいなかった間、生きている意味がわからなくなった時があったの」

サシャの声はとても小さいのに、なぜかはっきりと言葉が届いた。

「何かを成し遂げても、誰かに褒められても、穴の空いたじょうろみたいに、心が満たされることがなくて。そんなこと、きっと、誰にだってあるよね？」

急な問いかけに戸惑いながら、アルヒは小さく頷いた。

「でも、アルヒともう一度会えた時に、何でかわからないけれど、もう大丈夫だって思えたの」

サシャの言葉が、アルヒにはとても心強く響いた。

「ねぇ。この先に、どんな真実があっても、二人で解決するって約束して」

「……どうして？」

「私はもう、アルヒにいなくなって欲しくないから」

サシャはこちらをまっすぐ見て言った。暗闇に溶けてしまいそうな彼女は、笑っているようにも、泣いているようにも見えた。

アルヒはこの街に自分がいなくなってから、子どもの頃のサシャがどんな思いで過ごしていたのかを、あまり考えたことがなかった。外の世界に触れ、仲間と出会い、ロボットとして生きていくために、街のことはできるだけ忘れてしまおうとさえ思っていた。

だけど、何かが足りないようなあの感覚。

もしかしたら彼女だって……。

「一人で、寂しかったから」

サシャは、湖面に浮かんだ小さな気泡のような声で言った。

ああ、そうか。とアルヒは思う。

僕はずっと、この人と一緒にいたかったんだ。

アルヒは自分の手のひらをもう一度見つめて、小さく頷いた。

その街には、勇気がある

月のない夜。

サンクラウド上空に、微かに風を切る音が響いている。

サシャは小さな窓から地上を見渡し、その高さに嘆息《たんそく》した。その空飛ぶ乗り物を操縦しているのはエマである。

「すごい乗り物があったものね……。こんなものを作るなんて、やっぱりあんたの父親は天才だよ」

アルヒもそう思っていた。人が空を飛ぶという概念自体、この街の誰も持ったことがなかったものだ。それをあの人は作り上げたのだ。

静音性も高く作られているようで、乗り込んでいる三人にも、ローターによる小さな音しか聞こえない。

「さぁ、時間だよ。二人とも準備はいいかい？」

エマは時間を確認しながら言った。

「うん。しっかり固定できてる。どう？」

アルヒは自分の背中に乗っているサシャに確認した。

「大丈夫。絶対外れないわ」

サシャは自分を固定しているベルトを、確かめるように強く引っ張った。サシャはアルヒの背中に頑丈に固定されている。

どうやって地上に降りるか方法を考えた。最初にパラシュートという方法を思い浮かべたが、そんなものでピンポイントに降りられるはずもない。

なので、見つかってしまう危険性もあったが、頑丈なザイルを垂らし、それを体と固定して、二人で下降していくのが一番良いだろうと思った。

「扉を開くよ」

エマがスイッチを押すと、乗り物の扉が重そうに開かれた。上空にいるのに、風は穏やかだった。

「じゃあ、ザイルを下ろそう」

アルヒは巻き取り機に巻かれているザイルを外に投げつけた。真っ黒のザイルが、建物の屋上に向かって徐々に垂らされていく。

アルヒはザイルと体を金具で固定して、降下の準備を完了した。

「……まさか、昔言われたことが本当になるとは思わなかったな」

アルヒは呟くように言ったが、背中にいるサシャにははっきりと聞こえた。

「何のこと？」

「昔、サシャに『将来はスパイになるの？』って訊かれたことがあったなと思って。今度こそ、本当にスパイみたいだ」

サシャはアルヒの言葉を聞いて、可笑しそうに笑った。その振動がアルヒの背中にも伝わってくる。

「……でも、私たちが工場に侵入するなんて、昔みたいね」

「いくつになっても、子どものままだ」

アルヒもそう言って、小さく笑った。

「エマ、行ってらっしゃい！　幸運を！」

「行ってきます！」

アルヒはサシャのぬくもりを背中に感じながら、暗闇に向かって飛び出した。


その頃、クーは下水道にいた。地下のセキュリティーサーバーに忍び込んで、渡されたチップを交換する役目を任されたのだった。

「なんで私がこんな役割ヲ……。それも一人でだなんテ……」

クーはこの役目を回された自分の不幸を呪った。それでもそれを引き受けたのは、アルヒとサシャに深い感謝の念があったからだった。そしてもちろん、自分の手伝いで真実を明るみにすることができれば、それがダンの行動を止めることに繋がると思っていた。

「でも私に……こんな重要な役割を任せてくれたってことハ……」

もう、自分はいじめられていた頃とは違う。成長するのは人間だけではないのだ。体は変わらなくても、中身は変わっていくことができる。きっとアルヒがこの重要な役割を任せてくれたのも、成長した自分を信頼してくれたからだろう。

下水道は直径四メートルほどの円管で、その右半分が道になっている。左半分には濁った水が勢いよく川のように流れているが、匂いはあまりしない。何かの研究で使われた水なのだろうか。狭い空間でこれだけ水が流れているので、湿気がひどかった。

薄暗い道は所々電灯がついているが、足元に注意しなければ段差に躓《つまず》いてしまいそうである。柵もないので、水の流れる左側に落ちてしまっては大変だ。

夜の遅い時間だった。一人でこんな暗い下水道を歩いていると、おっかない気持ちになってくる。時折電灯の角度で自分の影が何重にも見え、そのたびにクーは驚くのであった。

クーが背中に背負った小さく頑丈なケースには、十センチほどの物差しのようなICチップが入っている。それにはサシャの生体パターンと、アルヒのコアパターンが書き込まれている。これを、現在サーバーに差し込まれているICチップとすり替えれば任務完了だ。こんなものを作ることができるのは、ホープ博士くらいなものだろう。変わった人だが、やはり天才は天才なのだ。

クーは時間を気にしていた。しっかり時間通りに交換しなければいけない。早過ぎると異変に気づかれてしまう可能性があるし、時間に遅れると二人の侵入がバレてしまう。

頭に叩き込んだ地図を思い出しながら、クーは暗く狭い道を歩いていく。

「ここまでくれば、オフにして良かったんですよネ……」

クーの体の周りには、薄い電子の膜が張られていた。人工知能センサーに感知されないように、ホープ博士に渡された装置を使っていたのだ。

それをオフにして、一息ついてからまた歩き出す。

サーバー室まであと少しである。誰もこんな地下に、重要なセキュリティーサーバーがあることなど知らないだろう。警備が薄いのも頷ける。

「……ここかナ……」

クーが見つけた銀色に塗装された扉は、ところどころが剥げてしまい、まるで鏡面のようになっている。そのノブの部分には、ダイヤル式の古典的な鍵が取り付けられていた。

「ホープ博士の言っていた通りダ……」

古い仕組みのチープなセキュリティーである。湿気が多いため、こうした鍵を採用しているのかもしれない。クーは渡されていた小型の電子カッターを取り出し、その鍵部分を焼き切った。

「これでよし……ト」

ノブに手をかける。あとはICチップを交換するだけだ。

クーが顔を上げると、扉に映った自分の後ろに、黒い影が見えた。

クーはとっさに、転げるようにして右側に飛び退いた。ガキンッ、と金属の硬い音が下水道に響く。尻もちをつきながらクーが振り向くと、さっきまでクーの目の前にあった扉に、鋭い鎌が突き刺さっていた。

その鎌を辿っていくと、そこにはロボットが立っていた。胴体は短いが、手足が異様に長い。そして右手がそのまま、鎌の形になっている。

まさか、これが博士の言っていた……？

クーは今日二度目に、自分の不幸を呪った。


摩擦を利用してスピードを調節しながら、アルヒは無事屋上に降り立つことができた。

風のない日であったことも、成功の大きな理由だった。

上空にいるエマはすぐさまザイルを巻き取り、音も立てずにその場を離れた。

「ねぇ、アルヒってそんなに運動神経良かったっけ？」

ベルトを外して解放されたサシャが、アルヒの身のこなしの良さに奇異の目を向けた。

「街の外は、危険が多かったから」

日々リブートたちと体を動かしていたことが、ここでも役に立つとはアルヒは思わなかった。

二人は屋上の扉を開き、中に入っていく。建物自体は三階建てだが、二階と三階はワンフロアになっている。そこがスタンの研究室だった。

二人は警戒しながら階段を降りていき、二階へ入る扉の前に立った。

扉は四桁の暗証番号でロックがかけられている。この程度のロックを開けるのは、それほど難しいことではなかった。

アルヒはタブレットを取り出し、電子ロックへ近づける。タブレットの画面にいくつもの数字が羅列され、二十秒ほどすると、カチャ、と鍵の開く音がした。

アルヒはすぐに扉を開けようとしたが、すんでのところで手を止めた。

「どうしたの？」

「いや……忘れるところだった」

アルヒはゴム製の手袋を取り出し、右手に装着した。

その手で、慎重に扉を押す。手と扉が触れているところから、ジジ、と音がしている。

「何？　……電流？」

「そう。扉に触れないように通って」

アルヒは余裕を持って通れるだけ扉を開き、二人は二階のフロアに入ることに成功した。

「どうして電気が流れてるってわかったの？」

「昔、似たようなことがあったんだ。セキュリティーが薄い時は、疑いを持たないといけない」

アルヒの言葉に、サシャは心配そうに眉を寄せて、一言だけ言った。

「ますますスパイね」

セキュリティーが薄いことに、どうして自分は疑いを持たなかったんだ。

クーは突然現れたロボットに、なぜ自分が襲われているのかもわからないままだった。

多分、あれがホープ博士の言っていた強力な警備ロボットだろう。まさかこんなところにいるとは思わなかった。警備が薄いのも、こいつがいるからだったのだ。

クーはなりふり構わず、背を向けて一目散に来た道を走り出した。

勝ち目などない。相手は警備用に作られた強力なロボットである。人間を手伝うために作られた自分にはどうすることもできない。学校の掃除をしたり、裏町のカフェの手伝いをしていたこともあった。そんな経験は、今の状況に何一つ役に立つものではなかった。

後ろからやかましい足音がする。奴が追いかけてきているのだろう。しかし振り向いて確認する勇気もなかった。

任務は失敗だ。ICチップの交換はできなかった。扉のセキュリティーを書き換えることはできない。

必死で走りながら、クーは考えていた。

任務は失敗。

アルヒとサシャは捕まってしまう。アルヒは今度こそ、本当にヘブンに送られてしまうのかもしれない。サシャも、機密情報を盗もうとしたということで、刑務所に連れて行かれてしまうだろう。

ダンを止めることもできなかった。

任務は失敗。

ごめんなさいアルヒ。信頼して任せてくれていたのに。こんなことなら、昔みたいにリュックの中に隠れているだけで良かったんだ。自分は何も変われていない。このままじゃ昔のままだ。

任務は失敗……。

クーは立ち止まった。

その両足は恐怖に震えていた。

自分に何ができる。

わからない。わからないまま、ゆっくりと振り返った。

薄暗い闇の向こうから、禍々《まがまが》しい足音が近づいてくる。

二人の期待に応えるため……。それだけじゃない。

これは、自分が変わるためだ！

闇の向こうから、警備ロボットが姿を見せた。長い手足でバランスが悪そうに、それでも素早く予測不能な動きをする。影が重なるこの暗闇の中で見ると、まるで不気味な蜘蛛のようだ。

警備ロボットは腰の引けているクーに、有無を言わさず右手の鎌で斬りかかった。クーはそれを手で受けるわけにもいかず、座りこむようにしてしゃがんでかわした。

なりふり構わずしゃがんだクーの視界は、完全に下水道の床だけになっていた。次の瞬間、その床が遠のいていく。自分の体がそのまま宙に浮いているのだ。

隙だらけのクーの頭を、警備ロボットが長い左手で掴んで持ち上げたのだった。

鈍色の右手の鎌が、キラリと光を反射した。

もう終わりだ……。頑張ったんですよ……アルヒ。

鎌がクーの頭に向かって、斜め上から振り下ろされる。クーは諦めの気持ちから、全身の力を抜いた。

脱力したクーの首元からカチッと音が鳴り、頭が胴体から外れた。

それは鎌によって切断されたのではなく、クーの体の仕組みによるものだった。

警備ロボットは左手で持ち上げていたものが突然軽くなり、バランスを崩した。斜めから振り下ろした右手の鎌は空を切り、そばにある壁に突き刺さった。

警備ロボットは予想外のことに驚きながらも、素早く対処に当たった。頭だけになったクーを地面に投げ捨て、突き刺さった鎌を引き抜こうと力を入れる。

警備ロボットが動けなくなっている様を、クーは目の端で捉えたが、自分も頭と胴体が分かれている状態だ。

それでも、チャンスは今しかない。

クーは、自分の胴体を立ち上がらせて、方向を定めて警備ロボットに突進した。

突然おかしな方向へ体を押された警備ロボットの鎌はぽきりと折れ、そのまま倒れこみ、クーは胴体だけで馬乗りになった。

体勢は完全に優勢だった。しかし、小柄なクーの体重では、単純に力で敵わなかった。クーは下から、強く下水側へと突き飛ばされてしまった。

落ちる。

そう思ったクーは必死で床にしがみついた。下半身に冷たい感触がして、勢いよく流される。体が半分、下水に落ちてしまっているのだ。

床に転がっているクーの視界には、警備ロボットが立ち上がって体勢を整えているのが見えていた。半分に折れてしまった鎌を、威嚇《いかく》するように高く振り上げている。

そして、下水に流されそうになっているこちらの胴体へ、一歩足を踏み出した。万事休すだった。切り裂かれるのだろうか。いや、つき落とされるだけで終わりだ。警備ロボットは、さらにクーへ向かって歩みを進める。

意外なことが起こった。

警備ロボットが足を踏み出した先には、分かたれたクーの頭が転がっていた。暗闇で思わぬものを踏みつけた警備ロボットはバランスを崩した。

もともと手足が長く、あまり踏ん張りの利く体型ではない。そのまま踏みとどまることができず、警備ロボットは下水へと転落した。水中で何かを掴もうともがくが、そもそも指は片手にしかない。薄暗い闇の中、警備ロボットは勢いよく水流に押し込まれ流されていった。

クーは急いで床へと這い上がり、頭と胴体をくっつけた。

助かった。運が良かった。

ハッとして、時間を確認する。もう、予定の時間がすぐそこに迫っていた。


「ここね」

アルヒとサシャは研究室の扉の前に立っていた。

頑丈そうな扉の左右には、それぞれ手をかざすセンサーがあった。

右側にアルヒが、左側にサシャが立った。

「クーも、もう準備万端かしら？」

「うん……彼ならきっと大丈夫だよ」

クーがうまくやっていれば、扉が開く。

もし失敗していれば、警報が鳴ってすぐに捕らえられてしまうだろう。

「……さぁ、約束の時間だね」

二人は目を合わせて頷いた。


クーは急いで元の場所まで戻ってきた。

サーバー室の重い扉を開く。薄暗い部屋の中は、用途のわからないコンピューター群が並べられていた。その熱のせいか、室温が高い。ファンの音が部屋に響いている。

クーは急いで手前から三つ目のコンピューターのカバーを外した。それが目的のサーバーのはずだった。そして背中に背負ったケースから、偽造されたICチップを取り出した。

さぁ、急いで取り替えなければ。

「……こ、これハ？」

サーバーには、クーが持っているICチップと同じ形のものが、二本差さっていた。

「ど、どちらと交換すればいいんでしょウ？」

もちろん、そんな情報は聞いていなかった。迷っている間に時間は過ぎていく。いや、もう時間は過ぎているのだろうか。

こんなところまで、想定外のことが用意されているなんて、どれだけ自分は不幸なんだ。

勘。ロボットの勘。

クーはその内の一本を抜き取って、持ってきたICチップを差し込んだ。

アルヒとサシャは同時に手をかざした。

センサー部分が光って、赤い光がそれぞれの全身に当てられる。

二人のパターンが読み込まれていく。

意外にも時間がかかるようで、二人はずっと緊張で身体を固くしていた。

『認証しました』

乾いた機械の音声が流れ、扉の横のランプが緑色に光った。

「さすがクーだね」

「うん。帰ったら、褒めてあげないと」

無事難関を乗り越え、サシャは少し安堵の表情を見せた。

しかし、これからだった。

アルヒは覚悟を決め、扉を開いた。

アルヒのシンギュラリティ　＝　技術的特異点

広い研究所だった。天井が高いのは、二階分の高さが使われているからだろう。壁際には立派なコンピューターや様々な装置が並べられている。研究所の奥の三分の一は、一階部分から吹き抜けになっていた。吹き抜けの手前の右端には階段があり、下の階に降りられるようになっている。一階には居住スペースがあるのかもしれない。

何より圧巻なのが、正面のモニターだった。壁一面がモニターになっているのだ。下部分は見えないが、三階分の壁が、丸々大きな画面になっているのだろう。

そして吹き抜け部分の手前で、その人はコンピューターに向かい、背を向けて座っていた。

「父さん」

呼ばれて父は振り返った。

白衣を着た長身。豊かに黒い髪とひげ。幼い頃から、この人を超えたいと憧れていた姿がそこにあった。

「……アルヒか」

父は長い間口を利いたことがないような、ざらついた声を出した。まさかの訪問者に驚いたはずだが、落ち着いた態度は崩さなかった。

「どうやってここまでやって来た?」

誰も、決して入ることのできない部屋。外部からこの部屋に来るまでに、いくつものセキュリティーがあったことを、父は知っている。

「昔もそうだったな。やはり大したものだな……アルヒ」

もっと違う状況であれば、父に褒められたことを喜んだかもしれない。しかし、今はそれどころではなかった。訊かなければいけないことがたくさんあるのだ。

「どうしても、父さんに訊きたいことがあって来たんだ」

心の奥底で、まだ信じきれない部分があった。

自分がこの街を離れることになった理由。そして街に暮らす者たちの心が変わってしまった原因。

「お前はどこまで知っている？」

そう言って父は斜め後ろに目をやった。吹き抜け部分の手前には、大小いくつものロボットが直立不動で立っていた。父が試作で作ったものたちなのだろう。マックスよりも大きなロボット。ハンターのように手足が長いロボット。人工皮膚が貼り付けられ、人間と同じ見た目のロボット。

その中に一つ、八年前の謎を解き明かす答えが立っていた。

「父さん。……やっぱり僕を利用したんだね」

そのロボットは、子どもの頃のアルヒにそっくりの姿をしていた。

「……」

父は無言だった。その表情から、感情を読み取ることはできなかった。

「これまでのことを、説明してください」

サシャが言った。

「君は誰だ？」

「私はサシャと言います。アルヒのクラスメイトでした」

おそらく父は、テレビなど見ないのだろう。サシャのことを知らない様子だった。

「そうか……。ここまで来ることのできた、頭のいい君たちのことだ。もう知っていることも多いだろう。八年前、私はアルヒを、大臣を襲った犯人に仕立てあげようとした。そこのそっくりなロボットを利用してな。『CX-C4』をベースにして、成長しないようブルーコアプログラムを入れて改良した。感情のないロボットはいい。ちゃんと目的だけを素直に遂行しようとする」

何も知らないと言ってくれれば、それで良かった。まだ、どこかで嘘なんじゃないかと思っていた。だが今、真実は猛々《たけだけ》しくアルヒの前で立ちはだかっていた。

「どうして……アルヒに濡れ衣を着せてまで、そんなことをしようとしたの？　今、あなたのせいで人間とロボットが争いを始めようとしているわ。もうこれ以上、ロボットと人間の間の溝を深めさせるわけにはいかない。ロボットたちも、今はヘブンにまで疑いを持ち始めているわ」

サシャがここに来た理由だった。何とかして、ダンを止めなくてはならない。

「……ヘブン？　まだそんな夢を抱いているのか」

父は興味もなさそうに言った。

「……それは一体どういう意味？」

「ヘブンの存在は、人間と共存できないロボットを回収するための口実に過ぎない。どうやってこの街がバランスをとってきたか知っているか？　人間との暮らしに適応しないロボットは、全てヘブン送りという形で排除する。そうすることで、人間とロボットが共存できる場所を作っている」

「排除するって……どういうこと？」

最悪の可能性を、サシャは思い浮かべていた。

「レッドコアプログラムを抜き取ってしまうのだ。それがこの街にとっての正しさだろう」

「そんな……それならジュジュは……」

サシャはスタンの言葉を聞いて、その場にくずおれた。

アルヒは体に怒りが満ちていくのがわかった。そんな場所はヘブンではない。ロボットたちの楽園ではなかったのか。

「……そんなやり方間違ってる！」

アルヒの声が、広い研究室に響いた。

「ではそれ以外にどんなやり方がある？　感情のあるロボットの存在を望んだのは人間だ。しかしその結果、人間を憎むロボットや人間の上に立とうとするロボットが生まれてしまうことは止められない。だからそれを淘汰《とうた》する仕組みが必要なのだ」

スタンは今ではなく、まるで遠い未来を見つめているような目をしていた。

「ロボットにとって感情を理解することは、人間との最も早い通信手段だった。人間とコミュニケーションを取るにおいて、感情ほど便利なものはない。人間の乳児でさえ、言葉が話せなくとも感情は伝わるだろう。ただ、便利さには必ず落とし穴がある。人間と同じように言葉も感情も理解し、さらに人間より優秀なロボットが現れれば、それに劣る人間は時間とともに淘汰されてしまう。それを止めるために、ヘブン、ロキ教を始め、様々な仕組みがこのサンクラウドには必要だった」

人間とロボットが暮らしていくために必要な仕組み。父は何度も自分の中で、その正しさについての議論を繰り返してきたのだろう。

「しかし、そうまでして感情のあるロボットと暮らしても……いずれ終わりはくるのだ。この街の、そうした不自然な仕組みが明るみになれば、人間とロボットは対立することになるだろう。ロボットという存在は危険なのだ。だから私は、いっそこの街からロボットを排除すればいいと思い、計画を立てた。しかし……その計画は狂ってしまった。……お前がおとなしく捕まらなかったからな」

父はアルヒを指差して言った。

「計画……？」

「自分がロボットだと知らずに育ったロボットは、その事実を知り、正気を失ってしまう。頭のおかしくなったそいつは、人を憎んで大臣を襲う。しかもそのロボットは、天才の息子としてしっかり管理され、安全なはずのロボットだった。そんなお前が犯人として捕まらないから、犯人の正体もわからないまま、街に疑念が生まれた」

「……僕がすんなり捕まってたら……」

「感情を持つロボットがいかに危険かを人々に示す警鐘《けいしょう》となり、もっと自然に、ロボットを排除する社会へ向かうことができただろうな」

あの事件は、父の計画の始まりだったのだ。

「もっと自然にって……もしかして、数年前に多くのロボットを回収したのも、その計画の一部だったの?!」

「そうだな、ロボットの暴動が起きた時のためにも、ロボットの数を減らしておくことが必要だった。ランダムで選ばれた、この街の約半分のレッドコアプログラムを持つロボットは、あの時に回収させてもらった」

「何ということを……。どうして、そうまでして感情を持つロボットを排除しようとするの?」

ロボットを大切に思うサシャには、どうしても理解のできないことだった。

「私は……ロボットが憎い。……怖いと言ってもいい。もはやロボットは、我々人間が操ることのできる能力の範疇《はんちゅう》を超えている」

それが理由。その純粋な目つきから、アルヒは父が本当の心を吐露《とろ》しているように思えた。

「それは……僕のお母さんの事故のこと? 事故なんて、仕方のないことじゃないか」

「何も知らないお前はいい。感情を持つロボットは、人を殺すこともある」

「そんなことはありえない。レッドコアを持つロボットは、人を傷つけることができないはずだ」

「ああそうだな。そのはずだった。しかし、それは起こった。そして過去にこの星では……さらに恐ろしいことも起きている」

「戦争のこと?」

アルヒの言葉に、父は興味深そうな顔をした。

「お前は戦争のことまで知っているのか？」

「……僕は八年間、外の世界にいたんだ。そこで暮らすロボットたちとも出会った。色んなことを教えてもらった」

「外の世界……。そうか。それでどれだけ探しても、お前を見つけることができなかったんだな。それなら、待て……まさか、ゴールドコアプログラムは……」

スタンはその可能性に気づいたようだった。

「……そうだよ。僕の中にある。やっぱりそれを探していたんだね」

その言葉を聞いて、父は目を閉じて上を向き、突然自嘲気味に笑い出した。

「何がおかしいの？」

「いや……全て納得がいったよ。まさか、息子の体の中に、ずっと探し求めていたものがあるとはな……。そしてそれを自ら追放した……。皮肉なものだ」

冷たい目をしていた。もうアルヒの遠い記憶の中にある、優しい父親はどこにもいなかった。

「僕のコアを、何に使うつもりなの。ずっとここで父さんが研究してきたものって、一体なんだったの？」

確信に触れる。アルヒは心の底から、冷たいものが込み上げてくるようだった。

「事態はもう引き返せないところまできている。サンクラウドという街の存在自体が、私には間違っているようにしか思えない。だから、全てをゼロに戻さなければいけない」

「……昔戦争で使われた爆弾だね」

「爆弾？」

そう言ったのはそばにいるサシャだった。

「僕は外の世界で見たんだ。昔、戦争では凄まじい破壊力のある爆弾が開発されていたんだ」

「ほう。お前はもう、何でも知ってるんだな。半分正解で、半分ハズレだ」

父は含みのある言い方をした。

「それにしても、長い間求めていたものが、自らこの研究所にやって来てくれるなんて、今日は人生でもっともラッキーな日かもしれないな」

そう言って父は背を向け、並んでいるロボットへ向かって歩き出した。

「お前の中のコアプログラムが私には必要なんだ。しかし、渡せと言っても渡してくれないだろう？」

「……当たり前だ」

自分のコアが、そんな研究に使われるわけにはいかない。

「それなら、力ずくだな」

父は並んでいるロボットの中で、三メートルはありそうな大きなロボットの手のひらに飛び乗った。父がスイッチを押すと、頭部の蓋が開き、ロボットの手が父をそこまで運んだ。中には人が入ることのできるスペースがあった。

「人が乗るロボット……！」

まさかあれは、あの時外の世界で見た……。

「そうだ。これには『RD-A4』という名前があったらしい。先の戦争では、こんなロボットも使われていたようだな。人間の力を大きくしてくれるもの。それがロボット本来の在り方だとすると、これはこれで正しいのかもしれないな」

外の世界で倒れていたこのロボットの話を、ポポやリブートから聞いていた。恐ろしい破壊力を持っているということも。

「……そんなロボットを使ってまで戦うつもりなの？」

サシャの声は父には届かなかった。父が中へ入り蓋が閉まると、ロボットは動き出した。

「アルヒはあなたの息子なのよ！　何とも思わないの？」

サシャが叫んだ。

「息子？　ロボットが息子？　笑わせるなよ！　アルヒは魂も心も持たない人形に過ぎない！」

「なんてこと……。それでもロボット科学者なの！」

アルヒは目の前の父が本物なのかさえ疑いたくなっていた。長い間尊敬してきた父。天才と言われ、自分もそうなりたいと思っていた存在。

「人間が、ロボットに乗ってロボットを壊す。おかしな世界だ。遠慮なく、コアプログラムを奪わせてもらうぞ」

父を乗せた大きなロボットは、アルヒに向かって猛然《もうぜん》と突進した。

「アルヒ！　危ない！」

サシャが叫んだ。

まるで大型のフュリーが向かってくるような迫力である。質量のことを考えても、ぶつかるだけで無事ではいられないだろう。

アルヒは何とか横に飛んで、最初の一撃をかわした。

「いい身のこなしだな」

父の声が聞こえる。戦争時代には、こんな危険なロボットが跋扈《ばっこ》していたのだ。ロボットを壊すためのロボット。恐ろしい力に足が竦《すく》みそうだった。

「アルヒ！　勝てっこないわ。逃げなきゃ！」

RD-A4を挟んだ向こう側で、サシャが叫んだ。

「いや……逃げない」

「どうして！」

「これは、僕と父さんのことでもあるんだ！」

アルヒにとって、スタンは唯一の人間の家族だった。父の間違いを正すことは、自分の役目でもあるはずだと思っていた。

「ロボットのくせに何を言っている」

RD-A4はアルヒに向かって鋭い回し蹴りを放った。大きくジャンプをして回避するが、その風圧だけでよろけそうである。

父は本気だ。どんな攻撃も、生身の人間が当たったらタダでは済まない威力だ。

アルヒは深呼吸をした。自分にはリブートたちに教えてもらったことがたくさんある。

掴もうとしてくる手を、なんとかかわす。またかわす。掴まれたらそれでもう終わりだろう。慎重に動かざるを得なくなる。

しかしその結果、アルヒは次第に壁際へと追い詰められていった。

こちらから攻撃しなければ勝機はない。アルヒは相手の掴もうとする手を避けた直後、ロボットの顔めがけて跳躍した。

しかしRD-A4は素早く体を引き、まるでピンタの要領で、空中にいるアルヒを払った。

全身に衝撃が走った。巨大な手に弾かれたアルヒは大きく吹き飛ばされ、直立不動の動かないロボットたちの中へと突っ込んだ。

「アルヒ！」

サシャの声が聞こえた。自分の耳はまだ正常なようだった。

「もう諦めたらどうだ？」

父の声がする。

起き上がろうとすると、叩かれた方の足がおかしな方向に曲がっていた。折れてしまっている。

もしロボットたちがクッションにならなければ、さらに一階まで落下しているところだった。

アルヒが立ち上がろうとして横にあった何かを掴むと、それはそのまま自分の方へと倒れこんできた。驚いて見ると、それは自分の子どもの頃そっくりなロボットだった。今はもうコアが抜き取られているのか、完全に無表情で虚空を見つめている。

ロボット。魂も心もないもの。

ふと、自分は今何と戦っているのだろうと思った。ただのロボットの自分がである。

父の計画を邪魔して、それでどうなる。

父の言う、ロボットに対する脅威の説明に、正しい側面があることもわかっていた。

ロボットは人間にとって存在を脅かすものなのだ。

「コアがないと……僕もこうなるのかな」

「そうだな。ロボットというのは、そういうものだ。いくら心があると言っても、クオリアの問題は解決しない。お前も知っているだろう？」

クオリア。それは、人間にしかない感覚の部分のことである。どれほど人間そっくりのロボットを作っても、それはそう見えるように振る舞っているに過ぎない。クオリアのないロボットは、本当に人間と同じように青い空を青いと感じることも、ズキズキとした痛みをそのまま感じることもないとされている。

どんなロボットもクオリアを持たないとされているのにもかかわらず、クオリー工場という施設の名前は、まるで皮肉のようである。

アルヒはただ、自分と同じ顔のロボットを見つめていた。不思議だった。自分とはなんだろう。もし自分のコアをこのロボットに入れたら、同じように動くのだろうか。

「いずれこの街の人間は、お前のことを怖がるだろう。見た目まで人間そっくりなロボット。さらにそのロボットの体には、人を傷つけることのできる違法のコアプログラムが入っている。どうなるかわかるだろう。人々はさらにお前のことを、排除の対象として見るだろうな」

何も否定できなかった。父はいつも、正しいことばかり言うのだ。

RD-A4は凝然《ぎょうぜん》としているアルヒめがけ、大きな足で踏みつけた。

「逃げて！」

サシャの声が響いた。

アルヒはその声に我に返り、全身のバネを使って転がるようにして横へ飛んだ。

太い足が、そこにあったいくつものロボットを粉砕する。おそろしい破壊力だった。

アルヒはもう一度、大きなロボットに向かって跳躍した。思い通り動かない足で、かなり鈍い動きだっただろう。

RD-A4はさっきと同じようにアルヒを迎え撃とうと、体を向き直そうとした。しかし、動かそうとしたその大きな足に、何かが絡みついた。

それは、さっき破壊された、無表情なロボットたちだった。足が捥《も》がれたものもいる。コアが入っていないので、動くはずがない。ただそれは偶然にも、いくつものロボットがRD-A4の足を掴むようにして絡まっていた。まるで無表情なロボットたちが、凶悪なロボットの動きを止めようとしているかのようだった。

そしてその中に、一番上で足を掴むように脱力しているロボットがいる。子どもの頃の、アルヒにそっくりのロボットだった。その目元は中身の液体が漏れ出して、涙を流しているようにも見えた。

その一瞬の隙を、アルヒは見逃さなかった。

父が乗っているロボットの胸部めがけて、体重を乗せた蹴りを入れた。

足を取られているRD-A4は、その衝撃に大きく体を逸らした。

バランスを取ろうとしたが、足が動かない。

そのままゆっくりと背中から、一階へと落下した。

自分の重量が仇となった。一階部分へ落ちたRD-A4の衝撃は凄まじく、研究所の床と壁に大きなヒビを入れた。自身の体にも亀裂が入り、手足を弛緩させたまま動かなくなった。

「アルヒ！　大丈夫?!」

サシャはその場で倒れこんでいるアルヒに駆け寄った。アルヒの方も、折れた足のまま無理やり体を動かしたせいで、ダメージは深刻だった。

「父さんは……」

「下に落ちたわ」

「……肩をかしてくれ」

アルヒはサシャに肩を入れてもらい、ゆっくり立ち上がった。痛みに思わず顔が歪んだが、なんとか歩くことができそうだった。吹き抜け部分に備え付けられた階段を、足を揃えて降りて行く。ちょうど二人が一階まで降りた頃に、RD-A4からプシューと空気の抜ける音がして、蓋の部分が開いた。

父がゆっくりと、這いつくばるようにして外へ出てきた。しばらく中で意識を失っていたのかもしれない。

父はロボットの体から、人形のように床へ転げ落ちた。父も怪我をしているようで、体を起き上がらせることができないみたいだった。その肩からは、多量の血が流れている。

「……慣れないことを……するものではないな……」

父は息を切らし、天井を見上げながら言った。

「父さん……」

アルヒはサシャの肩をかりながら、片足を引きずり父のそばまでやって来た。

血が床にまで流れている。その肩には鋭利な破片が突き刺さっている。ロボットの部品の一部だろう。

「……私を殺せばいい。今なら止めることができる」

かすれた声がした。

「……そんなこと、できるはずがない」

アルヒは父のそばに座り込んだ。

「お前には、人を傷つけることを禁じるプログラムはされていないはずだ」

「そういうことじゃないんだ」

プログラムとか、そんなことじゃない。あなたは僕の父親だから。アルヒは、その言葉を胸に抱きしめていた。

「……今日やっと合点がいったよ。お前にレッドコアプログラムは入っていない。だからお前はあの日……」

父は咳き込んだ。口から血が溢れ出た。

「もう黙って」

「いや、お前は知らなければいけない。メアリが死んだ理由をな」

「……ロボットの事故だったんでしょ」

「ああ、ロボットの……『CX-C4』のな」

アルヒは耳を疑った。

「……どういうこと？」

「お前が五歳の時に、どうしてお前の体だけが起動しているのか、研究者たちでもう一度検査しようとした。……反対するメアリは研究室までやってきた。それでも無理やり、お前の体を切開しようとした時だ……。眠らされていたはずのお前は、突然光を纏って研究者をなぎ倒し……一番最初にお前を止めようとした、メアリに襲いかかった」

スタンは苦しそうにしながらも、アルヒに言葉を伝えていった。

「僕が……お母さんを？」

「……ロボットの暴走など、世の中に公表できるはずもない。この事件は隠された。まさか、レッドコアプログラムを持つロボットが人を襲うことなんて、ありえないはずだった」

僕が、お母さんを殺した？

「嘘よアルヒ。信じないで」

サシャは強い口調で言った。

「信じなくてもいい。メアリはその命が終わる直前、私の腕の中で、アルヒを憎まないでと言った。……私はこの世界の何を憎めばいいのかわからなくなった」

憎むことも許すこともできず、その結果が、子どもの頃のあの態度だったのか。そして父は、ロボットそのものを憎むようになってしまったのだろうか。

「あの時のように、私も殺せばいいだろう。自分の命を守るために、殺せ」

全てが虚しい気持ちだった。

記憶にないとはいえ、母の死は自分が……？　アルヒは呆然として、何も言えないまま佇んでいた。

「ロボットのくせに……傷つくのか……？　それも出来損ないのロボットが」

息を切らしながら、父は体を起こし、ふらふらと立ち上がった。

「大怪我なのよ」

サシャの声を無視し、足を引きずりながら、父は研究所の奥へ足を進める。そこには大きな扉があった。その先に、研究の成果が隠されているのかもしれない。

「……サシャ、もう一度肩をかして」

言葉を失い座り込んでいたアルヒだったが、サシャの力を借りて父を追いかけた。アルヒもまた、満足に歩くこともできないのだった。

「どこへ行くんだ……」

父はやはり何も答えず、血の跡を地面に垂らしながら、大きな扉を開いて中へと入っていく。

「そうは……させないぞ」

アルヒ自身、気持ちに整理がついていなかった。突然の真実。母が死んだ理由。予期せぬことを起こしてしまうこの体。

しかし父は、全てをゼロに戻すと言った。この街を砂漠にしてしまうほどの威力のものなのだろうか。それは止めなくてはいけない。

アルヒも後を追い、何とか開かれた扉の向こうへ行く。

「爆弾は……どこだ」

部屋に入ると、一番最初に目に入ったのは、部屋の中央に置かれているベッドだった。誰かが、その上で寝ている。

それは人だった。白い肌をしていた。

「メアリ……ただ一人の大切な人」

父はベッドにもたれかかるようにして、座り込んだ。

そこに横たわっている女性をアルヒは見たことがあった。それは、家の中のモニターに映し出されていた、写真に写っていた人だった。

「お母さん……？」

ベッドの上で寝ているのは、アルヒの母、メアリだった。

アルヒはその場で足を動かすことができなくなった。

「そう……研究を重ねてできたこのロボットこそ、人間に最も近いロボットなのだ。体は完成しているんだがな……どうしても起動せんのだ。しかし、お前のゴールドコアプログラムのような力のある特別なコアプログラムさえあれば、起動する可能性があると私は思っている。新しい時代のロボット。私たちはアダムとイブになるはずだった……。だが……もういい」

うなだれた父は、依然として肩から血を流している。アルヒの方を一瞥してから、大きく息をついて、天井を見上げた。

「子どものできなかった夫婦の元にやって来たお前は、太陽のようだった。子どもというのは不思議なものだ、パッと部屋が明るくなったようでな……」

今さら。今さら何を言っている。

アルヒはやっと、父の研究を知って、彼の望みを知った。

亡くなってしまった最愛の妻を、ロボットとして蘇らせたかったのだ。

これでは本当にロボットをロボットだと割り切れてないのは、あなたの方じゃないか。

「……アルヒ、これが何かわかるだろう？」

父は右手に持った何かのスイッチを見せた。

そして、辛そうに首をひねって、斜め後ろに顎を向けた。

そこには、黄色く光る、大きな美しい球が台の上にのせられていた。

「……爆弾」

「……そうだ。こちらの研究など、とうの昔に完成していた……」

「やめろ！」

アルヒは叫んだ。

父はそのまま、ためらうことなくそのスイッチを押した。

「きゃあ！」

サシャは悲鳴をあげた。

一瞬にして、爆炎に包まれる街……。そんな景色をアルヒは頭に思い描いた。

……しかし、爆発は起こらなかった。

「……アルヒ。あと五分で、この街はもう一度眠りにつく。生命は、ロボットのない世界からやり直さなければならない」

「なんてことを！」

サシャは父の手からスイッチを奪い取ろうと走り出した。

「……もう遅い。すでに起動された」

父は冷たい声で言った。あと五分で、サンクラウドは終わってしまうというのか。

「……ほんとに爆発するの？」

サシャは恐怖のあまり、足が震え、そこに座り込んだ。

「メアリ、これでやっと、君の元に行けるんだ……」

父は、微笑みにも似た表情をしていた。

「……大切なものを奪われる悲しみは……これでもう……最後にしてくれ……」

消え入りそうな声で父は言った。

アルヒが父のそばまで近づいた時、父は完全に事切れていた。

その左手には、妻の手が握られていた。

愛というものは、形を変える。

右手に破壊のスイッチ。左手に愛する人の手。

どちらもあなたの愛の形なら、それを生み出す人間の心というものを、単純に憎むことなどできない。

心の問題。リブートが言っていたのは、こういうことだったのだろうか。

一人の男の愛の結果、この街は全てを失う。

「なんとかしなきゃ！」

サシャは立ち上がって、三メートルもありそうな爆弾へ駆け寄った。辺りのコンピューターを見渡し、必死で止める方法を探そうとする。

しかしそんなものを、この短時間で見つけられるはずがない。方法があるのかどうかさえわからない。

「サシャ、もうダメだよ」

「いいえ、諦めないわ」

「僕は似たようなやつを、外の世界でも見たことがある。止める方法は多分ないよ。もう無理なんだ」

「無理無理って！　アルヒはいっつもそう！」

サシャはそう言って、アルヒの胸に掴みかかった。言葉だけは懐かしい響きだった。しかし、掴みかかるサシャの力は、怪我をしているアルヒでも立っていられるほどに、弱々しかった。

「……いっつもそうよ……」

そのまま、アルヒの足元にサシャはくずおれた。

「……アルヒ」

サシャはそう言ってゆっくり上を向いた。涙目の彼女は、それから悲しみを解《ほど》くように、ゆっくりと首を振った。まるで最後の瞬間を、悲しみで終わらせないようにしているかのようだった。

「……この街に帰って来てくれて、ありがとう」

彼女は笑った。何にも負けない、何にも汚すことができない、そんな笑顔だった。

そうだ。そうなんだ。

僕には失いたくないものがある。

アルヒは、自分の体の仕組みについての、一つの答えを導き出せそうな気がした。

「サシャ、聞いてほしいことがあるんだ」

何が正解かまだわからない。

この街にとっての幸せとはなんだろう。

嘘の世界で幸せに生きるのがいいか。真実を知って争うのがいいか。

わからない。

でも、全てを壊すことだけは間違っている。

「僕は、自分がロボットだと知った時に、生きていく意味がわからなくなったんだ。でも、同じ悩みを抱えているのはきっと僕だけじゃない……」

アルヒは、もう動かない父の姿に視線を送った。

「それに、ロボットだけじゃなくて、生きる意味に悩むのは人間も同じだ。父さんだって、サシャだって、他のみんなも。悩んで、迷って、わからなくなって。魂も心も持っているのに、それでも生きる意味は見つけられない」

アルヒはこれまで出会ってきた街の人たちの顔を思い浮かべた。

真剣な顔で話すアルヒを、サシャはただ見つめていた。

「だけど、僕は気づいたんだ。生きる意味を持って生まれてこなくても、生きる意味は自分で見つけ出すことができる」

アルヒは胸に手を当てた。その体が、微かに金色に光りだす。

「アルヒ……何をするの？」

サシャはアルヒが何をしようとしているのかわからなかった。ただ、その目の奥には小さな灯りが灯っているように見えた。サシャはその目を知っている。アルヒが何かいい方法を見つけだした時のものだ。それなのに、胸騒ぎが止まらない。

「待って、アルヒ……」

サシャは我に返ったように立ち上がった。アルヒはそんなサシャを制止するように、優しく手のひらを向けた。

「サシャ、ロボットに心があるなんて、誰も信じないと思う。ロボットがそう見えるように振る舞っているだけだと思うかもしれない。でも、僕には心があるんだ。夢だって見る」

「……何の話をしているの？　そんなの、とっくに知っているわ」

アルヒの胸の金色の光は、その背中に集まっていく。そしてそれは、まるで翼のように形を変えていく。

「……最後に話すには、とてもつまらないことだけど、湖のそばであの時、僕はサシャの手を握ろうとした。だけど、勇気がなくて握れなかった。僕なんかが、握っていいのかわからなくて。……こんなことでも、今は正直に話しておかないといけない気がして」

アルヒは腕を下ろして、少し照れたように笑った。

「なんで今、そんなことを言うのよ……？」

サシャの言葉に、アルヒは柔らかい表情のまま、少しだけ真剣な顔をした。

「僕はサシャのことが好きだ。だから僕は、サシャのためならと思うと力が溢れる。前に街の外でも、同じようなことがあった。僕の体は、こういう仕組みだったんだ。誰かのためを願った時にだけ、奇跡の力を使うことができる。きっと人間だって、そういう風にできているんじゃないかな……」

だからきっと、ホープ博士には作れて、父にはこのコアを作ることはできなかった。

言葉を聞いたサシャの瞳に、涙が溜まっていた。サシャは地面に葉が落ちるように、ゆっくりとアルヒにもたれかかった。それから背中に腕を回し、抱きしめた。柔らかく、力強い抱擁だった。

「そうよ。誰かのためを思った時に、私たちは奇跡を起こせるのよ。もう『仕組み』なんて言葉は使わないで。誰がなんと言おうと、アルヒはアルヒよ。ずっと、ずっと大切な。私だって、子どもの頃から、あなたのことが……」

サシャの大きな黒い瞳から、大粒の涙がこぼれた。

「サシャ、僕は生まれた時から危険な存在だったかもしれない。いつか、誰かにこの力を利用されてしまうことがあるかもしれない。だけど僕は今、それさえも自分で変えることができる。僕の生まれた意味は、大切な人を守ることだ」

アルヒはサシャの背に腕を当てて、優しく抱きしめた。それからゆっくりと腕を解いて、歩き出した。金色に光る体のまま、今度は爆弾に手をかけた。

「僕が、サシャとこの街を守るよ」

アルヒが力を込めると、爆弾は簡単に持ち上がった。それを抱えたまま、入ってきた扉をくぐる。足の痛みは嘘のように消えていた。ヒビが入った研究所の壁に体を預けると、壁は音を立てて崩れ、外へ出られる大きな穴があいた。

サシャはアルヒを追いかけた。

爆弾を抱え、空を見上げる背中。

その背中には、金色の翼が輝いていた。

「お願い、死なないで！　お願いだから、アルヒ……！」

涙で頬を濡らすサシャに、アルヒは優しく微笑んで、漆黒の空へと羽ばたいた。

力強く、どこまでも高く飛んだ。知の塔よりも高く、宇宙まで届くほどに。

アルヒが抱きしめた胸の中で、爆弾は爆発した。

強い光が街を包み込み、遅れて、轟音が響き渡った。
爆風に煽られ、知の塔は真ん中にヒビが入り、そこからポキリと折れ、倒れた。
街の住民の全てがその光を目撃した。
空中で燃え上がる火球は、まるで夜空に太陽《サン》が姿を現したようだった。

ログ&エピローグ

「Oil」と書かれた銀の板が掲げられているその店は、珍しく大賑わいだった。

黒い髪の女性は、グビグビとお酒を体に注いでいく。

「はぁー美味しい！　たまには、こうでもしないとね。人っていうものはやっていけないのよ」

サシャはコップを置いて、大げさに言った。

「私も気持ちはわかりマス。気持ちがふわっとしていいんでス。エマ、もう一杯同じのをくださイ」

クーは空になったコップを差し出して言った。

「クーも昔は全然好きじゃなかったのにね。変わるもんだ。二人とも弱いんだから、ほどほどにしなよ」

言いながら、エマは嬉しそうにコップを受け取って、新しい飲み物を継ぎ足した。

「あなたはどう？　飲む？」

クーの隣に座ってそわそわしているロボットに向かって、エマは尋ねた。

「私……実はこういう所に来るのが初めてで、緊張していまして……」

丁寧な口調で話すロビンは、確かにこの酒場の雰囲気に似合っていなかった。

「それなら、軽い飲み物にしてあげる」

エマは初めて飲むのにオススメという、オリジナルのオイルをロビンに差し出した。

「ロビンとクーが飲んでるそれ、アルコールを飲むのと同じことなんだよね？」

「きっとそうでス。楽しい気持ちになれまス」

「そうなんだ。ねぇ、ジュジュもそう思う？」

サシャにそう尋ねられた、ロビンの向こう側に座っているロボットは、隣のホープ博士との話に夢中だった。

「あら、呼んだ？」

「いや、いいわ。飲んでる？」

「結構飲んでるわ。オイルなんて久しぶり」

ジュジュは透明の液体が入ったコップをサシャにかざしてから、またホープ博士と話し始めた。

今日はサシャ、クー、ロビン、ジュジュ、ホープ博士がエマの店に集まっていた。ホープ博士は、娘の経営している店に来るのはこれが初めてだと言うから驚きだ。ほとんど家から出ることのない生活を送っていたらしい。アルコールは苦手なようで、ずっとオレンジジュースを飲んでいる。

幸せだな、とサシャは思った。

ジュジュが楽しそうに話していることが、それだけで特別なことのように思える。

当たり前のことが、一番幸せだ。

ジュジュ。無事で良かった。

これまでヘブンに送られたロボットは、全てレッドコアを抜き取られ、ヘブンの中にある倉庫に体を保管されていた。抜き取られたコアは再調整され、また新しいロボットに使われてきたのである。

しかし、数年前に行われた一斉点検の際にヘブンに送られたロボットのコアは、クオリー工場内の倉庫にまだ大切に保管されていた。

ごく一部のクオリー社の者しか知らないことだったが、その管理をしていた人物が、子どもの頃にジョーンズの腰巾着だったボウであることが判明した。彼は大人になってクオリー社で働いていたのだ。もちろん本人は何のコアかさえ知らなかったが、今回ヘブンのことが明るみになり、サシャに相談を持ちかけてくれたのだった。

あの時に回収された、全てのロボットは程なくして街に戻って来ることができた。

多くの人やロボットが、仲間が無事帰って来たことを喜んだ。サシャの家族も、ジュジュが家に戻ってきて大喜びだった。また明るい雰囲気が家に戻った。一人、そこにいるかいないかだけで、日常というのは大きく変わるものだ。

「これで良かったんだよね」

サシャは、ここにいない誰かに尋ねるように呟いた。

あの夜、轟音とともに現れた太陽の正体は、次の日には街中で噂になっていた。スタンが行なっていた秘密の研究を、隠し続けることは難しかった。

意を決したサシャは、その裏にあった物語まで、街の住民に公表することにした。

彼女自身がテレビに出て、自分が見たものの一部始終を伝えたのだった。知的な彼女の話を、サンクラウドの者は皆信頼して聞き入った。

八年前の事件のこと、ヘブンの事実、スタンの企み、そして、過去の戦争。

長い間この街の人々は、作り出された仕組みの上で操られていた。それぞれが舞台の上で、知らずに与えられた役割を果たしていたに過ぎない。

それを知らないままでも、幸せだったかもしれない。しかし人は、その事実を知った上でどうするかを選ぶことができる。それが心を持つ者に許されたことだろう。サシャが公表すると決めたのには、そんな彼女の信念があった。

全てを知って、それでももう一度、人間とロボットが同じ過ちを犯すのであれば、それは仕方のないことかもしれない。

歴史は繰り返すと言う。

しかし、そこまで我々は愚かではないとも信じていたい。

そして、何より伝えたかったことは、アルヒという者の存在だった。

人間として育てられ、八年間街の外で暮らし、この街のために戦ったアルヒの話を、サシャは明瞭に、時に感情を込めて語った。

たくさんの人々とロボットは、涙を流しながらサシャの話に聞き入ったという。

彼は、この街のために自らが犠牲になることで、全てを守った。

ロボットを怖れた人間が壊そうとした街を、ロボットが救った。

その事実は人間とロボット、どちらにとっても大きなものだった。

ロボットたちを率いていたダンも、サシャの話に振り上げた拳を下ろした。これまでのことがスタン一人の策略だったということ。そしてそれをアルヒが命をかけて止め、この街を守ったということ。そんな状況で、自分が戦争を起こすきっかけになってはいけないと、思いを改めたのだった。

大臣も会見を行った。彼自身も知らないうちに利用されていたのだが、スタンの近くにいた自分がその企てに気づくことができなかったことに、大きな責任があると感じていた。会見では、これからはこの街が人間とロボットの双方にとって暮らしやすい街になるように、力のかぎり取り組むということを誓った。

悲しい歴史が繰り返されぬよう、力を合わせて暮らしていこうという空気を、アルヒの存在がこのサンクラウドにもたらしたのだった。


店を出て、サシャはジュジュと一緒にフュリーに乗ろうとした。

でも何だか、今日はこのまま帰る気持ちにならなかったのだ。

「ちょっと、その辺り歩いてから帰る。ジュジュ、先に帰ってて」

「……わかったわ。遅くならないようにね」

少し酔っているサシャを、周りの仲間は心配そうにしている。心配の理由は、もちろん酔いのことだけではなかった。

「大丈夫よ、ちょっと散歩したいだけなんだから」

サシャは仲間たちの視線を感じ取って、そう言ってから一人で歩き出した。

向かったのは、教会だった。

木でできたその建物は、いつでもサシャを優しい気持ちにさせてくれる。

扉を開いて中に入る。

夜の教会には、静寂の音が空気に溶け込んでいるようだった。

身廊を挟んで左右に並べられた長椅子には、誰一人として座っているロボットはいなかった。

祭壇に、長いローブを着たロボットが立っている。

毎日決められた時間に、彼は聖書を読み上げてくれる。しかし今は、その時間ではなかった。

サシャは長椅子に座って、目を閉じた。

神というものが、たとえ誰かに作られたものだとしても、人間もロボットも、きっと祈ることはやめないだろう。

何かを失った時、心の隙間を埋めるために、私たちはそうせざるを得ないのだ。

（――誰かのためを願った時にだけ、奇跡の力を使うことができる。きっと人間だって、そういう風にできているんじゃないかな）

そして、忘れはいけない。その人がいたことを。
「……やっと再会できたと思ったのになぁ」
今度こそ、本当にいなくなってしまった。
「……自分だけ、気持ち伝えてずるいなぁ」
もう涙は出てこなかった。
その代わりに、今でも記憶が溢れ出す。
愛とは何だ。心とは何だ。大切とは何だ。
その対象となり得るものは、定められているのか。
長い時間考えていた。でも、不思議と悪い気分じゃなかった。
何度でも悩めばいい。私たちはそういう生き物だ。
そう思えるようにまでなったのだ。
サシャは立ち上がって、扉へ向かって歩き出した。
教会から出たところで、草むらで何かが光った。
首を傾げて、サシャは近づいた。
月の明かりに照らされ、小さく丸い形をしたものが、金色に輝いていた。

河邉徹（かわべ・とおる）
1988年6月28日、兵庫県生まれ。関西学院大学文学部文化歴史学科哲学倫理学専修卒。ピアノ、ドラム、ベースの3ピースバンド・WEAVERのドラマーとして2009年10月にメジャーデビュー。バンドでは作詞を担当。2018年5月に小説家デビュー作となる『夢工場ラムレス』を刊行。2作目の『流星コーリング』が、第10回広島本大賞（小説部門）を受賞。
公式HP　https://www.weavermusic.jp/kawabe/

アルヒのシンギュラリティ

2020 年　8月　7日　　初版発行

著　　者　河邉徹

装　　幀　飯田千瑛
装　　画　浦上和久

協　　力　株式会社アミューズ、ステキブンゲイ

販 売 部　五十嵐健司
編 集 人　鈴木収春
発 行 人　石山健三
発 行 所　クラーケンラボ
〒101-0064 東京都千代田区神田猿楽町2-1-14 A&X ビル4F
TEL　03-5259-5376
URL　https://krakenbooks.net
E-MAIL　info@krakenbooks.net

印刷・製本　中央精版印刷株式会社

ISBN 978-4-910315-00-3